名家小写文集

叶丽亚

刘照如

著

北京联合出版公司
Beijing United Publishing Co.,Ltd.

图书在版编目（CIP）数据

叶丽亚 / 刘照如著 . -- 北京 : 北京联合出版公司，
2024. 8. --（名家小写文集）. -- ISBN 978-7-5596
-7924-6

Ⅰ . I247.5

中国国家版本馆 CIP 数据核字第 2024ZR2411 号

叶丽亚

作　　者：刘照如
主　　编：张海君
出 品 人：赵红仕
出版监制：张晓冬
责任编辑：龚　将
特约编辑：和庚方　张　颖
封面设计：立丰天

北京联合出版公司出版
（北京市西城区德外大街 83 号楼 9 层　100088）
三河市同力彩印有限公司印刷　新华书店经销
字数 260 千字　710 毫米 ×1000 毫米　1/16　13 印张
2024 年 8 月第 1 版　2024 年 8 月第 1 次印刷
ISBN 978-7-5596-7924-6
定价：65.00 元

目　录

叶丽亚

1

写日记是一个和年龄段有关的行为，我二十一岁至二十五岁之间的四五年里喜欢写日记，在这之前没有想到过要写，之后就把日记本束之高阁了。

前年冬天清闲，有一天到地下室找东西，把陈年的日记本翻了出来。我花了整整三天的时间翻看这七八本日记，日记本有些发黄的纸页中夹杂着一些往事的碎片，在我眼前纷至沓来。我一边看一边想，也许日记中这些不疼不痒或者不着边际的文字，隐藏着某些已经被我遗忘的故事呢。这么一想，其中一本日记中间出现的空白的一页引起了我的注意。这一页最上面一行只写着"1985 年 10 月 12 日星期六"，接下来什么内容都没有，整整一页都是空白。为什么会有这一页空白呢？这一天发生了什么？这让我困惑。

过了一些日子，我偶尔翻阅一本旧杂志，看到了一篇题为《我的表姐叶丽仪》的小说。也可以说这篇小说的标题并不是被我"看"到的，而是它像锥子一样刺进了我的眼睛，它使我一下子想到了一个人，想到了一次同学间的小聚。我反复推算了一下，那一天正是一九八五年十月十二日。这个日子，在我的日记本中出现了一整页的空白。

我想到的人是我的女同学，她和小说中的人物只有一字之差，她叫叶丽亚。

叶丽亚和我只在高中一年级同学过一年，到了高二，我转学去了县城，从此到一九八五年十月十二日的六七年间，我们都很少见面。我们的高一是在一个小镇上度过的，当时我和叶丽亚都是十七岁。我在高一一班，叶丽亚在高一三班，我们两个班的教室一前一后，相隔不足二十米。我坐在一班教室朝阴的窗下，而叶丽亚呢，则坐在三班教室朝阳的窗下，只要我和她都在教室里，只要我愿意看她，我略一侧目，就能看到她的侧影。这样的距离和角度还有一个好处——但凡是晴天，叶丽亚在明处，我在暗处，我能够随心所欲地看叶丽亚，而不至于太暴露自己。

在校园里其他地方我也常常看到叶丽亚，她个子不高，但两腿很直，走起路来很沉静，很优雅，又似乎充满喜悦。每当她出现在我的视线里，我总是不能抑制对她的注视。但是那个时候在校园里，男生和女生从来不说话，因此在很长的一段时间里，我对叶丽亚也只有默默注视了。即便我们两个作为各自班级的学习委员到班主任老师的办公室去开会，我和叶丽亚也没有说过一句话。开完会以后，我们几个学习委员分头回到自己的教室。那个时候，我总是喜欢跟在叶丽亚的身后，看她走路。我不敢跟她太近，怕引起别人的误解或叶丽亚本人的反感；但也不离她太远，如果太远的话，我就看不清她走路时一甩一甩的头发了。

整个高一一年，我和叶丽亚唯一一次有印象的交往是这样的：这一年秋天的一个周末，下着小雨，我打着一把雨伞，从学校步行回家。就是在这次回家的路上，我遇到了叶丽亚。当然在这之前，我也在回家的路上遇到过叶丽亚几次，但那几次几乎不值得一提，因为我和她离得太远了。要么是我在前面，要么是她在前面，相隔半里地或者更远，我只能看到她的影子。直到这个下雨天，我和叶丽亚才真正算是遇到一起。

　　我的家离学校七八里路，而叶丽亚的家离学校则要远一些，有十几里路，不过我们两个人的家是在同一个方向，我们回家要走同一条路。那天叶丽亚骑了一辆自行车，从我后面赶上来。以前她从不骑自行车的，因此我怀疑那天的自行车是她借来的。但是尽管叶丽亚骑着自行车，她却没有任何雨具，她的衣服和头发都已经淋湿了，衣服的前襟贴在胸脯上，刘海儿贴在前额上。细密的雨丝使她睁不开眼睛，她只好眯着眼微微低着头，这让她看上去像是在微笑。

　　叶丽亚骑行到了我的近前，车速明显慢了下来，她似乎想要和我说话。我的心立刻提到了嗓子眼儿，咚咚的心跳声使我的嗓子发干，脖子也变红变粗了。叶丽亚让自行车的车速保持和我的步行速度相同，但是由于她的车技不好，自行车慢行反而让她无法保持平衡。自行车的车把扭来扭去的，我感觉叶丽亚快要摔倒了。可是这样的情况只持续了几秒钟，很快叶丽亚调整了一下，让自行车加速，从我的身边骑过去了。前面的路有一道弯，叶丽亚拐过弯，消失在青纱帐里。

　　等我走到路的拐弯处，却看到叶丽亚扶着自行车站在路边。我走过去，听见叶丽亚怯怯地对我说："用一下你的雨伞，你骑车驮着我。"叶丽亚的前额上有一块铜钱大小的胎记，平时有些暗红，她说这话的时候，那块胎记比平时红得多了。我明白叶丽亚的意思，她想我们俩共用一把雨伞，同时也共用一辆自行车。这是一个绝妙的主意，我做梦也没有想过能够和叶丽亚靠得这么近。我笑了笑，把雨伞递给叶丽亚，接过她的自行车，骑上去。然后叶丽亚跳上了自行车的后座，从后面帮我打着雨伞。不仅如此，由于叶丽亚一只手撑着雨伞，她的另一只手必须抓着点儿什么才会觉得安全，于是她的一只胳膊就抱住了我的腰。一开始的时候，叶丽亚的手试探性地往我的腰上放了一两下，然后又拿开了。她的这个动作弄得我突然无法保持自行车的平衡，车把猛地左右晃荡了几下，惊得叶丽亚也叫起来。但很快，我就装作无所谓的样子，仿佛没有任何感觉，并且还下意识地挺了挺腰。停了停，叶丽亚的胳膊就把我的腰圈紧了。

那个时候，学校里刚刚放过一部电影，那部电影里有一个常常被我们私下里谈论的镜头：在一条乡间小路上，男的用自行车驮着女的，那女的两只胳膊圈起来紧紧抱住男的腰，而且她还把脸贴在男的后背上。路两旁有树，有青纱帐，有鸟的叫声和清新的空气。这个镜头在那部电影里只是一段过场戏，而且很短暂，但是那时我们学校里每一个男生都幻想有那么一辆崭新的自行车，车的后座上坐着心目中的一个女生。我驮着叶丽亚的时候，就想到了电影中的这个镜头，而且我相信叶丽亚也和我一样，心里想着电影中的这个镜头。

骑了一段路之后，我才知道，单就遮雨和加快回家的速度这两个层面上来说，叶丽亚"共用一把雨伞、同时也共用一辆自行车"的主意是多么糟糕。首先，叶丽亚从车座后面撑着的雨伞，要么是根本无法为我遮挡雨丝，要么就是遮住我的眼睛，让我看不见路。有时候风还会把雨伞刮得歪到一边去，叶丽亚不得不费劲再把雨伞拽回来。其次，我们这样把自行车骑出去不到一里路，路上的泥就把车胎和车圈之间的缝隙塞满了，车子像是在泥里扎了根，根本骑不动。我们只好跳下车来，用小棍把塞在车胎和车圈之间的泥巴捅掉，但再也不敢骑行了，我们只好推着车子走。

就这样，我们推着自行车走了好几里路，没有再说一句话。到了叶丽亚的村子后面，雨已经停了。我把自行车交给叶丽亚，叶丽亚也把雨伞还给我。这个时候，叶丽亚突然对我说："你的鼻子出血了。"我用手抹了一下鼻子，果然手上是一些淡红色的血水，我知道那是我的鼻血和脸上的雨水混在一起了。叶丽亚掏出一块杏黄色的手帕递给我，让我擦鼻血。那块手帕也已经被雨水浸湿了，我把手帕送到鼻子跟前，闻到了一股雪花膏的气味。但是我没有舍得用叶丽亚的手帕擦鼻血，又把手帕还给了她，我对她说："没事，过一会儿它自己就会好的。"叶丽亚捏着那块手帕，在我面前站了很久。

<h1 style="text-align:center">2</h1>

六年以后，也就是我的日记中出现空白的那个日子，一九八五年十月十二日，叶丽亚突然到我任教的中学来了。和她一起来的，还有我的另一个高一女同学，名叫赵青青，不过我对她一点儿印象也没有。两个人各自骑着一辆崭新的自行车，是当时最为流行的小轮坤车。那个时候，我已经从市里的师范专科学校毕业，到县城的一所中学教语文。叶丽亚也已经从市卫生学校毕业参加工作了，在当时我们读高一的那个小镇的医院里做护士。

再次见到叶丽亚，我觉得很意外，因为在此前的六七年里，我和她没有任何联系，甚至连一封通信都没有过。我也只是偶尔从别人那里知道她考进了市里的卫生学校，在她上学期间，她唯一的亲人——她的母亲去世了。

实际上即便是叶丽亚考上卫生学校和她的母亲去世这两件事，也是因为那一年卫生学校发生了一件在当时来说很大的事，那件事轰动一时，甚至可以说家喻户晓，这使我多年里始终把卫生学校和叶丽亚的名字联系在一起。但我见到的叶丽亚变化并不大，她还像从前一样，走起路来很沉静，很优雅，又似乎充满喜悦，只是她比从前高了一点儿，也丰满了一点儿，除此之外看不出六年的时光在她身上刻下的印痕。当时我觉得这真是一个奇迹。

在我转学到县城之后不久，我见到过一次叶丽亚。那是叶丽亚所在的学校到我们学校开运动会，来了大约四五百人，叶丽亚并没有找我，我也没有在人群中发现她，要不是运动会期间发生的一件事，也许我根本见不到她。当时是在田径场上，一些项目正在比赛中，观众席上突然出现了一阵骚动，紧接着一个女生捂着脸跑向了厕所。那个女生正是叶丽亚。我不知道发生了什么事，叶丽亚捂着脸往厕所跑的时候，一定是在哭。在出事的现场，有两个女老师正在忙碌着什么，或者说在维持秩序，另外一个女老师则跟着叶丽亚向厕所跑去。

当时我离出事的地点不近不远，刚好能够看清叶丽亚哭着跑向厕所的样子。从出事之后只有三个女老师和几个女学生有些惊慌失措的举动来看，显然所发生的事情那三个女老师和几个女学生都不愿意让男生看到。我坐在那里没有动，突然间觉得很害臊，我的脸和脖子都红了，慢慢地低下了头。

后来那个女老师和叶丽亚从厕所里出来了，叶丽亚跟在女老师的身后，像个孩子一样揪着女老师的衣服。叶丽亚像我一样红着脸，低着头，她和那个女老师直接去了我们学校的教务处。

他们告诉我说，在叶丽亚跑向厕所之前，她曾懒洋洋地站起身来，结果有人在她的座位上发现了一摊血迹，随即这个人就惊诧地大叫了一声。叶丽亚就是为了那一摊血迹哭着跑向厕所的。我知道了这件事的原委之后，害臊得差点儿哭出声来。我想去教务处见一见叶丽亚，可又不知道见了她之后说些什么，不知不觉地我跑到了学校后面的一片小树林里，倚着一棵小树哭了一会儿。

一九八五年十月十二日这一天，我请叶丽亚和赵青青到县城最好的饭馆吃了一顿午饭，席间我们三个人说了很多高一时候的趣事，大家看起来都很开心。不过在饭桌上的气氛非常活跃的时候，叶丽亚会突然沉默下来，低头摆弄面前的餐巾，好像有什么心事。这时我又注意到了叶丽亚前额上的那块铜钱大小的胎记，或许是因为喝了一些酒的缘故吧，那胎记很红很红的，这让我想起了六年前那个下雨天她怯怯的样子。同时我还觉得，这块胎记对叶丽亚很重要，因为有了它，叶丽亚显得相当漂亮。

后来趁叶丽亚去卫生间的时候，赵青青问我："你有没有女朋友？"我说："有啊。"那个时候我的确在谈着一个女朋友，她在县教育局教研室工作，我没有说假话。赵青青又问："真的假的啊？"我笑着说："什么真的假的？难道女朋友还有假的吗？"赵青青就使劲地摇着头。我问："赵青青，怎么了？"赵青青说："没怎么，是叶丽亚让我问的。"我愣了愣神。赵青青接着重重地叹了一口气，自言自语说："这下子，叶丽亚的日子不好过了。"我试探着问："赵青青……什么意思啊？"赵青青说："得了吧你。"赵青青盯着我看了许久，又说："叶丽亚给你写了好多信。"我说："别扯，我们从来没有通过信。"赵青青说："天知道。"

停了一会儿，我问赵青青："你是和叶丽亚一起考上市卫生学校的吧？"赵青青说："是的。我们一起上完高中，一起考上卫生学校，毕业后又到同一个单位工作了。"我问："你们卫生学校学制是几年？"赵青青说："三年。"我问："大概是你们上卫生学校二年级的时候，在你们学校的一个女生身上发生了一件很大的事，那是真的吗？"赵青青反问我："发生了什么大事？"我说："你不知道吗？"赵青青说："到底是什么事？"我笑了笑说："你不知道，大概你们学校的男生都知道。"赵青青忍不住笑出了声："我们卫生学校没有男生。"这下我们两个同时又笑起来。停了一下，我又说："那件事发生之后，那个女生休学了半年。"赵青青回忆说："休学半年……叶丽亚就休学半年。"我问："她为什么要休学？"赵青青说："她的母亲重病，没有人照顾。"我说："半年后她回到了学校？"赵青青说："是的，她的母亲去世了。"说完，赵青青拧了一下眉，好像明白了什么似的说："这就是你说的发生在我们学校的大事？你在说叶丽亚？"我说："我没有说，是你在说叶丽亚。"赵青青好像有点儿不耐烦了，她挥了挥手说：
"你到底想说什么呢？神经兮兮的！"

叶丽亚从卫生间回来的时候，我对她说："赵青青欺负我酒
量不行，老是和我干杯，我今天豁出去了。"叶丽亚望着我笑了
笑说："你酒量不行，就不要上赵青青的当了，你今天是主人，
怎么能自己先喝醉呢？"我想既然我已经说过要豁出去和赵青青
干杯了，那么不管叶丽亚怎么说，我还是要和赵青青喝酒。我端
起一大杯酒，嚷嚷着要和赵青青喝一个底朝天。这时候叶丽亚
说："你不要和赵青青喝了，你和我喝一杯。"赵青青看看叶丽
亚，又看看我，笑着说："还是你们喝吧。"她就起身到卫生间
去了。

叶丽亚端着酒杯站起身，走到我身边，我也站起来，和她碰
杯。我们把各自手中的一大杯酒喝下去之后，叶丽亚小声说了一
句话，结果她的这句话我却没有听清楚。我问她："叶丽亚，你
说什么？"叶丽亚低着头，好长时间不再说话了。我又问了一遍：
"叶丽亚，刚才你说什么？"叶丽亚还是低着头不说话。又过了许
久，叶丽亚说："你再和我喝一杯。"我们各自满了一大杯酒，还
像刚才那样站着碰了杯，一口气喝了下去。这第二杯酒，叶丽亚
喝呛了，酒刚喝到一半的时候她就猛烈地咳嗽起来，喝到嘴里的
酒喷出来，酒杯也掉到地上摔碎了。我蹲到地板上收拾碎玻璃，
而叶丽亚咳嗽了一阵之后趴到了桌子上，把脸埋在臂弯里，好像
是哭了。

我收拾完碎玻璃，叶丽亚还在那里趴着哭，我不知道如何是
好。我问了一声："叶丽亚，你没事儿吧？"我走过去，抚了一下
叶丽亚的肩膀，又问："你没事儿吧？"叶丽亚缓缓地扭转身，身
子朝我倾过来，两条胳膊抱住了我的腰，她的脸也贴在我的胸脯
上。我屈起的双臂又一次抚住了她的肩膀，可是在我的双臂抚住
她的肩膀的同一时刻，我又把她推了出去。同时，我还声音低低

地对她说："你这是干什么？"说完这句话，我和叶丽亚分开了有一米远。突然间我非常难过，鼻子酸酸的，好像被深深地伤害了，我的脸也发起烧来，浑身冒汗，嘴唇抑制不住地打着哆嗦。我看见叶丽亚用那样的眼神望着我——满目惊惧。

这时赵青青推门进来了。我压了压涌到喉咙眼儿里的委屈和难过，对赵青青说："叶丽亚她喝多了。"赵青青的反应出乎我的预料，她没有去看叶丽亚，却盯着我说："你的鼻子怎么出血了？"我摸了摸自己的鼻子，果然看到手上沾满了鲜血。我好像不太相信自己的鼻子会出血似的，又把手凑到鼻子跟前闻了闻，结果我闻到的并不是鲜血的咸腥味儿，而是一股雪花膏的芳香。我问赵青青，或者不如说是自言自语："我怎么回事？"赵青青说："谁知道。"紧接着赵青青撇了撇嘴又说一句："谁知道你们。"我看见叶丽亚又趴到了桌子上，把脸埋在臂弯里。

午饭后叶丽亚和赵青青就回去了。路上，叶丽亚出了车祸，她的双腿被碾碎在一辆大卡车的车轮底下。那一天正是一九八五年十月十二日。二十多年后赵青青告诉我说，在车祸发生前的半个小时里，骑在自行车上的叶丽亚一直在偷偷地哭。

3

我在师范专科学校读书的时候，有一个传闻像风一样在一夜之间刮进了我们学校。说的是一天深夜，在卫生学校女生宿舍楼的某个房间里，一个圆柱体的日光灯灯泡蹊跷地碎在一个女生的身体里面。当天夜里，这个女生被送到医院，实施了手术。据说在医院里这个女生多次企图跳楼或者上吊，但都被学校里派的看护人成功阻拦了。在那个时期，我们学校的校园里到处都能听到有人小声但很是夸张地谈论着这件事。谈论的人难以理解这样奇怪的事情居然就发生在我们身边，似乎就发生在我们自己的校园里。

灯泡事件的后续传闻是，从医院出来之后，这个女生就离开学校回家了。但先于她回家的，是关于她在卫生学校出事的消息。结果她的母亲承受不了村人的舆论压力，接着就得了一场大病，躺在床上几个月之后，去世了。灯泡事件再往后的传闻令人无比惊讶而难以置信，这个女生把她的母亲送进"南北坑"之后，又回到了学校继续读书，就好像什么事情也没有发生似的。

那一年的夏天，有一天我感冒发烧，请了假在宿舍里躺了大半天，到了下午的时候，我突然决定到卫生学校去一趟。

我们学校在东郊的十里堡，而卫生学校在西郊的养马场那边，两个学校相隔三十里路，如果步行去卫生学校，至少需要四个小时。那天我就是步行去卫生学校的。到了那里，天快要黑了。卫生学校距离市区比我们学校还要远一些，那一带除了卫生学校以外，基本上没有什么建筑物，它的周围是大片大片的田野，但田野也和我们学校不同，我们学校周围的田野全是地瓜秧，而卫生学校周围的田野则全是豆棵子。经过一天的日光暴晒，豆棵子里散发出一股热乎乎的青涩气味。

我坐在卫生学校门口的马路牙子上，看着许多穿裙子的女学生进进出出。我发烧大概有三十九度，脸上和身上都很烫，但却害冷，脑子也迷迷糊糊的，感觉门口那些进进出出的女学生像很多蝴蝶在我眼前飘来飘去。后来天渐渐黑透了，门口进出的女学生也少了很多，她们的校园里亮起了灯光，教室或宿舍的窗格子里也是一片明亮。从外面看，这个学校不像出过什么事情的样子。可是我感到害怕，是那种不知从何处来却无处不在的恐慌感，再加上浑身害冷，我开始打哆嗦，上牙和下牙不停碰撞。

很多年以后，在一次学术会议的餐桌上，来自好几个省份的七八个年龄相仿的人坐在一起吃饭，我也在这些人中间。席间，吉林省的一位朋友讲起了二十世纪七十年代末期发生在他的家乡县城高中的一件事情。他在说这件事情的时候，餐桌上所有的人都很惊讶，这些人惊讶的方式是沉默不语和面面相觑。

吉林省的这位朋友讲的是，在他家乡的县城高中女生宿舍里，一只灯泡蹊跷地碎在一个女生的身体里面。他讲完之后，看看我们这些人全都放下了筷子，呆呆地坐着，于是这位吉林朋友就产生了不安，他问："怎么了？我说错什么了吗？"没有人回答他。吉林朋友脸红了，他显得局促不安，搓着手说："你们怎么了？我一定是说错什么了。"这时餐桌上的一个河南朋友说："没有没有，你没有说错什么。"停了一停，河南朋友用目光扫了扫在场的所有人，又说："你讲的这件事情，当时在很多学校都发生过。"他们在议论这件事的时候，我一直没有发言。我的脑子里全是那年夏天的一个晚上我发着高烧坐在卫生学校大门口的情景。坐在我身边的一位笑了，他接着河南朋友的话说："对，这件事通常都发生在离我们母校不远的一所学校里。"

4

一九八五年十月十二日之后不久，我调往济南的一家杂志社工作，又在广州待了几年，然后再回到济南的杂志社。等我知道叶丽亚遭遇车祸的事，已经是二十多年以后了。但有关叶丽亚，那个时候我也仅仅知道三点，一是她已经双腿截肢，二是她嫁到了河北沧州附近的一个小镇，三是她不能生育因此没有孩子。此外，我对叶丽亚的生活一无所知。在二十多年的时间里，我和叶丽亚没有过任何联系，我身边也没有人提到过她，就连赵青青，我也不知道她身在何处。还有一个情况是，直到我见到赵青青那一天之前，我并不知道叶丽亚出车祸是在一九八五年十月十二日，也就是说，我不知道叶丽亚出车祸与我有关系。

时隔二十多年再次见到叶丽亚，是在她河北沧州的家里。前年冬天，就是我在地下室里翻出日记本之后不久，我在北京回济南的火车上接到了叶丽亚打来的电话。

无论如何我都没有想到叶丽亚会打电话给我，所以当我听到电话中的女声告诉我说她是叶丽亚的时候，我难以置信，愣了足足五秒钟。叶丽亚在电话中说，她费了很多周折才打听到我的电话号码，问我现在接听电话是不是方便。听叶丽亚的口气，她是有重要的事情找我。我说，叶丽亚，我方便的，你说吧。

可是接下来，叶丽亚说话有些吞吞吐吐，她说了好长时间我才明白，她找我是想让我帮她发表文章。我问她，叶丽亚你发表文章是要评职称用吗？叶丽亚又说不是她要发表文章，是她的丈夫要发表文章。我顺着刚才的思路说，那是你的老公要评职称用吗？叶丽亚说，他不是要评职称，他是要救命的。我一听叶丽亚这么说，知道事情的确很严重，但又难以理解。像发表文章这样的事情，怎么能扯上救命不救命的呢？我问叶丽亚是怎么回事，事情怎么说到救命上去了？叶丽亚说，她的丈夫出事了。

我追问叶丽亚，她的丈夫到底出了什么事，现在的情况怎么样？可是叶丽亚只说了三个字：进去了。接下来电话中没有了叶丽亚的声音。我以为是信号中断了，但不是，我知道叶丽亚还在听着电话。叶丽亚出了大事，我当即决定在沧州下车。当时火车刚刚过了廊坊，正在驶往沧州，如果顺利的话，我很快就能赶到叶丽亚的家里。

按照叶丽亚在电话中的指点，我于当天下午四点多来到了离沧州大约五十公里的那个小镇。叶丽亚的家在小镇的一条副街上，是一处平房院落，房子显得有些低矮，也已经有些破败了，看起来应该是修建于二十多年前。

叶丽亚坐在轮椅上，在大门的里面迎接我。叶丽亚看到我显得很高兴，她在轮椅里面动着身子说："我没有想到你会来，那个事情你要是能帮上忙的话，也是不用跑一趟的。"我紧走两步，双手扶住她的轮椅说："很巧，我在火车上，火车正在经过沧州，就过来了。再说老同学都二十多年没见过面了吧？"叶丽亚说："是呢，都二十六年没见了。"我又说："虽说这么长时间没有见过面，但是感觉上时间并没有这么长，咱们同学的时候，就好像是前几天的事情。"

能够明显地看出来，在我到来之前，叶丽亚精心打扮过一番，她的头发刚刚用水或者摩丝梳理过，紧紧地贴在头皮上。现在的叶丽亚已经发胖了，她坐在轮椅里，大腿上搭着一块毛毯，我从她的后上方看下去，看到了她安装的假肢，裤管也显得有些僵直。我推着轮椅上的叶丽亚进了屋，在进屋的当口，我注意到她家的屋门口并没有安装门槛，这是为了她的轮椅进出方便的缘故吧。

叶丽亚的手在空中挥了一下说："这是我们结婚时建的房子，后来很多年没有住过人。他出事以后，镇政府宿舍的那套房子充公了，我又搬到这里来。"这房子通风透光都不好，我闻到屋子里有一股很浓重的霉味和尿臊味。我的眼睛适应了昏暗的光线之后，看到屋里也没有什么像样的家具，但在东山墙那里，却挂着很多大红大绿的类似国画的尺幅，走近两步看了看，才看清是一些刺绣品。我问叶丽亚："这都是你绣的吗？"叶丽亚说："绣得不好，让你笑话了。"我说："哪里话，你绣得很好，我记得上学的时候，你的手就很巧。"叶丽亚突然带着撒娇的声调笑着说："你胡说，你哪里知道我的手巧不巧，你那时候看见女生就脸红，连句话都不敢跟我说。"我也笑着说："那时候男生和女生根本就不说话，这又不是我定的规矩，也不是我时兴的办法。"接着我又问叶丽亚："这么多刺绣品，是干什么用的？"叶丽亚说："是我绣着玩儿的。"

我急于想要知道叶丽亚的丈夫到底出了什么事，让她先说事情，我坐在她对面的椅子上听着。叶丽亚的裤子不能完全遮挡住她的假肢，在她的裤腿脚那儿，我看到她的假肢是一种粉红的颜色，明显地区别于她的皮肤。刚刚我把叶丽亚推进屋的时候，她在靠近屋门的地方，现在她自己却挪到了门后的暗处。叶丽亚说话的时候，她的眼睛幽幽地似乎散发着两片灰蓝的光，她的双重下巴扯动得厉害，她的声音是那种突然间紧张又突然间松弛的节奏。屋子里浓重的霉味儿、叶丽亚忽紧忽松的说话声和她躲在暗处的样子，都让我不太舒服，我就不停地调整坐姿，或者在叶丽亚说话的间隙插进一句话，这样的好处是还能让叶丽亚感觉到我的礼貌。

但是我一直没有问二十多年前叶丽亚出车祸的事，这主要是出于两个方面的考虑：一是叶丽亚已经过了二十多年没有双腿的生活，今天我来到这里，不要揭开她的伤疤，我没有任何必要让她再回忆过去；二是作为叶丽亚的老同学，我不想让她知道，其实我对她出车祸的事一直并不知情，直到前两年才听人说起过。我对她的生活更是一无所知。

其实叶丽亚的丈夫被逮捕已经是三年前的事情了，出事之前他是这个小镇的副镇长，因为贪污、挪用公款和包养二奶等问题落马，被判处七年有期徒刑，现在在保定的一所监狱里服刑。当初，失去双腿的叶丽亚嫁给他的时候，他只是一个穷困潦倒的民办教师，用叶丽亚自己的话说："我要是有腿的话，我会嫁给他吗？"那时，叶丽亚失去双腿的同时也失去了护士的工作，她直到二十九岁才远嫁到了沧州。叶丽亚带给了她的丈夫好运气，他们结婚之后几年的时间里，她的丈夫由一个民办教师，很快成为公办教师，接着通过考试进入镇政府当了干部，然后又升为副镇长。

现在叶丽亚的丈夫在保定监狱服刑已经两年多，据说监狱里突然有了一个不成文的规定，就是如果有服刑人员喜欢写文章的话，经过审查允许向外投稿，每发表一篇文章可以减刑三天。而叶丽亚的丈夫就喜欢写文章，当年他就是因为笔杆子硬才被镇政府看上的，也是因为他写的上报材料为镇政府赢得重大声誉才被提拔为副镇长的。我在杂志社工作，的确能够为叶丽亚的丈夫帮这个忙，这就是叶丽亚费尽心思寻找我的原因。

叶丽亚算了一笔账，她对我说："发表一篇文章就可以减刑三天，十篇就是一个月，如果一百篇呢，那差不多就能减下来一年！"她说这话的时候声音坚定有力，一百篇的数量也毋庸置疑。不过觉得"监狱里的服刑人员每发表一篇文章可以减刑三天"这个说法有些儿戏，我无法相信，监狱里不可能有这样的规定，哪怕是像她说的"不成文的规定"。但是我却对叶丽亚说，我一定会帮这个忙，而且能帮上。

天快要黑下来了，我对叶丽亚谎称明天一早还有重要的会议要参加，必须乘夜车赶回济南。叶丽亚希望我留下来吃晚饭，如果一定要坐夜车赶回济南的话，晚饭后也还有车去沧州。但叶丽亚拗不过我。在我和叶丽亚不吃晚饭就走还是吃了晚饭再走的争执中，叶丽亚哭了，但她并不出声，只是默默地流着眼泪。叶丽亚流着泪问我："真要走？"我点点头。她绷了绷嘴唇说："好吧，我送送你。"

这样我就推着轮椅，把叶丽亚推到大门口。我把叶丽亚放在大门里面，我自己站在大门外面，我对叶丽亚说："我们就这样告别吧。"叶丽亚还在流泪，她伸了伸手，好像要揪住我，她同时说："我送你到外面。"然后她又把双手扶在轮椅上，动了动身子，想转动轮椅到大门外面。我上前一步阻止了她，我说："好了，我们就这样告别吧。"我又说："叶丽亚，多保重。"叶丽亚唏嘘着说："你也多保重。"我转身离开。走了十几步，我回过头，看到叶丽亚的一只手从大门里面伸出来，朝我不停地摆动着。

但是那天我并没有马上离开小镇。我来到小镇西关的公路旁，那儿只有几辆机动三轮车载人去沧州，有几个车夫站在路边等客。要坐在这样的三轮车上被风吹着、颠簸着跑五十公里的路，回到家里有可能会大病一场，想想就让人害怕。我有些累了，不想以这样的方式离开。实际上我对叶丽亚说要马上离开，只是在她的家里我心理负担重，不知道如何长时间地面对她。

这样我又折回了小镇的正街，找了一家干净些的旅店住下来，吃了点儿东西，又到街上走了一圈，四处看看小镇的夜色。回到旅店天已经不早了，本想早早休息，但却毫无睡意。在房间待了一会儿，那种出门在外惯常有的孤独感很快覆盖了心绪，想想自己这一天随波逐流的样子，真是不可思议。就在几个小时前，我也不曾想到自己会在这个晚上滞留在一个陌生的小镇。这样的一个小镇，即便是叶丽亚生活在这里，可能我一生中只会来这儿一次，不会有第二次。我望了望窗外的夜色，神志很是恍惚。

手机短信提示，我打开看了一下，是叶丽亚发过来的：到沧州了吗？我笑了笑，回复给她：到了。过了几分钟，叶丽亚的短信又过来了：谢谢你专程赶过来看我，今天是我一生中重要的日子。说实在的，叶丽亚的第二条短信让我很难过。实际上在这一生中，我对待叶丽亚都很残酷，但是我没有办法不去那么做。停了一会儿，我回过去：叶丽亚，我欠你很多，面对你的时候我说不出口，我也不知道该如何偿还。叶丽亚回答说：别这么说，我们都已经老了。很快，叶丽亚的又一条短信发过来：我到沧州二十年了，从没有回过老家，也很少有人到这儿来看过我，你是第二个……我问：那第一个是谁？叶丽亚说：是赵青青。我说：如果有机会，我会再来看你。这个短信之后，中间隔的时间较长，大约十多分钟。然后叶丽亚又说：还有一件事求你帮个忙，我搬家来沧州的时候，有一个小木箱子遗忘在原单位的小仓库里，请你帮我找到它。我问：一个什么样的小木箱子？放在哪个仓库？

叶丽亚说：一个深蓝色的小木箱子，比一个鞋盒子大不了多少，放在"小仓库"里，那个名叫"小仓库"的房子，所有的医生护士都知道它。我回答叶丽亚：好的，我一定去找它，找到以后给你捎过来。叶丽亚说：不用，你帮我把它烧掉就行了。

5

我从沧州回到济南大约一个月后见到了赵青青。赵青青早已不在我们家乡那个县那个小镇医院工作了，她后来调到了市卫生局，这次到济南来，是开一个全省卫生系统的会议。和叶丽亚说的一样，赵青青也说她费了很多周折才打听到我的电话号码。赵青青在电话中说，大家都老了，越老越喜欢回忆年轻时候的事，愿意见年轻时候的同学或者朋友。我和赵青青在一家茶馆里见了一面，我们感慨着时光对人的雕刻力度之后，话题自然到了叶丽亚身上。

发生在叶丽亚身上的很多事情都是我不知道的，比如赵青青告诉我说，叶丽亚出车祸是在一九八五年十月十二日。当然赵青青并不确切记得那个日子，她只说是当年她们两个到我任教的中学去喝酒的那一天，车祸发生在她们回去的路上，她亲眼看着一辆大卡车的车轮从叶丽亚的双腿上碾过去。

还有，赵青青告诉我说，叶丽亚的丈夫出事，就是叶丽亚本人给县检察院打电话告发的。不过那时候叶丽亚只知道她的丈夫在外面有女人的事，她的丈夫其他的事情像贪污、挪用公款等等，叶丽亚并不知情，但是县检察院介入调查之后，这些事情全出来了。对于自己告发丈夫一事，叶丽亚非常后悔。她现在只希望保定监狱里的那个男人早一天回家来，哪怕是让她和另外一个女人分享那个男人。

赵青青去沧州看望叶丽亚，就是在叶丽亚的丈夫到保定监狱之后，她在叶丽亚的家里住了两天。赵青青向我描述了叶丽亚日常起居的情景，比如说叶丽亚如何起床穿衣，如何上厕所，如何去市场买菜，如何做饭，如何在晚上的时候一个人一边看电视一边刺绣。当年叶丽亚刚刚嫁到沧州的时候学习刺绣，主要是为了打发无聊的日子，但是她的丈夫出事之后，她只能靠刺绣去生活了。

赵青青的这些话，说得我和她自己都非常难过，我们同情叶丽亚的处境，但也只能为她祝福。我对赵青青说："我一定要为叶丽亚做点儿事情。"实际上那个时候我已经在做了，我托朋友帮叶丽亚的丈夫在报纸上发了几篇文章，只是不知道这些文章到底能不能帮助那个男人早一天回到叶丽亚的身边。赵青青泪光闪闪地接过我的话说："你应该为她做点儿事情，你是最应该为她做点儿事情的那个人。"赵青青低着头，摆弄着面前的茶杯，许久之后，她又说："年轻的时候就不说了，现在说起来也无济于事。你知道吗？那时候叶丽亚给你写了很多信。"我说："赵青青，二十多年前那次你和叶丽亚去县城中学找我的时候就说过，叶丽亚给我写过好多信，我记得很清楚，但是我从没有收到过哪怕是一封她的来信啊。"赵青青叹了一口气，望着窗外不停地摇着头说："谁知道呢。"停了一下她又说："也许叶丽亚写给你的那些信，从来也没有寄出过，它们一直都锁在她的箱子里。"

赵青青的话让我突然间想到了一件事。在沧州的时候，我曾经答应过叶丽亚，但是回来之后我竟完全把它忘记了。我问赵青青："原来你和叶丽亚的工作单位，就是小镇的那家小医院，有一间堆放杂物的房子名叫'小仓库'？"赵青青歪着头想了一会儿说："不记得了，小仓库？"然后赵青青又说："你怎么想到问这个？"赵青青的反问一下子让我想到这件事我是不能够问赵青青的，事情明摆着，如果那只小木箱子的事叶丽亚托付给赵青青去办，不是更方便吗？既然叶丽亚没有托付给赵青青，而是托付给了我，那一定就有叶丽亚的道理。这样话到了嘴边，我又收回来了，我毫无内容地笑了笑说："没什么，我随便问问罢了。"赵青青看着我诡秘地笑："一定是叶丽亚在沧州的时候告诉了你什么事情，算了算了，我不问你们的事。"

在一个好天气里，我驾车三百多公里到了当初我和叶丽亚上高一的那个小镇，找到了叶丽亚曾经工作过的那家医院。距我在这个小镇读高一，已经过去了三十多年，再加上小镇变化很大，所以我对医院没有什么印象。我在医院里找到的是负责后勤工作的一个科长，那科长五十岁左右，和我们是同代人，我觉得找他找对头了。

在后勤科长的办公室坐定之后，刚刚交谈了几句，他就记起了叶丽亚的模样，对我这个自称叶丽亚同学的人也很热情。说到叶丽亚托付我的事情，后勤科长显得很是疑惑："小仓库？什么小仓库？"我说："科长不知道小仓库吗？叶丽亚说，这里的人都知道小仓库啊。"后勤科长摇着头，不过他问我："叶丽亚找小仓库干什么？"我说："那里面放着她的一个小木箱子。是一个深蓝色的小木箱子，比一个鞋盒子大不了多少。"科长沉思了一下说："前些年整个医院都拆掉了，所有的房子都是新盖的。"他说着话，猛地推开了办公室的窗户，让我透过窗户去看医院的样子。

科长又朝着院子挥了挥手说："箱子肯定找不到了，当时拆旧房子的时候，光垃圾就拉了几十车呢。"我和科长面面相觑。停了一会儿，科长问："箱子里是什么东西？"我说："大概是一些非常私人化的东西吧，比如旧信件和日记本之类的，这些东西对叶丽亚很重要。"科长笑起来说："真要是那么重要，她走的时候为什么不带着？会让它在这里放二十多年？她是心血来潮吧？"科长顿了一下又问我，"她是心血来潮，你说是吧？"科长说完用眼睛盯着我看，意思是让我承认他对叶丽亚的判断，我只好也笑笑说："是啊，都这么多年了。"

果可食

地瓜属桑科，落叶匍匐小灌木；茎棕褐色，有乳汁，节略膨大，触地生细长不定根；隐花果有短梗，簇生于无叶短枝上，埋于土中，球形或卵球形，红色；产于我国中部和西南部；果可食。

1

我们全家人都知道很多年前发生在家里的一件大事，这就是我父亲在 1949 年深秋，从当时的平原省湖西区驻地单县出发，跟随湖西区干部南下大队到了安徽省砀山县之后，脖子上忽然长了一个大疮。无奈之下，父亲的南下不得不半途而废。此后几年，父亲一直待在老家，甚至一生都没能再出去工作。

我奶奶说起父亲的事往往身临其境，好像父亲南下的时候她就跟在身后。奶奶说，湖西区干部南下大队是在深秋里一个大霜后的早晨起程的。那天早晨父亲穿着奶奶托人捎给他的棉靴子，新靴子有点儿小，在白花花的霜地里走起路来，使他显得蹒跚或者犹豫不决。同时，走在长长的南下队伍里，父亲的脖子也有点疼。父亲认为是落枕了，他不停地扭着脖子，以为这样慢慢地就会好起来。可是往南行走了一天一夜之后，父亲的脖子里长起了大疮。到了安徽砀山县，他脖子上的大疮已经长得像馒头那么大，溃烂化脓，并且发起了高烧。这种情况下，南下大队的指挥官作出决定，让我的父亲离开队伍，返回老家。

以后的年月里，当父亲已经年老的时候，他还时常提起自己南下掉队的事。比如说在1970年的某一个冬天的黄昏，我和父亲一起走在从人民公社驻地返回村子的土路上，父亲就再一次提到了他的"南下"。那次是父亲因为修自行车被人民公社革命委员会割了"资本主义尾巴"，他们这些尾巴们被集中到人民公社参加为期一个多月的"斗私批修学习班"。学习班结束之后，我到人民公社去接父亲回家。父亲被这个学习班弄得脸上脏兮兮的，头发蓬乱，很多天没有刮胡子，而且双眼迷离，脚步踉跄，他好像一下子就变老了。父亲说，在学习班上，他们这些人根本就吃不饱。再说了，他们吃的那叫什么？简直是猪食！除了地瓜还是地瓜，他们根本吃不上粮食。父亲说，还不如从前打仗的时候吃得好，打仗的时候，他还能吃上玉米面窝头呢。其实平时在家里的时候，我们家也都是吃地瓜，吃不上玉米面窝头，也吃不上其他的粮食，吃地瓜的时候父亲吃得也挺香。父亲说学习班上吃得不好，只不过是发泄发泄罢了。

从人民公社驻地返回村子的土路旁是一条沿路大沟，沟里还堆着一些发乌的积雪，父亲走在前头，我跟在他的身后。有一段路程，父亲一直在踢一块鸡蛋大小的砖头，他把小砖头踢到前面，等走过去的时候，再把它往前面踢。他足足把那块小砖头往前踢了一里多路。父亲是在踢砖头时提到南下的，他说得不多，声音也很低，其实是在自言自语。父亲说："如果不是我脖子上长了那个大疮，现如今我也不会落到这步田地。"

不管是我母亲还是我们几个兄弟姐妹，对于父亲南下掉队的事都耳熟能详，同时我们也对父亲、对我们自己的处境充满了同情。离湖西区干部南下的日子越是久远，我们就越是觉得那个大疮并不是长在父亲的脖子上，而是长在他的心里。当然，父亲脖子上的大疮更是长在我的心里。很多时候我都在想，如果不是父亲脖子上的大疮，如果他跟随南下大队去了南方，他的一生会很辉煌。尤其是想一想父亲落难的那些日子，比如说想一想他因为害怕被打成右派而仓皇逃往西宁、想一想他因为修理自行车被割了资本主义尾巴而到"斗私批修学习班"上去挨饿、想一想他在村子里为了跟人争一点自留地的边角面被打断一根肋骨的那些日子，我忍不住就会想父亲的一生被耽搁了。父亲当时在湖西区的时候，是区里最靠得住的文书，而且他还画得一手好画，写得一手好字；即便是当年跟在他屁股后面的一个小文书、他的部下，到了"文革"前，在南方做官也都做到市长了。

有一年，当年父亲的部下、后来的市长姜勇带着绿色吉普车和警卫员到我们村子里来过一次，他是专门来看望父亲的。据我奶奶说，这个姜市长当年不仅仅是父亲的部下，在他成为父亲的部下之前，父亲还曾经救过他的命。可是这两个人，都已经快20年没见面了。那天吉普车就停在我家院门外的街边，父亲迎出了大门，那个姜市长一下车，刚刚看到我父亲，就扑到父亲的怀里，抱着父亲的头哭起来。在我家大门外，街上的人都过来看热闹，父亲和姜市长两个人像孩子一样哭得不管东西南北。我知道，故友重逢，除了各奔东西、往事艰险而引起的百感交集之外，姜市长的哭声中满含着对于父亲处境的同情；而相比于姜市长的成就感和优越感，穷困潦倒的父亲在那一刻肯定又想到了南下时自己脖子上长的那个大疮。

姜市长给我家带来了很多东西，有酒、肉、点心，有粮票、布票，还有花生和冰糖，这些好东西我家就是过年也买不起。不过有一点让我疑惑不解，姜市长和我父亲都没有提到父亲脖子上长疮的事。姜市长在我家里待了半天，吃了一顿饭，和我父亲说了很多话，天南地北，世事沧桑，却唯独没有说到父亲在南下的路上脖子上长的大疮。我非常希望他们说一说父亲脖子上的大疮，我是这样想的：也许和南下老战友说一说自己的脖子，半生对自己的脖子耿耿于怀的父亲，也许就会对那个大疮释然了。可是对于父亲的脖子，姜市长和我父亲一句话也没有说。那天他们两个人坐在我家院子里的一棵大杨树底下喝了很多酒，我父亲越是喝酒，话就越多，他的脸变成了猪肝的颜色，说话的时候喉结一上一下地滚动着，但他还是不停地和姜市长碰杯。父亲每次和姜市长碰杯之后就说一大段话，每段话之前他都是这样开头的："我这一辈子……"后来父亲喝醉了，躺在院子里不省人事。

2

　　我奶奶在瘫痪多年后于 1984 年秋天去世，终年 84 岁。我父亲 1997 年夏天因肺癌去世，终年 73 岁。父亲去世之后，我时常感到奶奶和父亲共同带走了一个秘密，这个秘密就是长在父亲脖子上的大疮。在过去的那些年里，虽然母亲常常听父亲和奶奶说到父亲脖子上长疮的事，但她不一定真的知道父亲南下掉队的真相，因为她是在父亲南下掉队之后才嫁过来的。真相很可能只有奶奶和父亲两个人知道。

　　父亲咽气前，母亲和我们姐弟几人都在他眼前，当时我格外注意了一下父亲的脖子。有一个疑问藏在我心里，那就是父亲的脖子上到底有没有长过一个大疮。这个疑问不是父亲咽气的时候才有的，它很久以前就有。以前姜市长到我家来的时候，父亲和姜市长两个人坐在大杨树底下喝酒，我一直待在他们身边，那天我一直盯着父亲的脖子看，我没有发现父亲脖子上的疮疤。按照奶奶的说法，父亲跟随湖西区干部南下大队到了安徽砀山县，他脖子上的大疮已经长得像馒头那么大，溃烂化脓，并且发起了高烧。这种情况父亲脖子上怎么会没有留下疮疤呢？

1998年春天，就是我父亲去世后的第二年，我突然听到一个消息，说是姜市长已经回到了他的老家、我们的邻县成武县养老。他在成武县县城的东关建了房子，和老伴两个人安度晚年。按照我的推算，姜市长也已经至少70岁了，他肯定早已经从市长的位子上退了下来。当时我父亲去世的时候，我们犹豫再三要不要给姜市长报丧，最后还是决定暂时不让他知道。我们的顾虑一是姜市长位居高官，见过大世面，认识的人太多了，是否真的会把我们的父亲去世当回事；二是姜市长年事已高，再加上路途遥远，如果他回来给我们的父亲吊唁的话，身体会吃不消。现在姜市长从南方回来居住了，我决定去拜访他，给他说一说我父亲的事。

姜市长的房子建在县城的最边缘，院子很大，里面种满了各种花草和蔬菜，有一些花正在开，有蝴蝶和蜜蜂在上面飞舞。姜市长穿着一身淡蓝色的睡衣，手里拿着喷壶，正在侍弄那些花草。我知道姜市长已经认不出我了，就告诉他我是谁。很显然他完全没有想到我会去看望他，所以显得很意外也很惊喜，他握着我的手不松开，问我："你父亲身体还好吗？"他的话让我无法对答，我只好顿了顿，嗫嚅着说："我父亲，他已经去世了。"姜市长的脸色一下子阴沉下来，说不上我父亲的去世对他来说很意外还是在他的意料之中。他又问我："什么时候？"我说："去年夏天。"姜市长把喷壶重重地放在旁边的一块石板上，然后沉默了一阵子，眼睛望着院子外面的什么地方。过了一会儿，他责备我说："怎么不告诉我？让我好去送送他。"我解释说："那个时候，我还不知道姜叔叔已经从南边回来了。"姜市长把手按在我的肩上，轻轻地拍了两下，然后引我到屋里去。当他转过身去的时候，他又说："你父亲这一辈子很不容易。"姜市长的这句话，竟让我鼻子一酸，眼泪在眼眶里打转。

那天姜市长留我吃饭，我们喝了一些酒。我们一直在说我父亲的事。姜市长回忆起当时在湖西区的一些经历，好像是在说昨天的事情。那时候我父亲在湖西区做文职，姜市长和一个姓梅的女子是我父亲的部下。后来做文职的这三个人，一个去了南方（姜市长），一个落在了农村（我父亲），一个生病死在湖西区人民医院里（梅女子）。当时，他们三个人的主要任务就是寻找合适的墙皮，然后往墙皮上写标语。虽然我父亲只上过一年半私塾学堂，却写得一手好字，画得一手好画，整个区里的所有干部都比不上他；他的文才也很好，大部分的标语都是他自己编的。总之，湖西区的干部们都喜欢我父亲。

据姜市长回忆说，一开始准备南下的时候，湖西区干部南下大队的名单上并没有父亲的名字，原因是父亲是独子，而我的爷爷又死得早，当时我奶奶一个人生活在离湖西区驻地单县大约180里远的农村。区里领导考虑父亲家庭的特殊情况，所以才把父亲的名字从南下大队的花名册上抹了去的。可是父亲知道这个情况之后，心里非常纠结，他曾经背着人偷偷地在河边坐了一夜，翻来覆去地考虑南下的事。虽说各种各样的情况似乎不允许父亲南下，但父亲又觉得不能跟随南下大队一起去南方巩固政权，问题很严重，同时自己也心有不甘。那时候父亲已经在队伍里混了好几年，对于一些事情的利弊权衡还算明智，于是第二天他找到区里领导，表明了自己南下的决心。就这样，父亲的名字才又被重新写进了南下大队的花名册。

我父亲南下掉队之后，却没有回到湖西区工作，而是回了老家，不久即与我母亲结婚。几年之后的1953年，平原省撤销建制，湖西区的几个县划归山东，另外几个县划归河南。这个时候，父亲原来的一些同事，忧心父亲一个人在老家生活过于艰难，他们就想为父亲做一件大事。这些人又联系了原湖西区另外的几个同事和几个老上级，写了一封联名信，共同为父亲证明他当初南下掉队实属迫不得已，建议上级部门重新考虑为父亲安排工作。姜市长就是这次联名信的发起人。但是这些人为父亲的事跑了两年多，最终却因为一些客观原因不了了之。

在姜市长家里吃的那顿饭，整个过程持续了三四个小时。席间，我们把我父亲的一生所经历的比较大的事情说了一遍。姜市长对我父亲的前半生比较了解，他主要是说父亲的前半生；而我则对父亲的后半生比较了解，当然我主要是说父亲的后半生。在我们说这些事情的时候，姜市长两次说了我奶奶和我父亲曾经说过的话，他说："如果南下的时候你父亲不掉队的话，他不会落到这步田地，你们这几个孩子也不用吃地瓜长大了。"说这话的时候，姜市长的酒喝得已经有些多，他的脸、眼睛和脖子都被酒精烧得通红。

自从离开湖西区和南下大队之后，实际上父亲的一生都在做一件事情，那就是为我们兄弟姐妹几个"找饭吃"。他先后到过山东的成武、菏泽、鄄城、冠县，河南的商丘、南阳，后来是安徽的蚌埠、亳州、砀山，还有山西运城、甘肃酒泉、青海西宁、江苏徐州、河北邢台等。父亲在他到的每一个地方都生活了一段时间。那时候，我们姐弟七人都还没有长大成人，奶奶年事已高，生计所迫，父亲只好不停地从一个地方走到另一个地方。在那些数不清的陌生之地，父亲做过掏粪工、汽车修理工、卡车司机、仓库保管员、砖窑工、搬运工、过磅员和看门人，还开过自行车修理铺、杂货铺、熟肉铺以及废品收购站。

用姜市长的话说，我父亲像一只雁一样落在了农村，他落在了一片盐碱地上。我们村的土地过于贫瘠，不生庄稼，生产队每年夏季打下的小麦，分到我们家里只有一小口袋，就是这一小口袋小麦，我们也只有看一看摸一摸的份儿，那些金灿灿的麦粒子永远也不会磨成白面让我们吃，隔不了几天，我父亲就会扛着那口袋小麦到集上去，换来几大口袋地瓜干，因为只有这样，我们一家10口人才能吃得饱。一年四季、一天三顿吃地瓜，吃得我课间或者放学的路上蹲在地上吐酸水。在学校上课的时候，我一边听老师讲课一边打嗝，课桌底下的地皮上，都被我胃里的酸水弄湿了；放学回家的路上，我把胃里的酸水吐在路边的沟里。

我不停地说着父亲的事，说着因为父亲南下掉队而我们兄弟姐妹几人不得不吃地瓜长大，目的是想启发姜市长，让他说出父亲南下掉队的真相。可是姜市长的话似乎总是在有意回避这个关键的地方。最后，在我和姜市长两人的饭局即将结束的时候，我只好问："姜叔叔，那个时候，我父亲好好的，怎么会突然脖子上就长了一个大疮呢？"姜市长被我问得愣了一下，他反问我："你父亲脖子上长了一个大疮？什么时候？"我赶紧说："南下的时候。"姜市长皱着眉头想了一阵子，然后摇着头说："我不记得你父亲脖子上长疮的事。"我说："这么大的事，您怎么会不记得了呢？这事影响了我父亲的一生。"姜市长还在沉思中。我追着说："我父亲跟着湖西区干部南下大队到了安徽砀山县，他脖子上突然长了一个大疮，像馒头那么大，溃烂化脓，并且发起了高烧。"姜市长好像突然明白了什么似的说："你父亲是这么说的？"我说："我父亲还有我奶奶，他们都是这么说的。"姜市长咂咂嘴，不说话了。我盯着姜市长，希望他说一说我父亲南下掉队的事。我追着姜市长说："姜叔叔，难道说我父亲他是犯了什么错误，被南下大队开除的吗？他脖子上根本就没有长过什么大疮，是吗？"

姜市长慢慢地低下了头，他似乎是在寻找什么恰当的言辞来应付我的追问，渐渐地，他的脸色也变得很难看。但是我等了好一阵子，姜市长并没有说话。于是我又说："我父亲脖子上根本就没有长过什么大疮，他是因为什么事情偷偷跑回来的，用你们那个年代的话说，他这叫自行脱离组织，是这样吗，姜叔叔？如果不是这样的话，几年之后，你们一些人写联名信要求上级有关部门为我父亲恢复工作，事情为什么又会不了了之？上级有关部门为什么不能给一个说法呢？"

看看姜市长还是不说话，我又说："还有一件奇怪的事。在我的记忆中，有很多次我父亲早晨一觉醒来，会把日子记错。这个错误也很奇怪，他总是把日子记错七天，不是一天两天，也不是三天四天，是整整七天。每一次他都是这样。"我望着姜市长的脸色，他的头低得更深了。我说："一定发生过什么大的事情，让我父亲这个样子的，是在南下的时候，对吗，姜叔叔？"许久之后，姜市长说："你父亲他，脖子上是长了一个大疮……"这么说着，姜市长的嘴唇哆嗦起来，慢慢地，他的眼里流下了泪水。我知道，姜市长和我父亲的感情很深。

3

父亲去世前，曾花了五六个月的时间写过一本近20万字的回忆录，题目叫《流离》。这本回忆录一直由我来保存，但我却一直没有看过它。从姜市长那里回来以后，我非常想看一看父亲的回忆录。在一个阴雨天里，我花了一天一夜的时间，一口气看完了父亲的回忆录《流离》。说实在的，父亲把他的回忆录取名叫《流离》，是对他一生生活状况的高度概括，他花费了大量的笔墨叙述他所到过的每一个地方，以及在那些地方如何精打细算地挣钱，为家里10口人找饭吃。在回忆录的结尾部分，父亲对自己进行了评价，其中最让他自豪的是，他认为自己具有极强的"在社会的最底层挣扎的能力"。

但是就像姜市长有意回避我父亲南下掉队的事一样，在父亲的回忆录中，对于1949年深秋湖西区干部南下大队的事也少有涉及。在这 20 万字的篇幅里，父亲倒是常常会提到南下以及从安徽砀山县返回的情景，但他始终不说明南下掉队的真正原因，仍然还是那一句："脖子上长了一个大疮。"最终，我在父亲的回忆录中一无所获。实际上那个时候，关于父亲南下掉队是因为"脖子上长了一个大疮"的说法，已经被我否定了。我觉得那只是一个托词，父亲南下掉队一定另有隐情。

父亲去世两年以后，母亲因脑溢血后遗症瘫痪了，她只能一整天一整天地躺在床上，脑子也开始有些糊涂。我觉得，母亲离到那边找父亲的日子不远了。我还记得父亲咽气之前对母亲说过的话，老年的父亲手头宽裕了一些，他临走的时候为母亲留下了几万块钱，他的话就是对那几万块钱说的。当时父亲拉着母亲的手说："你不要舍不得，该吃就吃，该喝就喝，好好地用那些钱，等你把钱用没了，我就来叫你走。"父亲对母亲说这话的时候眼里流着泪，他接着又补了一句："你这辈子跟着我没过上好日子，光吃地瓜了。"母亲躺在床上脑子有些糊涂的那一年，她有时候突然就会对我说："你去大门口看看，是不是你爹回来了？"她反复地催我离开她的床边，到大门口去看看，是不是父亲回来叫她走。母亲的一生对父亲非常依赖，父亲的每一句话她都会很当真。同时，母亲没有认为父亲去了另一个世界，她只当是父亲出远门去了，有一天就会回转来。

但是终于有一天，情况发生了变化。母亲要我到大门口去看看的时候，并没有认为是父亲回来了，而是认为大门外站着一个年轻的女人。母亲还详细地描述说，那个年轻女人个子不高，身材细瘦，面目白净，穿着一身青蓝色的衣服，剪着齐耳的短发，臂弯里挎着一个蓝底白花的小布包袱。那个年轻女人站在大门外叫了我父亲的名字，问我父亲的家是不是在这里。母亲第一次这么说的时候，我并没有在意，只是觉得她脑子糊涂产生了不着边际的幻觉。可是过了一些日子，母亲再一次说，那个身材细瘦、面目白净的年轻女人又站在了我家大门外，叫了我父亲的名字。母亲的说法对我形成了刺激，让我一下子想到了父亲的回忆录中一些零碎的片断，那些片断散布在回忆录的很多个章节里，看起来毫无关联，是母亲让我把这些片断串联起来了。

父亲的回忆录中写到了一个人。当时在湖西区做文职的父亲，手下有两个人，一个是后来当了市长的姜勇，另一个是姓梅的年轻女人。父亲在通篇回忆录中对姜市长少有提及，却有多处写到了梅姓女子。如果把父亲提到梅姓女子的片断联系在一起，是这样的：梅女子自幼父母双亡，她的叔叔把她卖到了巨野县柳林镇的一户人家做童养媳，但柳林镇的这家人对她很不好。后来梅女子一个人跑到了湖西区，和养父母再无联系。到了湖西区之后，我父亲曾教会梅女子认识了一些字，所以梅女子就到父亲手下去做文职。全国解放不久，梅女子在湖西区人民医院死于伤寒并发症。

回忆录中对梅女子的具体描述只有两处，一处出现在前半部分，另一处出现在后半部分。出现在回忆录前半部分的这一处描述，却仅仅是父亲和梅女子的一次碰面。1949 年的秋天，湖西区干部南下大队开拔前一个月左右，一个清爽的上午，我父亲骑了一辆从区里借出来的自行车，离开湖西区的驻地单县，到邻县成武去开会。一出单县县城，在西关外意外地遇到了梅女子。梅女子是我父亲的部下，但那一天他却不知道她的行踪。两人遇到之后，相互询问对方去做什么。原来那一天梅女子是去城外的印刷所，催印区里交给印刷所去印制的年历画，本来印制年历画的事一直是父亲亲自经办的，而且他还是那幅年历画的绘画作者，但那一天他把这件事忘记了。然后他们停下来，父亲把自行车靠在小路边的一棵树上，而梅女子则倚在另一棵树上和我父亲说话。他们说了很长时间，但父亲没有写他们说话的内容，不知道他们说话的内容是不是和父亲的南下有关。

就像小说里常常出现的段落一样，父亲在回忆录的这一页详细描述了梅女子的长相、身高、穿戴打扮、神情举止等等。梅女子倚着一棵树，父亲站在自行车旁，一只手扶着自行车的车座，他们相距大约三尺远。那一阵子没有人从路上走过，四周很安静，近处的庄稼地里，有一些秋虫子在叫。在回忆录的这一页，父亲最为引人注目的文字是：那一天梅女子穿了一件大红底衬鹅黄细格的粗布夹袄，一条藏蓝色的粗布裤子，一双黑色的千层底布鞋。那件红色的夹袄是新做的，还没有洗过水，布料精细，颜色纯正。梅女子身材娇小，肤色细白，这样的一件夹袄更是把她的脸颊衬得白里透红。梅女子的身后是一大片枣树林，当时所有的枣树上都结满了枣子，枣子把树枝压弯了，看起来摇摇欲坠。

在回忆录的后半部分，我父亲在叙述他的老年生活时，突然插入了他在湖西区工作时的经历，他在这里曾回忆到1949年深秋梅女子死在湖西区医院的情景。当时梅女子患的是伤寒并发症，在医院里已经治疗了多天。她临死的前几天，因为持续高烧以致昏迷，大部分时间她都痛苦得低声呻吟，但有时候也会清醒。无论昏迷或者清醒，梅女子临死前长达七天的时间里一句话都不说，只用极其留恋而又极其绝望的眼神看着守在她身边的人。那个时候梅女子身上和脸上起了很多的玫瑰疹，尤其是脸上的玫瑰疹，她非常在意，不愿意让身边的人看见，所以她时常抬起手来，做着无力的手势，要求护士把她的脸用手巾盖上。梅女子知道自己就要死了，她想把自己姣好的形象留给她跟前的人。我父亲没有说梅女子临死那几天他在不在她跟前，但他的描述身临其境，悲伤和绝望也在他的文字中显露出来了。

我父亲的回忆录中有关梅女子的文字只有这些。在与"湖西区"和"南下"有些关联的文字中，父亲还写到了这样一件事：有一次他从湖西区驻地单县回家看望我奶奶，回家有180里路要走，步行的话需要两天。那一次父亲就是步行回家的。在回忆录的这一页中，父亲写到他在路上行走的双腿，他说那双腿好像不是他的，好像是两截木桩，它们不紧不慢，在机械地往前走着。这天傍晚还在路上的时候，天下起了小雨，在雨天中行走的父亲突然发起了高烧。那个地方前不着村后不着店，父亲只好躺进了一座破庙里，他竟然在那座破庙里昏迷了七天七夜。七天之后，我父亲被一个拾粪的老头从破庙里背了出来。

重看父亲的回忆录，我看到了父亲南下掉队的真相，或者说我对父亲南下掉队的真相有了一个合情合理的推断：1949 年深秋，我父亲跟随平原省湖西区干部南下大队到了安徽砀山以后，无奈之下不得不半途而废，重新返回湖西区。可是父亲的脖子上根本就没有生过大疮，那时的父亲年轻、生龙活虎，他返回湖西区，是因为一个姓梅的女子突然生病住进了湖西区医院，父亲回去是要照顾她。20 天以后，梅女子因伤寒并发症死在湖西区医院里，而我的父亲则因为过度悲伤和疲劳，在梅女子病逝后一连昏迷了七天七夜。等父亲醒来时，梅女子已经入土。父亲从安徽砀山离开南下大队，并没有经过上级的批准，他是偷偷跑回来的。从此，父亲"自行脱离组织"。

梅女子死后，父亲直接回到了老家农村。父亲回家那天，雨已经下到第八天了，院子里的一截圆木上长满了黑木耳。几只鸡趴在鸡窝里，咕咕地叫个不停。因为满地泥泞，再加上好几天的行程，我父亲在路上走掉了一只鞋，他只有一只脚上穿着鞋，另一只脚光着，站在了我家的堂屋门口。

过了三天，雨还没有停下来。奶奶和父亲两个人坐在堂屋当门，望着屋外纷纷扬扬的小雨。奶奶问父亲："你真的不能再回湖西区了？"父亲说："娘，我不能回了。"奶奶说："不回湖西区，你一辈子打牛腿，吃地瓜。"父亲说："娘，我知道。"停了一阵子，父亲开始慢慢地用双手抱住了头。奶奶又说："前些日子，大王庄你二舅来给你提亲了。"父亲双手抱着头，眼睛盯着外面，没有说话。随后，奶奶把女方的情况说了一遍，再问父亲："你见见那闺女不？"父亲说："娘，你见了吗？"奶奶说："我见了。"父亲说："娘，你见了就行了。"奶奶又问："那你同意这门亲了？"父亲反问奶奶："娘，你啥意见？"奶奶说："我没意见。"父亲抱着头，说："娘，你没意见，我也没意见。"奶奶和父亲两个人说的是我的母亲。那一年年底，我母亲就嫁过来了。

4

1999 年秋天，就是在首次拜访姜市长一年半之后，我又一次来到姜市长的家。这次拜访姜市长的目的，是想在姜市长那里印证我对于父亲南下掉队真相的推断。我觉得，这次当我把梅女子的事情说给姜市长听的时候，他一定会配合我，甚至还会说一些我所不知道的有关我父亲的事情。但我去得不巧，我到了姜市长的家，才知道他已经去世两个多月。姜市长是突发脑溢血去世的，我去的那一天，他的亲人正在给他过"十七"。我和姜市长的亲人一起祭奠了他。

从姜市长家里回来，我的心里有些失落。关于我父亲南下掉队，知道真相的三个人，我父亲、我奶奶和姜市长都去世了，而我的心里却怎么也放不下这件事情。于是我再次翻出父亲的回忆录《流离》，利用一个双休日的时间重读了一遍。这次读《流离》我有一个大的发现，我发现父亲的回忆录写得零乱、含糊其词，甚至有些扑朔迷离，原原本本的一件事情，他却要这里写一笔，那里写一笔，像是把一捧豆子撒在簸箕里。或者说父亲的回忆录像是一副扑克，每一次打开它，它好像都被洗过牌，它都以不同的面目出现在我面前。我知道，父亲在写回忆录的时候，很可能是在尽力回避着什么，或者言不由衷。

从父亲的回忆录中可以读出，他从湖西区回来之后的几十年里一直在寻找两样东西。父亲首先写到他莫名其妙地丢掉了一样东西，然后就是寻找，找了大半生。他没有说明那是一样什么东西，按照他的描述，那东西像是一块布。但多大的一块布呢？一块布可以是一块手帕，也可以是一条床单。父亲也没有说明那样像是一块布的东西是怎么到手的，又是怎么丢掉的，他写的只是他在不停地寻找那东西，很多时候他找它的时候心神恍惚，像是丢掉了自己的影子。有时候，比如说阴天下雨的时候，父亲待在家里没有事干，他就会利用一整天的时间翻箱倒柜地找。父亲找那丢失的东西时常说的一句话是："它不可能丢掉，它跑不远，它就在家里，我能闻见它的味儿。"我小时候常想，父亲要找的东西有味儿，那么它很可能是一块饼子。

父亲的回忆录中说，他在梦中常常会找那个东西，他写到了其中梦境非常清晰的一次。梦中的那一天，天空飘着小雨，地上满是泥污，在泥污和水洼上面是一些稀稀拉拉的稻草，那些稻草好像是有人故意撒在泥污上面的。是在一条河的岸边，父亲拿着铁铲在田地里刨地瓜，刨了一阵子，就刨出了要找的那个东西。那东西被一层布包着，但布和里面包着的东西都已经被泥水浸透了。打开来看，却又不是他要找的东西，而是一沓冥币，冥币都被泥水浸烂不能使用了。在梦中和在清醒后，父亲都认为这个梦很不吉利。

父亲要找的另外一样东西是我爷爷的尸骨。在父亲很小的时候，我爷爷到东北讨荒，结果饿死在吉林省梨树县境内的一条河边。一同去讨荒的我二爷爷没办法把爷爷的尸骨带回家，只好把爷爷埋在河左岸漫滩的一棵柳树下。几年之后，当我父亲和我二爷爷再次来到梨树县的那条河边时，却再也找不到我爷爷的尸骨了，因为在这之前梨树县发过大水，当时河水漫溢，田野和农舍都被大水淹没了，河道、河漫滩、河岸、长在河岸和河漫滩上的树以及周边的田野和农舍都大变了模样，我二爷爷认不出掩埋爷爷的尸骨时作为标记的那棵柳树了。他们两个人沿着那条河的左岸走了几十里路，见过很多模样相仿的柳树，每见到一棵柳树，父亲就问二爷爷这一棵是不是，但在每一棵柳树跟前二爷爷都点头，随后很快又摇头。他们还试着在二爷爷模棱两可的几棵柳树下挖了深坑，却没有挖出人的尸骨。在此后的很多年里，直到父亲老年，他一直在偷偷地攒钱，钱攒够了，每隔三五年他都要去一次吉林省梨树县的那条河边，去寻找一棵柳树，而每一次都是空手而归。

每一次从吉林省梨树县回来，我父亲都要病一场。他的病程是半个月左右，唯一的症状是发低烧，不耽误吃饭，也不耽误睡觉。父亲发起烧来，喜欢去我们村子前的万福河边蹲着，如果他是早晨去万福河，就在那里蹲到吃中饭，如果他吃了中饭去万福河，就在那里蹲到天黑。我们都不敢去河边叫他，因为逢到这种时候，他一句话也不会说，任凭我们站在他身后喊破嗓子，他连看都不会看我们一眼的。到了吃中饭或者到了天黑，我父亲自己就会乖乖地回家来吃饭，他的胃口也不差，一块地瓜三五口就下肚了。

父亲一生中一共去过吉林省梨树县七八次，他回来后发低烧蹲在万福河边这样的事情，我们也经历了七八次。头两次，我母亲曾要求父亲去看一看医生，但父亲不愿意去看医生，他说发低烧不会死人，只有发高烧才会死人。母亲就不再催父亲去看医生。后来的几次，父亲从吉林省梨树县回来，母亲知道他又要发低烧了，而且他发低烧又不去看医生，母亲就在地瓜面里面掺进去一点粮食面，单独做给父亲吃。但我父亲不吃母亲单独做给他的饭，他说他自打湖西区回来之后，就是吃地瓜活过来的，现在为什么又要吃一顿不同的饭呢？难道说吃了这一顿不同的饭，以后就不用再吃地瓜饭了吗？

父亲在回忆录中提到的几次吉林省梨树县之行，其中有一次写得很详细。他写那一次如何坐火车来到吉林省四平市，从四平火车站步行到四平长途汽车站，然后倒长途汽车到梨树县。到了梨树县已是傍晚，父亲花一分钱买了一碗大叶茶，就着自己带在身上的地瓜面窝头吃了一顿晚饭。饭后在夜色中，父亲又步行赶往20多里以外的一个名为黄岗的小镇。当晚，他住在黄岗镇的"供销社招待所"。这个名为黄岗的小镇境内，就有那条让我父亲牵挂了一生的小河，小河的名字叫"古柳"。

像过去很多次一样，父亲沿着古柳河的左岸走了几十里路，也像过去很多次一样一无所获。父亲写到，当时正是暮春，没有风，柳树上的枝条纹丝不动，但有很好的阳光照射下来，阳光让人的后背暖洋洋的。那时候河岸和河漫滩上的柳树正在飘飞着柳絮，按照父亲的说法，那些柳絮大朵大朵的像棉花一样飘飞在半空中，地上也有厚厚的一层。不长时间，父亲的头上、身上都沾满了柳絮。父亲从河堤或者河漫滩上走过，地上的大团柳絮被他带起来，在他的脚下打着旋儿。

父亲不知道在哪儿能够找到他要找的东西，他的心里毫无目标，一眼望去，地上白花花的一片。河漫滩上尽是青草和小树，那些青草和小树的枝叶上也都沾着柳絮。父亲就在一片青草里躺下来，望着天，一躺就是几个时辰。后来，柳絮渐渐地把父亲埋了起来。在回忆录的这一页中，父亲写自己躺在河漫滩的青草里并且被柳絮埋起来的时候，提到了当地的一个民间传说。传说说的是很久以前一个名叫白娥的姑娘、一个名叫赵明诚的青年和一棵柳树的故事，父亲的回忆录中并没有复述这个民间传说，只说因为这个传说，当地人管柳树不叫柳树，而是叫作白娥树。

父亲在回忆录中提到的几次吉林省梨树县之行，每一次都描述了躺倒在河漫滩的草丛里的情景，就连1992年的那一次也不例外。1992年夏天，父亲曾带我去过一次梨树县。和父亲在回忆录中的描述很相似，我们坐火车来到吉林省四平市，然后倒长途汽车到梨树县，住在县城北边的一个小镇上。那个小镇的前面，就是我们要找的河。我们到的时候已经是晚上，在小镇的一家旅馆住了一夜，第二天上午我们去那条河边。我记得那一次父亲也在河漫滩的草丛里躺了一个时辰，回旅馆的路上，父亲对我说起了爷爷。他是这么说的："我很小的时候，他就在这里了，我没有见过他，不知道他长啥模样。"停了一会儿，父亲又说，"我也没有兄弟姐妹，我一个人很孤单。我活了大半辈子了，这几十年就只有我一个人。"我们回旅馆之后又住了一夜，第二天就返回了。

但是 1992 年夏天的那次梨树县之行，我能够记得梨树县县城北边的那个小镇名字并不叫"黄岗"，而是叫"太平"。我们去的那条小河，名字也不叫"古柳"，而是叫"茂川"。父亲错把"太平镇"写成了"黄岗镇"，把"茂川河"写成了"古柳河"。当时在阅读父亲的回忆录时，我并没有在意他的这个错误。我觉得父亲一生去过太多的地方，那么多地名会像蚂蚁一样在他的脑子里乱爬，弄错一两个地名不值得大惊小怪。但过了两天我的想法就改变了，我又觉得父亲一生去过那个叫"太平镇"的小镇和那条叫"茂川河"的小河七八次，每一次他都躺倒在茂川河河漫滩的草丛里，因为寻找不到我爷爷的尸骨，他的一生不能释怀，怎么又会把他刻骨铭心的一个小镇和一条小河的名字记错呢？

这次重读父亲的回忆录之后不久，我因公出差去单县。单县县城是当年平原省湖西区的驻地，所以县里的博物馆陈列着大量有关湖西区的资料，在那里，我看到了一张湖西区的行政区划图。在这张湖西区行政区划图上，在县城正南大约十里的地方，赫然标着"黄岗镇"和"古柳河"的字样。也就是说，我父亲回忆录中提到的"黄岗镇"和"古柳河"并不在吉林省梨树县，而是在湖西区的驻地单县。我向博物馆的工作人员打听了一下，才知道当年的湖西区医院就在黄岗镇的古柳河岸边。这让我再一次想到了梅女子。当年，梅女子因伤寒并发症死在湖西区医院里，而我父亲在梅女子死后昏迷了七天七夜，因此没有能够送梅女子入土。最有可能的是，古柳河的河漫滩曾经掩埋过梅女子的尸骨，而后来我父亲却怎么也找不到她。

那天处理完公事之后，我让单县当地的陪同人员带我去了一趟黄岗镇的古柳河。我站在古柳河的岸边，看到河岸上、河漫滩上甚至河道里，到处都长满了柳树。只是这次我来到古柳河的季节正是冬天，柳树的叶子都已落尽，满目的柳树都只剩下树干和枝条。河道里也没有水，却堆满了厚厚的一层枯叶。那天我站在枯枝败叶满目萧条的河岸边，尽力想象我父亲在他的回忆录中描述的河岸暮春景象。那个柳絮飘飞的季节，父亲的世界白花花一片，那些大朵大朵的柳絮被父亲赋予了生命似的，贴住他的身体或者跟随他的脚步飞舞。有一刻我甚至感觉到，站在父亲的河岸边，在父亲的世界里我难以回归现实了。

在古柳河的岸边不远处，隐约可以看见几间旧房子。当地陪同人员告诉我说，那几间房子就是当年的湖西区人民医院，1950年以后医院就废弃不用了。后来房子拆掉重建，改为养马场。再后来养马场承包给一户村民，现在承包人在那里改建成了苗圃。我看了看那个苗圃，离古柳河的河岸大约不到两公里的样子，那里的确是一片一片的比庄稼高不了多少的树苗。我问那个陪同人员："听说当地人叫柳树不叫柳树，叫白娥树，有没有这回事？"那个陪同人员笑了笑，指了指河岸上那些柳树说："有这回事，他们都管柳树叫白娥树。"我接着说："对柳树的这种叫法来自于一个民间传说，说的是很久以前一个名叫白娥的姑娘、一个名叫赵明诚的青年和一棵柳树的故事。"那个陪同人员又笑了笑说："前几年文化馆印了一本书《单县民间故事集成》，那里面就记载了这个故事。"

离开单县几天之后，我突然想到在我很小的时候，村子里流传着有关我父亲的一个笑话。说的是有一年深秋父亲被抽调，随村子里的其他人一同到外县去挖河，结果父亲实在吃不下那个苦，挖河的时候累哭了。见到他哭的人说，父亲蹲在河岸边哭了很长时间，他的泪水把两只裤管都打湿了，他的声音像牛犊子在叫。后来挖河的人回来了，父亲的这个笑话又被他们带回了村子里，他们把父亲挖河累得蹲在河岸边哭的事添油加醋，传得有鼻子有眼。但那时我不相信他们那些人说的话，我认为把父亲的裤管打湿的是露水，而那声音真的是牛犊子在叫，因为如果父亲蹲在河岸边的话，河岸边就有耕地，耕地里就有牛犊子。

父亲的这个笑话还有一个版本，说的是父亲在挖河的时候哭，那并不是累哭的，而是吓哭的。因为他们挖河的那些人，在河漫滩的某一段，挖出了很多尸骨，骷髅满地都是，腿骨和肋骨横七竖八。在这个版本中，他们说父亲是躺在有尸骨的烂泥里哭的，他哭的时候浑身打着哆嗦。有几个人想安慰一下父亲，让他爬起来，可是发现父亲的身体完全不听使唤，父亲的身体也像是一摊烂泥，根本扶不起来。在场的一个上了些年纪的人指着烂泥里的父亲说，这样的事情他以前见过，"这个人可能是胆子太小，他是被那么多的孤魂野鬼吓着了。"

有关父亲的这种笑话，不管是说的人还是听的人，说一说听一听也就过去了，没有人过于当真，也没有人过于追究它的真实性。可是我母亲好像相信父亲是蹲在或者躺在万福河岸边哭了，她在街上听到有人说父亲挖河累哭或者吓哭的事，回到家里脸色通红，骂那些人是"孬孙""不得好死"。母亲说这话的时候，浑身打着哆嗦，就像父亲躺在河漫滩有尸骨的烂泥里打着哆嗦一样。

正是那一次，父亲挖河回来不久，被村子里的二柱打断了一根肋骨。那个时候我们家的自留地和二柱家的自留地挨在一起，有一天父亲发现二柱用铁锨翻地的时候，把两块自留地之间作为界线的田埂往我们家的自留地里弯了一个大肚子。父亲不愿意吃这个哑巴亏，两个人就发生了口角。本来平时父亲和二柱的关系还不错，发生口角也不至于动手。在双方激烈的言辞中，二柱突然说了一句不该说的话，而且他还在父亲的追问下又把那句话重复了一遍，是二柱这句话让父亲忍无可忍。二柱说父亲的那句话是："你个孬孙，你挖个河都能累得躺在烂泥里哭"。父亲说："二柱，有种你再说一遍。"二柱又说："你就是个孬孙，你看见个死人骨头都能吓得躺在烂泥里哭。"是父亲先动的手。"二柱，你不得好死！"父亲一边这么喊着，一边用铁锨朝二柱拍了过去。但是二柱年轻，身体灵活，他侧身一闪，躲开了父亲的铁锨。接着，二柱的铁锨朝父亲拍过来。

吉林省梨树县太平镇茂川河的河漫滩上埋着我爷爷的尸骨，山东省单县黄岗镇古柳河的河漫滩上埋着梅女子的尸骨，这两个人的尸骨父亲一生都无法找得到，这让他无所适从。父亲一生中的七八次吉林省梨树县之行，有几次或者至少有一次是一个谎言，那几次或者那一次他并没有去梨树县太平镇的茂川河，而是去了山东省单县黄岗镇的古柳河。去古柳河的那几次或者那一次，他找的不是我爷爷的尸骨，而是梅女子的尸骨。又过了一些年，那一年深秋，我父亲随村子里的其他人一同去挖河，他们去的正是单县，挖的河正是黄岗镇的古柳河。他们挖古柳河的时候，挖出了很多人的尸骨，但父亲分不清哪一个是梅女子。

5

2003 年年底，瘫痪多年的母亲再次突发脑溢血，昏迷 18 天后去世。好几年的时间里，母亲一直躺在床上，脑子也一直有些糊涂，但她发病前的几天，脑子突然清醒了。母亲不愿意让我离开她的床边，从她的眼神可以看出，她想和我说说话。母亲对我说了很多，她的这些话时断时续，并且不断地重复，但整体上看又充满逻辑性。她说了差不多一天一夜，说累的时候，我就让她睡一会儿，但她睡不安稳，只要有一点轻微的响动就会醒过来。

那天，母亲对我说了三层重要的意思。第一层意思是，她死后，希望我们再也不要说"如果不是我爹南下的时候脖子上长了一个大疮，我们也不会天天吃地瓜"之类的话。这样的话，以前我奶奶说过，父亲本人说过，我们兄弟姐妹几个都说过，只有母亲从来不说。母亲认为我们的父亲南下掉队是被逼无奈的，当时的情况下，如果他继续跟着南下大队往南走，他人一辈子根本就活不好。再说了，母亲反问我说："你知道当时南下的那些人，到了南边之后活下来几个吗？"如果父亲死在南方呢？哪里还有这个家？

母亲说父亲一辈子对她都很好，这是她要对我说的第二层重要的意思。母亲说，父亲一生到过很多地方，那些地方多得数也数不清，但是无论父亲走到哪里，母亲都愿意跟着他，一步也不愿意离开。母亲认为，父亲的一生失去了很多，他需要人好好地疼他，而母亲一步一步地跟着父亲，就是想好好地照顾他。在母亲的印象中，除了父亲几次去吉林省梨树县寻找爷爷的尸骨之外，其他讨荒糊口之类的远行，她都跟在父亲身边。只有两次，父亲是孤身一人出远门的。

一次是 1957 年夏天至 1958 年夏天，父亲只身一人在青海省西宁市待了一年。1957 年夏天反右派开始之前，父亲提前得到口风，知道有人想把他搞成右派。父亲是一个见过世面的人，以前他在湖西区工作的那几年，让他明白只要是政治的问题一律非同小可，所以父亲知道自己要被打成右派的时候很害怕。当天晚上，父亲脸色蜡黄，他的手也有些发抖，在床沿上一会儿坐下，一会儿又站起来。无奈之下，母亲出了一个主意，她鼓动父亲连夜跑掉，跑得越远越好。这一次父亲出门连行李都没有带，他像一只被追打的老鼠一样一头撞进了黑夜。

半个多月的行程，几经周折，我父亲来到了西宁市，经朋友介绍进入青海汽车制造厂做临时工。两个月之后，父亲受到厂长的重视，让他带着厂里的六个家属开了一间自行车修配门市部。还是在1955年的时候，我父亲曾经在安徽省砀山县拜过一个年老的自行车修车匠师傅，学过半年修车，没想到来到西宁又派上了用场。虽说父亲只学过半年修车，但他的技术却很精，不长的时间里，几乎全西宁市的自行车有了毛病都到父亲的门市部去修理。这个自行车修配门市部不但为厂里养活了六个家属，每个月还向厂里上交一些钱。

和我奶奶一样，我母亲说起父亲的事时往往身临其境，好像父亲在西宁的时候她就跟在他身边。母亲说那间自行车修配门市部开在西宁市的东门附近，离汽车制造厂很远。门市部店面不大，父亲的吃住都在店里，而汽车制造厂的那几个家属一到下班都回家了，所以父亲一个人很是孤单。为了把挣的钱攒下来寄回家里，父亲舍不得吃好的，他经常跑到农贸市场买一些地瓜干，回到店里一个人用盐水煮了吃。在西宁的那一年，父亲很少说话，为人低调，害怕言多有失。他最不愿意说的是自己的来历，如果让人知道他是谁，在西宁也会被打成右派的。

西宁的气候温差很大，白天干活的时候汗流浃背，到了晚上却很冷。父亲只有一床薄被子，就连这床薄被子，也还是他从家里跑出来的那天，母亲追了半里路硬塞给他的。在西宁的那些日子，因为舍不得买被子，父亲晚上只好和衣而睡。很多个夜晚父亲都因为害冷睡不着觉，他脑子里经常有差点成为右派的恐惧，和盘算着如何攒钱寄回家里。有一天晚上，有一个家属去敲门，那个家属是一个寡妇，她就在自行车修配门市部里跟着父亲干活。那天晚上寡妇在门外站了很长时间，找借口让父亲开门，可是父亲就是不给她开门。此后还有两个晚上，那个寡妇又去敲过父亲的门，父亲还是不给她开门。就是这样，父亲在西宁度过了一年。

关于那个寡妇和那天晚上她去敲门的事，父亲的回忆录《流离》里面也有描述。父亲的回忆录中说，那天晚饭他多吃了半个窝头，结果胃里有些不舒服，寡妇去敲门的时候，他已经睡下了。后来有一个声音在门外叫他，他一下子就听出了那个人是谁。父亲的言外之意，好像对于这么一个晚上那个寡妇去敲门的事早有预感。父亲的额头上冒了一层细汗。

父亲躺在被窝里，隔着门和她对话。那个寡妇说："老刘，你睡下了吗？"父亲在被窝里动了动身子说："我睡下了。"那个寡妇说："我觉得你很冷，我拿了一床被子过来。"父亲说："我不冷，谢谢你。"那个寡妇说："可是我觉得你冷。"父亲说："我真不冷。"那个寡妇在门外站了一会儿，又说："老刘，你把门打开，我把被子给你。"父亲说："谢谢你，不用给我被子，我不冷。"那个寡妇没了动静。父亲折起身听了听，仍然没有动静，他就以为她已经离开了。可是那个寡妇并没有离开，过了一会儿，她又说："老刘，你开门，我把被子给你，我老是在外面站着很冷。"父亲说："我不冷，用不着被子。你要是觉得冷就赶紧回去吧。"那个寡妇说："你这个老刘，你真是一个不知道冷的人。"说完，她又恶狠狠地补了一句，"你个老刘，冻死你活该！"

母亲要说的父亲第二次单身出门的事发生在 1969 年冬天，那一次父亲是去了安徽亳州，时间也只有 6 天。那一年冬天，父亲用两张野兔皮意外换得 15 斤豌豆，正巧，那几天我家里来了一个亲戚，听那亲戚说，当时在安徽亳州有一个关于豌豆的传说，这个传说搞得亳州人对一碗豌豆烧香磕头，顶礼膜拜，所以亳州的豌豆在黑市上居然卖到了 5 毛多钱一斤，几乎和猪肉一样贵。而那个时候亳州的地瓜干，一斤却只卖到 3 分钱。得到这个消息之后，父亲暗自高兴了一阵子，他很快算好了一笔账：如果把这 15 斤豌豆带到亳州卖掉，然后拿这个钱再在亳州买地瓜干带回来，地瓜干居然能买 260 多斤。这样，再算上家里已经储备好的 500 多斤地瓜干，剩下的大半个冬天，一家人的口粮全有了。

但是父亲的这笔账有一个前提，那就是亳州之行来回的路上不能产生任何盘缠。无论是 15 斤豌豆还是 260 多斤地瓜干，它们总共就值 8 块多钱。一般情况下，空手去一趟 300 里地开外的亳州，8 块钱只作为盘缠都不够，更不用说这样去讨一次荒了。不过父亲有自己的主意，他是这样规划亳州之行的：第一，骑自行车去，一天骑 300 里，当天赶到，第二天变卖豌豆并且购买地瓜干，第三天返回，这样可以不必乘坐长途汽车，不用花车票钱；第二，自带一床棉被，当天的晚上和第二天的晚上都可以睡在免费睡觉的亳州汽车站候车室里，这样就不用住旅店，省去了住宿费，自带的那床棉被回来的路上还可以盖在几麻袋地瓜干上遮挡风雨；第三，自带足够多的地瓜面窝窝头，不在饭馆吃饭，不会因为吃饭花钱。如果时间耽搁在回来的路上，也不会饿着，从亳州带回来的那 260 多斤地瓜干想吃就吃。这样盘算好了之后，父亲骑了一辆"大金鹿"自行车，踌躇满志地去了亳州。

父亲用自行车驮着 260 多斤地瓜干从亳州回来的时候，遇到了一场罕见的大雪。那场雪下在傍晚，下得很急，大约只用了一个时辰，地上的积雪已经有一尺多厚了，但是大雪仍没有停下来的迹象。当时父亲被大雪围困在河南商丘以北、山东曹县以南的黄河故道里，那个地方离家只有不足一百里路了。父亲的自行车骑得快，一开始下雪的时候，他脑子里全是尽快赶路、在雪下大之前赶到家的想法，但是谁知道人算不如天算，父亲的想法还是赶不上老天爷的想法。黄河故道那个地方，前不靠村后不靠店，地上已有一尺多厚的积雪，积雪下面又是土质松软的淤沙路面，结果父亲的自行车比一辆老牛车还要沉，他一步也走不动了。

　　第二天早晨，父亲被曹县仵楼人民公社前郭庄大队的郭老九遇到，他把父亲救回到他的家里。郭老九遇到父亲的时候，父亲的自行车已经歪倒在地上，并且大雪已经把自行车和那几麻袋地瓜干掩埋起来了。郭老九扒开那些麻袋，扒出一床棉被，棉被里面裹着我父亲。当时父亲全身僵硬，动弹不得，也不会说话，只能轻轻地哼哼几声。郭老九一看就明白了，冻僵在这里的这个人，是去南边的亳州讨地瓜干的，因为前些天常常有一些从亳州回来的人骑着自行车驮着麻袋从这里路过。郭老九把父亲背回家，一路上不停地重复一句话："你这个人，你不要命了么？为了吃你就不要命了么？"后来在郭老九的家里，父亲醒过来的时候，他还在不停地说这句话："你这个人，你不要命了么？你一个人出远门，不要命了么？"在郭老九家，他们给父亲烤火，喂他喝姜汤，给他盖三床棉被。四天之后，父亲才缓过劲儿来，最终回到了自己的家里。

　　在郭老九家的第二天，父亲曾向家里拍过一封电报，这封电报才是母亲叙述父亲亳州之行的重点。在郭老九家的第二天，父亲已经能够含糊不清地说话了，他把郭老九叫到身边，费了好大力气才终于把他的愿望表达清楚。那时候父亲的手还不能屈伸，所以他的手抚摸着郭老九，就像板刷子在刷着郭老九的胳膊。父亲是求郭老九到仵楼人民公社驻地的邮电所去一趟，帮他拍一封电报。后来我母亲接到的那封电报的内容是："曹县，仵楼，平安。"可是同样是因为大雪封门，电报也不能及时送达，母亲接到那封平安电报的时候，父亲已经先于电报到家了。

　　父亲在郭老九家里住了四天，四天之后，他在雪地里推着一辆空自行车，花了整整一天的时间回到了家里。父亲在郭老九家里吃了四天饭，还花了人家两块多的电报钱，再加上救命之恩，所以父亲把260多斤地瓜干全部送给郭老九，一点都不为过。父亲到家那天是个大晴天，积雪开始融化，屋檐上往下滴着雪水，院子里已经积水成片。也不知道在路上摔过多少个跟头，父亲满身泥巴，脸上青一块紫一块的，眼窝深深地陷了下去。父亲进门之后在院子里叫了一声母亲："羔子他娘。"然后，他的身体像面条一样软软的，和自行车一起倒在一片雪水里。

母亲说完父亲的西宁之行和亳州之行之后总结说，父亲一辈子心里都装着她。如果心里装着一个人，那他做很多事情就都不一样了。母亲反问我说，如果父亲心里没有装着她，他在西宁的时候会不肯给那个寡妇开门么？要知道，那个寡妇抱着被子去敲父亲的门，敲了三次，三次父亲都是用同样的话回答那个寡妇的。母亲说，父亲这样的男人很少见。还有，父亲为了260斤地瓜干去亳州拼命，那260斤地瓜干总共才值8块钱，父亲舍不得吃，舍不得住，舍不得坐汽车，却舍得花两块多钱给母亲拍电报。说到这里，母亲哭了，她的泪顺着眼角滴在耳窝里。

母亲去世前要对我说的第三层意思，说的是父亲一生都在寻找的那块像布一样的东西。那块东西父亲年轻的时候曾经拥有过，后来莫名其妙地丢失了。父亲找它找得心神恍惚，像是丢掉了自己的影子。父亲闲起来的时候，我们常常看见他会利用一整天的时间翻箱倒柜地找，他在晚上做梦也在找那个东西。母亲说，父亲找了一辈子的那东西，并没有丢失，而是在她和父亲都很年轻的时候就被她藏起来了。母亲一直觉得她这样做很对不起父亲，但是又没有别的好办法。随后母亲告诉了我那个东西藏着的地方，并且嘱咐我，等她死后，她和父亲合葬的时候，把那个东西找出来放在父亲的身边。母亲的意思，这一辈子是没有办法，所以只好藏了父亲的东西。到了那边，她不想让父亲再花一辈子去找它了，让父亲随他的意吧。

按照母亲的提示，我在院子里的一棵梧桐树下挖出了那个东西。那东西被母亲埋得很深，我挖了足足三尺深才把它挖出来。东西装在一只釉面陶罐里，陶罐的盖口那儿还被蜡封着。我打开釉面陶罐，轻轻地从陶罐里往外掏。拿在手里的东西像是一本薄薄的书，最外面包着一层厚厚的桐油纸，是那个年代用来制作雨伞的那种桐油纸。由于在地下埋得时间太长，那层桐油纸已经发黑了。第二层包装还是桐油纸，只是比第一层桐油纸薄了一些，呈现出的是一种黄灿灿的颜色。最里面的包装是一层淡绿色的缎子布，布面上绣着一些深绿色的花草。以前母亲常说，她和父亲的一生过的都是"穷得恨不得啃泥、一分钱掰成八半花"的日子，可是在那样的日子里，她居然用釉面陶罐、缎子布和桐油纸这些值钱的东西把她要藏匿的东西封包起来，从这一点也足以看出来，这个东西在母亲心里有多么重要。

被包了三层的东西，是细心折叠起来的一张年历画。这是一张由当年的平原省湖西区在1949年发行、1950年使用的年历画。年历画的上半部分是日历，日历的最上端印着一行大字"一九五零年（夏历庚寅）"，上端右侧印着另一行大字"国历节气"和"夏历节气"。年历画的下半部分是一幅水粉画，画面上共有男女老少一家八口人，他们正在包饺子过年，每个人物都喜气洋洋，安乐祥和。水粉画的绘画水平不算很高，但作者让画面洋溢出了大喜，让人很容易进入画面所呈现出的氛围里，理解到那些从1949年走过来的人，每一个人都将会在1950年过上平安和富足的日子。水粉画下端正中，印着两行小字，第一行是"平原省美术协会美工组绘制"，第二行是"平原省湖西专署人民文化馆监制"。这两行小字的右边，也就是在整张年历画的右下角，还有一行更小的字，印的是我父亲的名字：刘元魁绘图。但是印着父亲名字的这一行小字，比起整张年历画上面的其他字迹来，显得模糊不清，原因是父亲的名字被人用自来水笔涂抹过。可是自来水笔笔迹更加模糊不清，那些墨水快要褪尽颜色了。我仔细辨认了一下，自来水笔笔迹竟然是另一个人的名字：梅香。很显然，这一张由父亲绘图、湖西区1949年印制发行的年历画，曾经被父亲和梅女子共同拥有过，可以想见，他们有可能曾把这张年历画铺在桌子上，盯着上面的节气，对 1950 年的某些日子进行过规划。可是在 1949 年深秋，父亲跟随湖西区干部南下大队来到安徽砀山的时候，留守的梅女子突然身患伤寒并发症，死于湖西区人民医院。

少　生

1

在别的地方，年少而亡叫作"夭折"或者"夭亡"，而这个地方却叫作"少（shào）生"。如果谁家的孩子还没有成人就先于父母走了，他们就说那家的孩子"少生"了。他们这样的叫法是为了"讳口"，不愿意提到"死"这个词，同时也对早夭的孩子表达了怜惜。

陈旺福家里的香妮出事是在过年的时候。

香妮今年十七岁，年初她和本村的梅玲作伴去威海的一家电子厂打工，将近一年没有回来。梅玲是陈旺田家的闺女，比香妮大两岁，已经是第二年去威海打工了，在外面混得比较有经验，所以年初走的时候，陈旺福还是放心的。香妮和梅玲在威海的同一家厂，同一个车间，两个女孩子，相互也有个照应。

年关将至，外出打工的人陆陆续续回来了。这天上午，陈旺福听见院门吱呀响了一下，然后是细碎的脚步声移到院子里。自从患了眼病之后，陈旺福的耳朵越来越好使了。陈旺福听到香妮的脚步声比平时重了一些，心想那可能是因为她还背着行李呢。陈旺福慌忙站起身，来到屋门往院子里看，果然看到影影绰绰的一片红色。那一片红是香妮的大红色面包服。陈旺福的两只眼睛都看不到三尺远，而且模糊不清，他只有看太阳和看大红颜色的时候，才能看得远一些。香妮买衣服的时候，穿在身上问陈旺福好看不好看，其实陈旺福根本看不清楚，但他说："好看，好看，要是换成大红色的就更好看了。"或者有时候他说："香妮，穿上大红的衣服我才能看得见你。"

陈旺福朝着院子里影影绰绰的红色叫了一声："香妮。"香妮都快一年没回家了，她一定想家了。陈旺福以为香妮会扑过来撒娇，或者大声地叫："爹，我回来了!"可是没有。香妮慢腾腾地移到他跟前，声音又沉重又疲惫地说："爹，我感冒了，有点儿发烧。"

陈旺福伸出手，去摸香妮的额头，果然，他的手被香妮烫着了。香妮烧得很厉害。陈旺福的手几乎是从香妮的额头上弹起来，在空中划出半个圆圈，才回落到腹部，但他的手指在腹部不停地发抖。

"香妮，你从没有发过烧，从小到大，一次也没有过。你感冒了也就是流鼻涕，咳嗽，不发烧。怎么今儿个就发烧了?"陈旺福像是在责怪香妮发烧一样，高声吼起来。

香妮没有说话，她把行李撂在堂屋当门，到西间里自己的床上躺下了。陈旺福跟着影影绰绰的一片红色来到西间里，坐在床沿上。那床是他夜里为香妮铺好的，现在香妮躺上去了。陈旺福摸了摸被角，又抬了抬手，想再次去摸香妮的额头，但他的手抖动着停在半空中。

香妮说："爹，你去吧，我已经吃过药，躺一会儿就好了。"陈旺福也跟着说："躺一会儿，出出汗就好了。"说着话，陈旺福想站起来去为香妮熬一碗姜汤红糖水，但他发现自己站不起来了，他试了三次，还是没有站起来。他的两腿发软，不听使唤。他索性不再试图站起来了，坐在香妮的床沿上，佝下身子仔细地看了看香妮。他的脸离香妮的脸只有半尺远，这下他看得清了，香妮的脸烧得红艳艳的，两个腮帮儿是桃红色。这一刻陈旺福觉得香妮很像她娘，从前，香妮她娘的两个腮帮儿就经常是这样的桃红色。

过了半个时辰，陈旺福终于能够从香妮的床沿边站起身来了。他到厨房里，给香妮熬姜汤红糖水。也许喝一碗姜汤红糖水，发发汗，香妮就会好了呢。陈旺福心里盘算，过了年，给香妮她娘烧了纸，给香妮的爷爷奶奶、老爷爷老奶奶烧了纸，给天地爷、财神爷、灶王爷，还有门神、家神也都烧了纸上了供，要是香妮还是发烧的话，他就去镇上买一种名叫"维甲酸片"的药给她吃。

刚刚想到这里，陈旺福就呸呸呸地连着吐了好几口，然后又扇了自己两个嘴巴。但他扇了自己的嘴巴之后，还是忍不住想这些。"维甲酸片"这个词还是陈旺福在香妮她娘走了几年之后听别人说起的，当时他想，要是香妮她娘活着的时候有人发明了这种药该多好啊，那样的话，说不定香妮她娘还有救呢。那时候香妮她娘发烧烧了三个多月，他曾用地排车拉着她去市里的医院，医院那边说香妮她娘的病要花三十万，花了三十万之后也不能打包票治好。陈旺福不知道三十万到底是多少钱，香妮她娘也不知道。

那时候香妮她娘还很年轻。香妮她娘嫁给他的时候是十九岁，那一年他已经三十八岁了。香妮她娘走的时候二十一岁，他四十岁。香妮她娘在这个家里只待了两年，她到这个家里来，好像只想干一件事，就是给他送来香妮。

傍晚，香妮还是起床来，和陈旺福一起去了南岗子给她娘烧纸钱。陈旺福让香妮给她娘磕了头，许了愿。按照这个地方的风俗，这样就算请了香妮她娘回家过年了。从南岗子回来的时候，陈旺福就真的觉得香妮她娘和他们走在一起。香妮走在中间，香妮她娘走在香妮的右边，陈旺福走在香妮的左边。上坟有忌讳，不能见红颜色，香妮没有穿她的大红色面包服，而是穿了一件黑色的棉袄。香妮她娘呢，则还穿着她走的时候穿在身上的蓝色寿衣。因为衣服颜色的问题，无论是香妮还是香妮她娘，陈旺福都看不清楚，他觉得香妮和香妮她娘像他的两个影子。

已经大半天了，陈旺福不敢多说话，好像他的每一句话都会成为咒语。但是这一会儿，当他和香妮还有香妮她娘三个人往家里走的时候，他还是忍不住又说话了："香妮，你觉得好点儿不？"香妮的声音有点儿闷闷的："爹，我浑身一点儿力气也没有，气也喘不上来。"过了一会儿，陈旺福又问："香妮，你在威海想家吗？"香妮说："白天干活累，晚上头一挨枕头就睡着了，都没有工夫想家呢。"陈旺福歪着头想了想，说："过了年，你的病也好了，就不去威海了，陪着爹在家里。"这个时候香妮她娘也说："在家陪着你爹，你爹的眼不好，都快成瞎子了，都看不见锅台了。"香妮她娘还是十九岁时候的模样，声音也是那个时候的声音，很年轻。香妮说："过两天，我把锅台贴上红纸，这样我爹就能看见锅台了。"

腊月二十九这天，香妮突然精神了。香妮告诉陈旺福说，一早起来，她发现自己几乎算是不发烧了，身上有了点儿力气，气也喘得匀溜了。香妮说这些话的时候，用的是撒娇的口气，她还往陈旺福的身上偎了偎。陈旺福知道香妮这几天一直吃着感冒退烧药，现在她的烧居然就退了。陈旺福喜出望外，他感到自己就像在做那种从高处摔下来的梦，庆幸还没有摔到底，就醒了，用不着摔到底了。陈旺福攒了攒劲儿说："香妮，那咱好好过个年！"

这一天，香妮和陈旺福一起准备年货，炸了丸子，酥了肉，摆上供，烧上香，窗玻璃擦透亮，院子也扫干净，一下子年味儿就出来了。香妮还在锅台上贴了一圈红纸，贴好之后，她拉着陈旺福去看。香妮抚摸着锅台上那一圈红纸，问陈旺福："爹，你能看见吗？"陈旺福看了看锅台，咧着嘴笑："能看见，能看见。"香妮说："我不在家的时候，你能看见锅台，就能给自己做饭，不会碰碎盘子打碎碗。"陈旺福还是咧着嘴笑，"可不是呗。"

陈旺福知道，香妮在锅台上贴红纸，让他做饭的时候能看得见，这就是说过完年香妮就不给他做饭了，她还是要去威海打工，把他一个人留在家里。但香妮不发烧了，这比什么都好。

正月初五，天空飘起了雪花，陈旺福要去香妮的姥姥家走亲戚。香妮她娘走后，陈旺福每年的中秋节和春节都要去看望香妮的姥姥姥爷。在陈旺福的心里，只要他和香妮的姥姥姥爷不断亲，香妮她娘就跟活着差不多。以往的每一次都是陈旺福和香妮两个人去，香妮穿着红衣服走在前面，陈旺福离香妮三尺远，盯着香妮的红衣服走在后面。但是这一次，因为天气的原因，陈旺福怕香妮再次受凉，坚持让她待在家里。香妮不愿意，香妮说："我不跟着去，你就没有导盲犬了。"陈旺福问："啥是导盲犬？"香妮说："导盲犬，就是领着瞎子走路的狗。"陈旺福就嘿嘿地笑。

早上出门的时候，陈旺福问香妮有没有发烧，香妮说："算是不发烧。"陈旺福摸了摸香妮的额头，没有感觉到烫手，他再摸摸自己的额头，比较一下，也感觉不出香妮发烧。他就信了香妮的话。

可是在香妮的姥姥家吃午饭的时候，陈旺福突然心慌起来，他夹了一块肉刚刚含在嘴里，还没有来得及咀嚼，心里咯噔一下，那块肉卡在他的嗓子里。

午饭没有吃完，陈旺福就从香妮的姥姥家往回赶。香妮的姥姥家离陈旺福的村子七八里路，陈旺福因为眼睛有毛病看不清路，没有办法骑自行车，他来回是步行的。陈旺福走路很慢，他的眼睛只能模模糊糊看到三尺远的地方，要是走得快的话，就会撞在什么东西上面。以前他刚得了眼病那阵子，走路很不适应，在自己家里也会撞得头破血流。但是现在陈旺福心慌得厉害，他得尽快赶回家里去。

走了一个时辰，这段路陈旺福也没有走完。后来，猛然之间，陈旺福听到了树梢上老鸹的叫声。从风的声音判断，他的身边是一片树林，他抬眼看了看树梢，但他看不见树梢，也看不见老鸹。已经很多年没有听到老鸹叫了，现在陈旺福听到老鸹的叫声，觉得很不吉利。他急切地想快点赶路，但两条腿发软打战，很快，一身冷汗也下来了。

到了家里，陈旺福大喊香妮的名字。听不到应声，陈旺福来到香妮的床前，他伸手摸了摸香妮，香妮的身体已经凉了。

在香妮床头的上方，有一片簸箕大的暗红颜色，那片红色印在白石灰抹平的墙上。陈旺福靠近了看那片暗红色，能够看得清楚。他用手摸了一下暗红色的墙皮，那暗红色还有些发黏。陈旺福能够想象得出，香妮临走之前从床上折起了身子，一大口鲜血喷向了白石灰墙。陈旺福断定香妮是在吃午饭的时候走的，因为那个时候在香妮的姥姥家陈旺福心慌得厉害，一块肉卡在他的嗓子里。后来陈旺福才明白，虽说香妮和她娘得了一样的病，但走得却比她娘快得多，她娘硬撑了三个多月，而香妮呢，满打满算一共才十二天。

香妮死于急性白血病引发的颅内出血。

2

按照这个地方的风俗，像香妮这样的情况（少生），不能发丧出殡，不能打像样的棺材，也不能吊唁，要偷偷地埋掉。火化也要偷偷地进行。正巧外出打工的年轻力壮的人都回来过年，村长陈旺季找了几个人，趁着天没亮就起程去县里的火葬厂。因为香妮还没有出嫁，即便是已经走掉的人了，也还是个少女之身，所以诸事都有禁忌。村长陈旺季又找了两个和香妮同辈的嫂子陪着，一路上照料香妮。按照规矩，火化完了之后，他们这些人也还是不能回到村里，要在外面等着，把用黑布包着的骨灰盒藏在身边，等天黑以后，再直奔坟地，埋掉骨灰盒。

埋掉香妮这一天，还有一个忌讳，就是陈旺福什么都不能干，也不能出门，而是一个人在家里坐着。这一天陈旺福没有吃午饭，一直到傍晚的时候，他才想起来到厨房去。结果他在厨房里看到了香妮前几天贴在锅台上的一圈红纸，那红纸被烟熏得变了颜色，陈旺福看到的是一圈模模糊糊的暗红色。看到那暗红色，陈旺福又觉得自己一点儿也不饿，根本用不着吃晚饭。

陈旺福重新回到堂屋里，坐在床沿上一动不动。他想象着香妮的身子如何变成一盒子灰末末。他其实不愿意做这样的想象，但管不住自己的脑子，有几次他用手掌在脸前扇了几下风，想赶走脑子里的这些画面，却赶不走。陈旺福索性站起来，在屋子里转圈子，这还是他小时候养成的习惯，只要是不愿意想一件事，他就在一片空地上转圈子，转起圈子来脑子里的东西就会跑掉。果然这个办法又灵验了，他的脑子变得木木的，什么也不想。

一旦转圈子停下来，陈旺福脑子里又开始想事情。他想从前的一些事，那些事像演电影一样把他的大半辈子过了一遍。有一阵子，陈旺福心里一直想着"二"和"十七"这两个数字。香妮她娘嫁过来之后，只陪了他两年，香妮生下来也只陪了他十七年，这两个女人总共陪了他十九年，这实在是太少了。他这一辈子，在这之前的很多年，和在这之后的很多年，都是他一个人。

这一天陈旺福还想到了一件事，这件事是香妮回家之后断断续续说给他听的，当时他没有在意，可是现在，他在意了。

年前香妮和梅玲背着行李从威海回来，下午在济南转车的时候遇到了一场冻雨。天气很冷，路上都结冰了，长途汽车不能上路，两个人被困在济南长途汽车站。她们在候车室挤了几个钟头，晚饭后梅玲说要在车站附近找一家小旅馆过夜，第二天再想办法回家。香妮不同意梅玲的想法，她想在候车室坐一夜。

香妮主要是舍不得花钱。香妮和梅玲的情况不一样。梅玲已经是第二年在威海那家厂子里打工了，领的工资比香妮高很多，再加上她有了对象，对象也是一个厂子的，经常接济她，给她买衣服和化妆品。而香妮呢，才进厂子大半年，刚过了实习期不久，工资低，年底没有领到多少钱。香妮想把钱攒下来，给陈旺福看眼病。香妮觉得候车室里有暖气，在这里坐一夜也挺好。梅玲拗不过香妮，在候车室坐了一阵子，就说身上冷。香妮把自己身上的大红色面包服脱下来，给梅玲穿上，梅玲就不好意思再说冷了。香妮又从行李里面拿出一件薄一些的棉袄给自己穿。到了下半夜，香妮也感觉到冷。第二天坐上车的时候，香妮就开始发烧了。

陈旺福心里拿定主意，香妮和梅玲的这个情况，得让梅玲她爹陈旺田知道。要是香妮没有出事，借个面包服给梅玲穿这样的事，梅玲她爹陈旺田知道不知道都不打紧，可是香妮出事了，这就不一样了。香妮不把面包服借给梅玲穿，自己就不会受凉，不受凉就不会发烧，不发烧就不会……现在人都没了，陈旺田也不能躺到干爽地里挠痒痒，陈旺福要到陈旺田家里说说这件事。

陈旺福是挑了一个吃午饭的时间去陈旺田家的，他觉得这个时间去，能引起陈旺田的重视。陈旺福来到陈旺田家院子里，陈旺田家的看家狗汪汪地叫了几声，从狗的叫声里，陈旺福能感觉到那狗的眼睛盯住他不放。陈旺福听到屋子里有筷子碰到碗的声音和吧嗒嘴的声音，果然，陈旺田一家人正在吃饭。但也许是他们看到了院子里的陈旺福，筷子碰到碗的声音和吧嗒嘴的声音都停下来了。

陈旺福猜到正在吃饭的是陈旺田、旺田家的和梅玲一家三口。陈旺田本来还有一个儿子叫陈发运，比梅玲大两三岁，这个孩子自从三年前到深圳打工，就再也没有回来过。陈旺福曾听陈旺田说起过，他的儿子陈发运干的是一到过年就比平时还要忙的工作。过年的时候别的孩子都回来了，陈发运却还留在深圳忙着挣钱。但是三年下来，也没见陈旺田家比别人家更有钱，吃的也没比别人好，住的也没比别人强，他们家里有两个孩子在外面打工挣钱，也不知道挣的钱都花到哪里去了。

陈旺福的脚步接近屋门口，停下吃饭的人还没有人说话。陈旺福本来就极其迟缓的脚步更加迟缓了，他几乎是蹭到了屋门口，倚在门框上，然后像一只蹭痒痒的狗一样在陈旺田家的门框上蹭来蹭去。陈旺福突然觉得这次到陈旺田家里来，有些话还没有想好怎么说，尤其是几句比较关键的话，他怕说不到点子上，或者根本说不出口。

陈旺田看见陈旺福到家里来，有点意外，香妮刚刚躺到南北坑里，陈旺福上门来干什么呢？陈旺田一直在发愣，直到陈旺福倚在了门框上，他才想起来给陈旺福打个招呼："旺福哥，你吃了没？"陈旺福不说吃了，也不说没吃，而是冷冷地说："我过来坐一会儿。"陈旺田说："那你坐，你坐。"又招呼梅玲拿马扎给陈旺福。

陈旺福看不到梅玲递过来的马扎，梅玲用马扎碰了碰他的胳膊，他才接过马扎，却没有坐，而是把马扎放在一边，坐在了堂屋门槛上。这个地方的风俗说，要是一个人到人家家里去，不坐在应该坐的地方，而是坐在门槛上，那么这个人就是来"找事"的。陈旺田一家三口你看看我，我看看你，一时不知道如何应对这样的突发情况。

愣了一阵子，旺田家的盛了一碗菜，拿了一个馒头，递到陈旺福的手边，"旺福哥，你吃一碗我炖的松肉丸子。"但是陈旺福不接，他摆着手说："我不饿，我吃不下。"说完这句话，陈旺福叹了一口气，紧跟着又说了一句，"我现在活都没法活下去，哪还有心思吃饭。"旺田家的顿了一下，她装作没有听见陈旺福的话，执意把饭菜递给陈旺福，"旺福哥，到饭时了，你好歹吃一碗。"陈旺福还是不接那碗。旺田家的举着碗，手臂僵在半空里。

陈旺田赶紧说："旺福哥，你有事？有事你就说。"陈旺福不接陈旺田的话，他在门槛上扭了一下身子，把眼睛望向院子里，看着院子里的几棵大杨树。其实陈旺福什么也看不见，但他知道陈旺田家院子里有三棵一搂多粗的大杨树，他做出能看见它们的样子。

就这么看了一会儿，陈旺福自言自语说："冤死了。"他又重复了一遍说："冤死了。"陈旺福说这六个字时声音很小，但他却说得很重，很吃力，陈旺田一家三口都听见了。三个人望着桌子上的饭菜，谁也没再拿起筷子。饭菜都凉了。

许久之后，陈旺福回过头来，望着陈旺田一家人的脸说："梅玲，你和香妮在济南遇见冷雨了？"梅玲说："大爷，我们遇见冷雨了。"陈旺福说："那天夜里很冷是吧？"梅玲说："很冷。"陈旺福说："你们没有住旅店，在候车室坐了一夜。"梅玲说："香妮舍不得住旅店。"陈旺福说："香妮把她的面包服借给你了。"梅玲说："没有，她没借面包服给我，我自己有。"陈旺福说："切，你和香妮说的不一样。"

香妮和她娘一样长得瘦小，身子骨小，手小，脚也小。陈旺福从没有让香妮在农田里出过力。香妮从小怕冷，一到冬天，手上就会生冻疮。现在陈旺福的眼前浮现出香妮坐在车站候车室的情景，她冻得缩着身子，用围巾包着头，两只眼睛像受伤的兔子一样看着别人。

梅玲说，那天晚上香妮舍不得花住宿费，她想把钱攒着，她们就在候车室里坐了一夜。候车室里有暖气，一点儿也不冷，不光不冷，可以说是很暖和，因为待的时间一长，她们两个人都出汗了。香妮把她的面包服脱下来，从包里拿出一件薄的小棉袄穿上，把脱下来的面包服放在了腿上。梅玲没有脱衣服，因为在这之前梅玲为了责怪香妮不和她做伴去住旅店，就故意说自己冷，说过冷之后现在她不好意思脱衣服了。香妮故意问梅玲还冷不冷，梅玲故意说还冷，香妮说你冷就给你再加一件，然后把她自己的面包服扔给了梅玲。后来，她们都睡着了。梅玲睡了一会儿醒过来，看见香妮的面包服掉在地上，她就把香妮的面包服捡起来。

陈旺福说："梅玲，你把面包服捡起来穿在自己身上了，是吧？"梅玲说："没有啊，我把面包服盖在香妮身上了。"陈旺福说："梅玲，你这么说，是和你爹商量好的吧？"陈旺福这句话一下子把梅玲噎住了。陈旺田的脸立刻拉下来，他把手中的筷子高高地举起来，看样子是要重重地摔下去，但是很快他又放弃了这个动作，把筷子轻轻地放在桌子上。陈旺田说："旺福哥，你说这话是啥意思？"陈旺福又不说话了，把脸扭过去，装作去望院子里的大杨树。

陈旺福的脸往院子里扭了很长一阵子，然后站起身来，摸索到一棵大杨树跟前。他双手抚摸着树皮，又把胳膊张开，抱了抱树干。陈旺田跟到院子里，看着陈旺福做这些动作。他看到陈旺福又用手去抱树干，量量树干到底有多粗。

愣了半天的陈旺田站在陈旺福身后说："旺福哥，你不用摆弄这棵树了，我知道你啥意思了。香妮刚刚少生，我啥话也不说了。你回去吧，我去找村长。"

当天下午，村长陈旺季背着手来到陈旺福家里。陈旺季和陈旺福、陈旺田他们都是本家，又是相同辈分，平时说话不讲客气。陈旺季把陈旺福堵在厨房里。陈旺福正蹲在灶前烧火做饭，他穿着一身黑袄黑棉裤，灶里的火映得他的脸通红，烟熏得他不停地咳嗽。陈旺季黑着脸问："旺福，你要旺田一棵杨树干啥用？"陈旺福并没有停下来手中的活计，他侧耳听了听，是村长陈旺季在说话，就回说："我想买他的树。"陈旺季说："别说买了，旺田家的一棵大杨树能卖四千多块，你买么？说那么好听，往嘴唇上抹蜜。"又追了一句，"你要人家杨树干啥用？"陈旺福说："打棺材。"陈旺季说："给谁打棺材？"陈旺福说："给我自己打。"陈旺季说："你想得还挺远呢。"陈旺福说："将来我爬不动了，谁管我的事？"陈旺季说："村里管。"陈旺福说："你说得好听。"

说到这儿，陈旺季停下来，歪着头想了一会儿，好像觉得今天谈话的切入点有点儿不对，于是他干咳了两声，换了一种语调说："旺福，香妮和梅玲这个事儿，嗯，你和旺田这个事儿，我先定个调子。"陈旺季看看陈旺福在竖着耳朵听，就说下去，"香妮白血病是吧？这个你得承认。所以说香妮出事和梅玲没有关系，也就是说，和陈旺田家没有关系。但话反过来说呢，要说香妮的事和梅玲也就是说和陈旺田家一点关系没有，我也不是那个意思。"陈旺福接过话说："村长你啥意思？"陈旺季咳了两声，说："总而言之，你等我的话吧。"

一个多月之后的一天晚上，村长陈旺季又来到陈旺福家里。当时春忙已经开始了，陈旺福眼睛不好使，地里的活要比别人费劲，到了晚上全身没有了一点力气。陈旺福晚饭也没有吃，和衣躺在床上，一盏十五瓦的灯泡在梁头上吊着。陈旺季推门进来，叫了一声陈旺福。陈旺福听出是陈旺季的声音，就坐起来。

然后陈旺季就说了一段话。陈旺季说话的时候，陈旺福脑子有点蒙，一方面是因为陈旺季说的事情来得有些突然，让他反应不过来；另一方面他和陈旺田之间的纠缠，好像从一开始就不是他想要的局面。陈旺季说话的整个过程中，陈旺福一句话也没有回应，他坐在床沿上，脸对着陈旺季，一直到陈旺季离开。

陈旺季离开后，陈旺福晃晃头，把陈旺季说的话从脑子里过了一遍，才明白陈旺季说的是陈旺田的儿子陈发运的事。

陈发运三年前去深圳打工，四个月之后就被卷进一台机器里了。陈旺田听到噩耗后，第一反应是索要陈发运的尸体，但陈发运已经被机器粉碎了，哪里还有尸体。接着陈旺田向厂方索要赔偿金，赔偿金也迟迟不能下来。陈发运的事拖了三年。在这三年里，一到春节，外出打工的孩子都回来了，只有陈旺田的儿子陈发运不回来。然后陈旺田到处去说，深圳那边一到春节就比平时还要忙，陈发运不回来是因为他要留在那里挣钱。其实真相只有陈旺田家里的人和村长陈旺季四个人知道。从那一年之后，每年陈旺田都要去深圳两趟，索要赔偿金，一共跑了六趟，现在赔偿金下来了，一共三万。

陈旺福跳下床，去摸陈旺季留在桌上的东西，厚厚的一叠，大约有一万块，用一个塑料袋包裹着。这是陈旺田用他儿子陈发运的赔偿金送给香妮的赔偿金。陈旺福捏了捏那个塑料袋，想起了陈发运的模样。陈发运这个孩子长得白净，聪明伶俐，上过高中，就是身体瘦弱了些，个子也不高。以前陈发运还在村子里的时候，每次看到陈旺福，总是笑眯眯地叫他一声"大爷"。陈发运叫"大爷"和别人很不一样，他会把后面的那个"爷"字拖得很长，让人听了之后心里软乎乎的。陈旺福在放着塑料袋的桌子前坐了很久。

后来陈旺福把塑料袋和一块馍馍捆在一起，他还在那块馍馍上抹了一些猪油，然后他捧着捆好的东西，摸索着出了门。陈旺福的眼睛看不见东西，白天和夜晚对他来说没有太大区别，他出了门之后，摸着村街边的墙走。以前白天出门的时候，他也是摸着墙走路的。

到了陈旺田家的院墙外面，陈旺福喘气有点儿紧，他就在陈旺田家院墙外面站了一会儿。听听陈旺田家的动静，陈旺福在心里说："旺田狗日的，咱们两家的事这就算是过去了。"想想这会儿陈旺田正和梅玲她娘躺在他家堂屋东间的被窝里暖暖和和地睡觉，堂屋西间里还躺着梅玲，陈旺福又在心里说："狗日的旺田，你比我强多了。"这么想着的时候，陈旺福一只手拍了拍捧着的东西，接着让那东西飞进了院子里。

陈旺福听见陈旺田家的看家狗汪汪地叫起来，接着他听见看家狗撕咬那东西的呱呱声，还有沉重的开门声和陈旺田站在堂屋门口的咳嗽声。

3

香妮"十七"忌日那天，陈旺福到南岗子给香妮和香妮她娘送了一些纸钱，回来的时候已是正午时分，村街上没有人，整个村子很安静。到了自己家门外，陈旺福正摸着院墙往家里走，被秀才叫住了。

秀才的大名叫陈旺水，是老三届高中生，比陈旺福大几岁，原来在小学里教书，现在已经退休了。秀才揪住陈旺福的衣袖子，小声说："旺福，有一件事，搁在我心里很长时间了。原来我不敢说，因为我如果说了，怕那是在咒你。可是现在，香妮的事过去也这么长时间了，我得说了，我再不说，那是对不住你了。"秀才这话吓了陈旺福一跳，他身子哆嗦了一下，问："啥事？很要紧吧？"秀才说："要紧，要紧。你跟我来。"

秀才扯着陈旺福的衣袖子，兜了半个圈子，来到陈旺福自家屋子后面。陈旺福的屋子后面是一条二级路，平时村里的人和附近村里的人到镇上去或者到县城去，都要走这里。秀才一边扯着陈旺福的衣袖子，一边迈着乱七八糟的步子，嘴里小声说着，手臂不停地比画。陈旺福眼睛看不见，只好任由秀才扯来扯去，他都快要转晕了。好一阵子，陈旺福总算听明白了。听明白之后，陈旺福头皮一阵阵发紧。

原来，曾经有人在陈旺福家堂屋的后墙上写过一条标语，

"一对夫妇只生一个孩"，这条标语从后墙的东头写起，但并没有写到西头，写到三分之二的地方就写完了。后来，又有人在陈旺福家堂屋的后墙上写标语，是接着前一条标语剩余的墙面写的，写的是"少生孩子多种树"。问题出在这个地方：前一条标语在后墙上待了一些日子之后被人抹掉了，好像抹掉是为了要换成新的标语，但抹掉之后却一直没有把新的标语写上去。而后面那条"少生孩子多种树"的标语呢，因为墙面不够用，当初写标语的那个人，七个字的标语只在后墙上写了两个字，另外的五个字拐个弯儿写到西山墙上去了。现在陈旺福家堂屋的后墙上只有那标语开头的两个字："少生"。

秀才扯着陈旺福的衣袖子，把他的手摁到那两个字上面说："你看看，你自己看看吧。你眼瞎也能看见。"

陈旺福果然能够看见那两个字，他的脸离那两个字只有一尺远，确切地说他看见的只是笔画，因为那两个字有缸口那么大，是用红漆写在白石灰底子上的，他要不停地移动他的脸，才能把那些笔画组合成字来。陈旺福用手轻轻地摸着那块刷有白石灰和红漆的墙皮，墙皮有些凉，陈旺福感觉他摸的不是墙皮，是正月初五那天香妮发凉的身体。

看完之后，陈旺福蹲在地上，双手抱着头。

过了一会儿，秀才过来拍了拍陈旺福的肩膀，说："旺福，要不，我把这两个字用白石灰抹掉吧。"陈旺福抱着头说："你狗日的早干啥去了？"他的胳膊把头抱得更紧了一些，又说："奶奶的，欺负我眼瞎。"然后，陈旺福猛然站起身，问秀才，"这字是谁写的？"秀才说："是龚助理写的。"陈旺福说："谁是龚助理？"秀才说："镇政府的龚飞龚助理。"

当天下午，陈旺福就摸索到了镇上。因为眼睛不好使，陈旺福已经好几年没到镇上来了，他不知道镇政府的大门在哪里。有好心人把他领到镇政府大门口的时候，正赶上镇政府的人下班。

陈旺福问了几个人，哪里能找到龚助理，他们居然都不知道龚助理是谁，更是有一些人理都不理他。

陈旺福急了眼，就在镇政府的大院门口喊起来，"龚飞，龚飞你出来！"还是没有人理他。陈旺福又大喊，"龚飞！龚飞！"

终于有一个骑着电动自行车的人停在陈旺福身边，那个人训斥陈旺福说："别叫了，叫得没人腔，磨扇子压着狗耳朵了！"陈旺福的声音小了一些，对那个人说："我要找龚飞。"那个人说："找不到了，龚飞不在这里了。"陈旺福说："他去了哪里？"那个人说："县政府。"看着陈旺福木呆呆的样子，那个人又说："他本来就是县政府派下来的，已经回去了，这都是哪年的事了，你还来找他。"那个人望了望陈旺福的脸，又补了一句，"你是个瞪眼瞎啊？"

第二天一大早，陈旺福在镇上的汽车站搭了一辆开往县城的中巴车。

到了县城的街道上，陈旺福有些害怕，因为县城的车和人要比镇上多得多，虽然马路很宽，但是人声和汽车的喇叭声把整个街筒子都塞得满满的，而且汽车都开得飞快，带起来的风直扑陈旺福的脸。每次有车从他身边经过，他身上就会哆嗦一下。陈旺福只好紧靠着街边走路，他的手摸着建筑物的墙皮，慢慢地走，一边走一边向人打听县政府的位置。陈旺福感觉到县城的墙皮和村里的墙皮最不一样的地方，并不是县城的墙皮都贴着瓷砖，而是墙皮上的门太多了。因为门太多，陈旺福摸着墙皮走路的时候，有两三次摸进了路边的商店里。

陈旺福在县政府大门口的遭遇和在镇政府大门口的遭遇差不多，没有人理他，甚至他连大门也进不去。但后来他还是打听到了龚飞的下落，有人告诉他说，龚飞已经不在县政府工作了，而是去法院当了副院长。陈旺福要想找到龚飞的话，要再去法院。那人还告诉他说，法院在县城的东关，在电视台的旁边。

陈旺福在县城里走了很多路，摸错了很多门之后，找到了法院。和在镇政府、县政府一样，在法院的大门口，陈旺福被传达室看门的老头儿拦住了。看门的老头儿问他，找龚副院长有什么事，陈旺福却不说话。那人再三追问，陈旺福始终一声不吭。看门的老头儿急了，让陈旺福看着他的脸："你看着我的脸，我再问你一遍，你找龚副院长有什么事？"陈旺福说："我看不见你的脸。"看门的老头儿仔细看了看陈旺福的脸，说："你瞪眼瞎啊？"看门的老头儿停了一下，说："我看你眼不好使，可怜你，你不要找龚副院长了，回家吧，他借调到省里去了，前几天刚走。"陈旺福愣了一下，说："你诓我。"看门的老头儿说："我诓你我是你孙子。"

看门的老头儿说的这话，是陈旺福万万没有想到的。自从昨天遇到秀才，秀才告诉他他家后墙上那两个字的来历，他就开始顺藤摸瓜，但摸到最后却没有瓜，只有两手空空。陈旺福这么想着，伸手在身边抓了一下，像是要抓到什么东西。他的手碰到了法院大门口的墙皮，于是他就顺着墙皮蹲下身子，两手抱着头。有个叫龚飞的人，在他家的墙皮上写了咒语，可是这个人却找不到了，陈旺福觉得很冤。他在墙根下蹲了一袋烟的工夫，长长地叹了一口气，但憋在心里的冤还是没有吐出来。

后来，陈旺福摸到了电视台的发射塔下面。这个发射塔建在电视台院墙外面一个水塘的旁边，大约有四五十米高。陈旺福并不知道这个铁东西叫发射塔，也不知道它到底有多高，他和它较上劲儿，是因为它把他的头碰出血来了。陈旺福的额头结结实实地撞在发射塔的底座上，撞在一块铁东西上面，血很快顺着脸往下流，他用手抹了一把脸，手上沾满了血。他闻到了一股血腥味儿和铁锈味儿混杂在一起的气味儿。

可是陈旺福并没有感觉到疼痛，只是觉得脸上热乎乎的。陈旺福对红色看得清楚一些，所以当他看到自己手上的鲜血时，突然间心里竟有了一丝畅快。那一丝畅快很快流遍了他的全身，他觉得自己身轻如燕。陈旺福摸了摸铁梁，抬头望了望铁塔，实际上他看不出那是一个铁塔，但他能判断出这是个高高的非常结实的铁东西。

陈旺福并没有花费太大的力气，就沿着那些横七竖八的铁梁爬了上去。爬了一阵子，他感到已经爬到了很高的地方，手摸到了一块平放的铁板，他就坐在了铁板上。下面那些车和人，一下子离他好像远了很多，这让他心安。陈旺福往下面看了看，居然看到了他平时看到太阳时才有的昏黄的光亮，这个时候他才明白，原来这个高大的铁家伙下面，是一个很大的水塘，那个昏黄的、圆圆的、像鸡蛋黄一样发光的东西，是映在水面上的太阳。

陈旺福已经几十年没有到过这么高的地方待一待了，相反的，以前他害怕到高的地方去。香妮小的时候，他很怕她爬到什么东西上面去，哪怕是爬到一条矮板凳上，他也心慌。有一次，六岁的香妮爬上了猪圈的矮墙，那时候他还没有得眼病，他看到香妮小小的身子摇摇晃晃地坐在矮墙头上，他就像被什么重物砸到了脚面一样一下子跳得老高，惊恐万状地大声喊叫起来，弄得邻居都以为他家里发生了什么大事。

有人看到一个血头血脸的人坐在电视发射塔的半腰里，报了警。

很快来了一些警察、医护人员还有看热闹的人，这些人在电视发射塔的下面，站成了一大片。据说前两年至少有三个人曾经从这个铁塔上跳下来过，所以现在警察应付起陈旺福来显得训练有素，他们迅速地在铁塔下面铺上了气垫。大家都仰起头来，盯着陈旺福。人群中有人说话，"满脸都是血。"又有人说："好像是个瞎子。"

陈旺福看不到这些人，他只是听到下面有些乱纷纷的声音。停一会儿下面有人拿着喇叭喊起来，他喊的是一些诸如"你要冷静""不要冲动""你的亲人盼着你回家""什么问题都会解决的"之类的话。听了好一会儿，陈旺福才明白下面这些人、他们乱纷纷的动作，还有他们喊的话，都和自己有关。

下面的喊话不停地重复，那个喊话的人声音越来越高，越来越快，浑身充满了力气，好像中午多吃了一个馍馍。陈旺福撇了撇嘴，小声嘟哝说："没有人在家里等我，你们也解决不了问题，你们又不是龚飞。"可是陈旺福话还没有说完，就有人把他拦腰抱住了。那个抱他的人像一头饥饿的豹子一样扑向他，两只胳膊像大铁钳一样箍住他。

一些乱纷纷的人把陈旺福放在担架上，塞进一辆救护车里。有一个护士给陈旺福擦拭脸上的血迹，另一个护士则给他量血压。车里的几个人相继询问陈旺福的身体状况，但陈旺福一声也不吭，几个人只好把各自观察到的他的体征进行简单的汇总，然后得出一个"问题不大"的结论。陈旺福对这些人也不配合，也不反抗，任由他们摆布。他努力不听他们说话，只听救护车"哎——哟，哎——哟"的警笛声。

在医院里，有两个护士给他包扎额头上的伤口，其中一个负责包扎，另一个给负责包扎的打下手，那个打下手的护士还摸了摸他的脸，好像是试一下他是不是发烧。陈旺福觉得那个护士的手很光滑，很软乎，有些凉，摸在他的脸上让他很舒服。陈旺福很想看看那两个护士的模样，但她们两个都穿着白衣服，陈旺福看不清，只能看见两个白晃晃的影子。

两个护士忙着为陈旺福包扎伤口的时候，一直问他疼不疼。陈旺福不说疼，也不说不疼，那一会儿他的心里正乱着呢。从小到大，陈旺福活到五十七岁，从来都是被别人拨拉过来拨拉过去，除了香妮和香妮她娘，没有人把他当成一回事，他要是站在别人的身边，连别人的影子也不如。可是现在，却有几百个人的眼睛盯着他看，有几十个人围着他打转转，有六七个人在医院里把他抬过来抬过去，有两个人帮衬着给他包扎伤口，这让他心里乱得不行。

所以两个护士问他疼不疼的时候，他不知道该怎么说。陈旺福想和那个打下手、摸他脸的护士说句话，他说出来的话却是这么一句，"你说话的声音像香妮。"那个护士问："香妮是谁？"陈旺福又不说话了。

后来，他们又用一辆小车推着陈旺福，做了几样检查，那两个护士始终跟着他。检查做完了，有一个医生问陈旺福，还有哪里不舒服。医生这句话让陈旺福的心一下子又乱了。以前，陈旺福很少到这种"大医院"里来，平时头疼脑热，到村里的赤脚医生那里买几毛钱的解热止疼片，就扛过去了。唯一一次到县里的"大医院"来，是在十七年前。陈旺福用地排车推着香妮她娘，在医院里推过来推过去地转了三天。香妮她娘身子骨瘦小，坐在地排车里像个十二三岁的孩子。那三天里香妮她娘说得最多的话是，"旺福，咱们回家吧。"香妮她娘发着烧，脸上是桃红色，她坐在地排车上，一只手软绵绵地拍着车帮说："旺福，咱们回家吧。"三天后，陈旺福不得不把香妮她娘推回家里去。

那个医生问陈旺福还有哪里不舒服，陈旺福不知道怎么回答，所以他干脆一声不吭。过了好一阵子，等到他们用小车推着他走了半条走廊之后，陈旺福又突然说："我的眼看不见。"但刚才问他话的医生却一点也不关心他的眼，就好像根本没听见他的话似的。陈旺福只好又补了一句，"我的眼看不见。"没想到这一次那医生却笑起来，说："我知道，你的眼看不见。"陈旺福吧唧吧唧嘴，不知道该怎么说了。

曾在铁塔下面朝陈旺福喊话的人，把陈旺福带到一间办公室里，又问了陈旺福好多问题，还向他讲了很多生与死的道理。陈旺福却一声不吭。朝陈旺福喊过话的人问陈旺福的家在哪里，天黑之前，他们会用车把陈旺福送回家里。陈旺福也不告诉那人他的家到底在哪里。

就好像一堵墙轰然倒塌了一样，朝陈旺福喊过话的人正在滔滔不绝地说话，陈旺福却猛然间大哭起来。他的腰弓成虾米的样子，脸也扭曲变形，眼泪顺着脸皮汹涌而下。朝陈旺福喊过话的人好像被陈旺福的哭声吓住了，他身上抖了一下，一时没有做出反应。等到陈旺福的哭声变得不再那么汹涌，而是压抑和低沉的时候，朝陈旺福喊过话的人站起身，拍了拍陈旺福的肩膀说："你有什么冤屈，有什么困难，请你说出来，我们都会帮你解决的。"陈旺福只是哭，不答话。

那一整天陈旺福都没有吃过饭，他已经很饿了，他一句话也不想说。

4

陈旺福第二次爬上那个铁塔，是在一个星期之后。

那一天阳光很好，陈旺福能够看到满世界的昏黄。天气也已经暖和起来了，陈旺福手抓着铁塔上的铁梁时，觉得不像前一次那么凉。这一次陈旺福的身体比前一次还要轻捷，他爬到铁塔上面那块横放的铁板时，没有花费很长时间。在陈旺福的感觉里，他好像又回到了自己的童年时代。

一切都和一个星期前差不多，陈旺福坐在那块铁板上的位置，也是上次那个位置。他把两条小腿放下来，在半空中吊着，两只手放在屁股两侧，撑在铁板上。他摸了摸那块铁板，感觉手上满是铁锈，拿到鼻子前闻一闻，那铁锈的味道也和上次一模一样。他听到下面的一些车声和人声。他往下面看了看，看到了水塘中那个昏黄的、像鸡蛋黄一样的太阳。

陈旺福想象着，过不了多大一会儿，就会有人看到他。然后，几十个人或者几百个人围在下面，乱纷纷的，有警车，有护士和医生，还有朝他喊话的人。那个朝他喊话的人让他下来，护士医生还有其他的人都仰脸看着他。因为有了陈旺福，这些人又要忙起来了。

如果一个星期之前的那次爬塔经历不计在内，陈旺福已经整整五十年没有爬高了。往前数，要数爬高，就数到他七岁那一年。他是七岁那年爬高之后成为陈旺福的，在那之前他是陈旺财。

七岁的陈旺财有一个同年同月同日生的哥哥陈旺福。那一年，陈旺财和陈旺福来到村西头的水塘边，水塘边有一棵斜向水面生长的垂柳树。陈旺财在先，陈旺福在后，他们两个人爬上那棵大柳树，爬上树枝，揪着下垂的柳树枝条在空中荡悠一会儿，然后跳进水里。接下来，他们又像鱼一样从水里蹿出来，再像猴子一样爬上垂柳树，揪着下垂的柳树枝条在空中荡悠一会儿，然后跳进水里。这个游戏他们玩了好久。

后来，他们的娘站在家门口，把手在嘴边做成喇叭状，喊起来："旺福旺财，回家吃饭了！"陈旺财听到他娘的喊声，又跳了一次，从水里钻出来就回家了。一进院子，陈旺财他娘说："旺福你怎么一个人回来了，旺财呢？"陈旺财想更正他娘，"我不是陈旺福，我是陈旺财。娘你应该问，旺财你怎么一个人回来了，旺福呢？"可是他们的娘又不是第一次喊错，以前她也经常把陈旺财喊成陈旺福，而把陈旺福又喊成陈旺财。陈旺财就没有更正他娘，而是回答他娘说："他在后面。"

大家吃了半碗饭，也没见陈旺福回来。先是他们的娘愣了一下，拍了一下巴掌，突然放下碗朝村西的水塘跑，然后他们的爹和陈旺财也跟在后面跑。他们一家三口没有在水塘边找到陈旺福。他们的爹在村子里叫了几个人，下水去打捞陈旺福，捞了半个时辰也没有捞到。到了傍晚，陈旺福却漂在水面上了。

在水塘边，陈旺福被放在一个石磙上，他的四肢都从石磙上垂下来，像柴禾棒。他们的娘伏身抱着陈旺福，一边哭一边喊，"旺财，我的儿啊——！"他们的娘哭一阵喊一句，再哭一阵再喊一句。站在她身边的陈旺财，每次听到他娘抱着陈旺福的尸体喊一句"旺财"，头皮就麻一下，他娘再喊一句，他的头皮再麻一下。后来，陈旺财揪了揪他娘的衣襟，指着陈旺福的尸体，小声说："娘，娘，他不是陈旺财，他是陈旺福。"他娘只顾得哭，听不见陈旺财说话。陈旺财又指着陈旺福的尸体，大声说："娘，娘，他不是陈旺财，他是陈旺福。"他娘还是没有听见，但他爹听见了。他爹走过来，照着陈旺财头上重重地扇了一巴掌，那一巴掌把陈旺财扇了个嘴啃泥。陈旺财趴在地上，还听见他爹说："乱说，我拧断你的腿！"

"我不是陈旺福，我是陈旺财。"现在，坐在电视发射塔上的这个人对自己说了一句。他听了听下面，没有听到乱纷纷的动静。他又朝下面看了看，看到了水塘中那个昏黄的、像鸡蛋黄一样的太阳。陈旺福早就少生了，我不是陈旺福，我是陈旺财，我替陈旺福活了五十年。香妮她娘嫁过来，两年后走掉；香妮长到十七岁，也走掉。剩下他一个人。这都是陈旺福该摊上的事，我是陈旺财，这些事我替陈旺福顶着了。

这么想着的时候，坐在电视发射塔上的这个人拧了拧脖子，嘴角往上挑了挑，然后，他挪动了一下，又像狗一样爬了几步，爬到铁板更靠里面一点的地方，把自己的身体铺平，仰面朝天躺下来。

不久，他睡着了。

这个人躺下之后，下面没有人能看到他了。那个电视发射塔的下面是一个路口，车声和人声每天都是一个样。没有人知道有一个人爬到铁塔上去，然后在那上面睡着了。

躺在电视发射塔上的这个人睡了好几个时辰。他做了一个梦，梦中的他离开了躺着的那块铁板，像蒲公英那样飘了起来。他在池塘的上面飘了一阵子，也没有沉落下去。他围着电视发射塔飘了几个圈子，甚至能够看到躺在铁板上的另一个自己。

一直到傍晚，躺在电视发射塔上的这个人才被一个声音喊醒过来。他坐起身，往下面看了看，他看到的是一团红色的影子。这个人明白了，人群中是一个穿着大红衣服的女孩。她是香妮。

香妮说："爹，你爬那么高干啥呢?"

香妮又说："爹，饭做好了，回家吃饭了。"

安那里

1

后来，我把 1970 年曾经在安那里风行一时的麻盖游戏告诉身边的人，他们听后的反应大体都是一样的，归结一下有两点：第一，他们认为麻盖几乎算不上是一种游戏；第二，他们说安那里风行麻盖游戏这事儿不是真的。对于第一点，我承认，如果把麻盖说成一种游戏的话，的确有些牵强附会；而对于第二点，我只能自嘲说，也许有时候生活远比故事还要虚假。

安那里还没有出现麻盖游戏的时候，麻盖是一个人的名字。这个叫麻盖的人离开安那里之后，安那里人就习惯于把那个游戏叫作麻盖。

安那里是一个村庄。我就出生在那个村子里。

那一年，麻盖的突然失踪，让安那里的年轻人感受到他们的生活失去了一个标杆。麻盖几乎不参加生产队的劳动，却是安那里的弄潮儿。比如说早几年，麻盖离开学校，到人民公社所在地康庄镇参加红卫兵，只是因为那个时候他的年龄还小，又被人家撵回了家。但麻盖回家以后，安那里人仍然觉得麻盖是个红卫兵，因为麻盖的胸前别着一个菜碟子般大小的毛主席像章。比如说，生活困难，大家都在生产队里当社员，挣工分，谁也买不起自行车，而麻盖外出几天，却借来了一辆自行车，而且更为神奇的是，麻盖借来的这辆自行车似乎不用归还，因为大家都看到麻盖骑这辆自行车居然骑了两个多月。再比如说，安那里的年轻人都想脱掉身上的粗布衫，穿上"的确良"或"人造棉"衬衣，但也就是想想而已。吃都吃不到嘴里，还讲究个穿！只有麻盖有办法，他花五毛钱从生产队里买了两个人造棉化肥袋子，然后到康庄镇去漂白，缝制成人造棉衬衣。麻盖穿人造棉衬衣的时候必得扎着腰，头发用水湿一湿，往一侧抿过去。麻盖高高的个头，宽宽的肩膀，皮肤也白，以前安那里很多人提到麻盖的时候，都说他不像农村人，倒像是城里人。现在麻盖这么一扎腰，头发一抿，就把安那里镇住了。

麻盖把自行车骑得飞快，弓着腰，软绵绵的人造棉白衬衣兜着风鼓起来，像一只大蛤蟆趴在自行车上，但安那里人就是愿意看见大蛤蟆骑自行车，似乎有了麻盖骑着自行车在村街上窜来窜去，安那里的日子就有奔头了。麻盖骑车喜欢摇铃铛，老远的看见有人走过来，他就丁零当啷地摇铃铛，等人家走过去老远了，他还在丁零当啷地摇铃铛。麻盖骑车还喜欢大撒把，不过他一般是在碰到外村的姑娘尤其是古柳河对岸岳那里村的姑娘时，才会大撒把。他玩大撒把的时候把两臂抱在胸前，或者是背在身后，样子很是志得意满。

麻盖在岳那里村的姑娘面前玩大撒把，让安那里人尤其是年轻人大长志气。

安那里和岳那里两个村子暗中较劲很多年了。那些年，因为岳那里的盐碱地比安那里少一些，所以他们村的粮食和地瓜比安那里打得多。又因为他们的支书和公社书记有亲戚，公粮却比安那里交得少。结果，安那里就这样两头一掐，囤里的粮食和地窖子里的地瓜远远赶不上岳那里。但安那里也有岳那里比不上的地方，比如说，安那里虽然粮食打得少，却每家每户都养着一只山羊和两只母鸡。再比如说，安那里树多，夏天有半个月的时间都能吃到知了猴，拿秫秸把知了皮戳下来，还可以卖到钱，换吃饭的盐和点灯的油。

岳那里姑娘嫌贫爱富不往安那里嫁，而安那里的姑娘们觉得岳那里的日子也不好，都不愿意嫁到岳那里。就是这样，每当麻盖骑着自行车朝着岳那里的姑娘大撒把的时候，旁边的安那里年轻人就"嗨嗨"地喊号子，就好像麻盖占了岳那里姑娘的大便宜，或者就好像他们一个个把岳那里的姑娘娶回家了似的。

有一年春天，正是青黄不接闹饥荒的时候，麻盖骑着自行车出去了两天，回来时车把上吊着几只鹌鹑。他的身后跟着两个同样骑自行车的年轻人，这两个年轻人的打扮和麻盖如出一辙，一看就是外村的两个不干农活的混混儿。

麻盖和外村的两个混混炖鹌鹑，香味从麻盖家灶房里飘出来，飘到院子里，然后又飘到安那里各家各户。安那里所有的人都闻到了那种香味。年长的人舔一舔嘴唇，觉得能闻到肉香，尤其是能在大春天里闻到肉香，是一件很舒服的事。孩子们呢，他们在麻盖家的院墙外面围了一大片，有的孩子甚至于爬上墙头，伸着头看，吸着鼻子闻香味，为的是看得真切和闻得实在。年轻人则对麻盖的所作所为又羡慕又嫉妒，麻盖不干农活，整天狼窜，却穿着人造棉衬衣，骑自行车，还炖鹌鹑吃，狗日的！

年轻人里面尤以我二叔安茂生最不服气麻盖。我二叔安茂生十八岁就当上了民兵连长，在安那里算是一个人物，牛气得很。据说，大队支书安纪武认为我二叔安茂生是一个有责任心的好青年，他非常看好我二叔安茂生的前途，已经把我二叔安茂生内定为他的接班人。多年之后我二叔安茂生告诉我，那个时候大队支书安纪武最常对他说的话是这么两句：第一句是，"好好干，过几年大队支书就由你来当。"第二句更是耐人寻味，"有啥样的大队支书，安那里人就过啥样的日子。"

安那里已经有了一个麻盖，又有了一个我二叔安茂生，就有点儿一山不容二虎的味道了。所以我二叔安茂生和麻盖较劲了好几年。

麻盖炖鹌鹑那天，我二叔安茂生就到麻盖家院墙外面去叫板了。他在麻盖家的院墙外面拨拉开几个孩子，趴在墙头上往麻盖家的灶房看了看，然后就大声地喊叫，"麻盖，你出来！麻盖，你出来！"等麻盖从灶房里出来，我二叔安茂生说："一台红星牌收音机，南京产的，多少钱你知道不？"麻盖站在院子里，皱着眉头说："你问这个干啥？"我二叔安茂生说："我问问，我看你知道不。"麻盖反问说："你知道不？"我二叔安茂生说："我先问你呢。"麻盖舔了舔嘴唇，只好承认说："我不知道。"我二叔安茂生很得意，他扬起下巴，俯视麻盖说："那我告诉你，一台红星牌收音机，南京产的，十三块七毛五！"麻盖也不示弱，撇撇嘴说："你知道又有啥用？你又买不起！"我二叔安茂生说："你咋知道我买不起哩？"

说了这些话之后，有人看见我二叔安茂生离开麻盖家院墙，从麻盖家门前走过去。我二叔安茂生自言自语说："有啥能耐哩，不就是有一辆自行车吗？是借的。不就是有一件人造棉衬衣吗？是化肥袋子染的。"然后他的脖子朝着麻盖家里拧了拧，又说，"早晚有一天我修理他！"说这话的时候，也许我二叔安茂生早已想好了修理麻盖的办法。可是也有人说，我二叔安茂生从麻盖家门前走过的时候，头发用水湿过，还往一边抿着，连走路的姿势都像麻盖。

但是，在此后不久的一天，麻盖突然像空中的游丝一样从安那里消失了。

后来的很多年里，安那里人都说麻盖在外面发了大财。二三十年过去之后，甚至有人说麻盖去了美国，或者日本。但也有极少数人说，其实麻盖早就死在外面了。不管怎么说，除了一两次影影绰绰的谣传，麻盖失踪后，再也没有回过安那里，起码没有一个人真正看见麻盖回过安那里。

麻盖的父母觉得麻盖的突然失踪是很丢人的事，所以他们对此事三缄其口，如果问得多了，他们就给人翻脸。倒是麻盖的弟弟麻二，有时候会说到他的哥哥麻盖。

麻盖失踪之后过了大约两三年，安那里开始谣传说，麻盖回来过。据说是有人见过麻盖，但只是望见了背影，没能和他说上话，地点是在村西的小木桥边。麻盖骑着一辆摩托车，穿着"的确良"衬衣、"的卡"裤子，梳着大背头，皮腰带上挂一大串钥匙。安那里每一个人说起麻盖回来的事，都说得有鼻子有眼的，说完之后，会这么总结："真没想到，这个狗日的麻盖，在外面发了大财，享了大福了。"

这次谣传麻盖回乡之后不久，安那里出现了一种看不见摸不着的变化。这变化类似于一股缥缥缈缈的风气或者一个隐隐约约的声音，如果把安那里比喻成一个沉静的池塘的话，这股缥缥缈缈的风气或者隐隐约约的声音就像是池塘里的气泡，此起彼伏地冒出来。一开始安那里没有几个人能说上来村子的这种变化，直到有一天麻盖游戏出现的时候，人们才觉得日子里多出了一种东西，多出的这种东西正好可以弥补麻盖失踪给他们留下的失落感。

2

一开始是这样的。

那一天我放学回家，看到安小兵一个人站在村头的一棵树下，正眼睁睁地盯着一头拴在树上的大黄牛。等我走近了，才看到安小兵手里拿着一个白蒸馍，他一边吃白蒸馍一边盯着黄牛看，有面屑从他的嘴角掉下来。在安那里，差不多只有安小兵和安大勇家里的人能够偶尔吃上白蒸馍，而我们一年四季只有黑窝头和地瓜。但我知道，安小兵和安大勇吃的并非自己家的白蒸馍，因为安小兵的爹安茂良是个木匠，安大勇的爹安纪武是大队支书，偶尔就有人送白蒸馍给他们吃。

安小兵笑嘻嘻地告诉我说："刚才我摸了一下大黄牛的尾巴，你信不信？"我盯了一眼安小兵手中的白蒸馍说："摸一下牛尾巴，有啥了不起。"我就走到牛屁股那儿，摸了两下牛尾巴。做完这个动作，我和安小兵两个人同时愣了一下，好像我们早已达成一种默契，我们都知道接下来会发生什么。我说："押你的白蒸馍。"安小兵说："押就押。"我说："要是你输了，白蒸馍归我；要是我输了，考试的时候我让你抄卷子。"安小兵说："抄就抄。"

安小兵把褂子脱下来放在地上，然后把半个白蒸馍放在褂子上，又往手心里吐了一口唾沫，搓了搓手掌，走到黄牛屁股那儿，摸了四下牛尾巴。安小兵摸牛尾巴，用力比我大得多，他那不是摸，是使劲儿撸。老黄牛甩了甩尾巴。他撸完之后看着我说："该你了。"于是我走过去，摸了八下牛尾巴。

那个时候我和安小兵都不明白，我们正在玩的这个游戏叫麻盖，或者已经有人为这个游戏命名，但我们却不知道。后来我们知道这个游戏名叫麻盖的时候，也不知道到底是谁为它命了名。还有，在安那里，是不是我和安小兵首先玩了这个游戏？如果不是，那又是谁第一个玩了这个游戏？或者说经由谁的手把这个游戏传到了安那里？但是那个时候在安那里，没有人追究这些问题，他们觉得既然游戏的名字叫麻盖，那就一定和麻盖有关。

我和安小兵继续玩下去。安小兵摸了16下牛尾巴，然后又轮到我，我摸了32下。安小兵摸了64下，我摸了128下。

那一刻，我突然想到了一件事，那件事可以说是我的童年时代经历的最为奇特的事情之一。是我七岁那一年，也就是我和安小兵玩麻盖游戏摸黄牛尾巴的前两年，我跟着我二叔安茂生去康庄镇看批斗大会。我二叔安茂生身为安那里的民兵连长，那次批斗会他是负责维持会场秩序的人之一。被批斗的人里面有一个是公社人民医院的医生，这个医生是从济南下放来到我们这里的。我要说的就是这个医生的事。

批斗会安排在康庄镇一个名叫"康庄戏台"的地方，那是一个露天戏园子，戏台不大，但园子大，能站下一两千人。听我二叔安茂生说，以前这里经常唱戏，现在不唱戏了，又经常用来开会。戏台已经被红卫兵砸过了，上面的柱子和盖顶都不翼而飞。当时在台上站着三个被批斗的人，那个济南来的医生站在中间。他们三个人中，另外的两个人都低着头，弓着腰，吊着膀子，垂着手，但站在中间的那个医生却昂着头，挺着腰，立着膀子，背着手。戏台的边上放着两张从学校里扛来的课桌，课桌旁坐着人民公社的几个干部。

很明显的，那几个干部看不惯医生昂着头挺着腰的样子，就有干部中比较年轻的一个气势汹汹地走到戏台中间，高高地抬起膝盖，顶医生的腰，又用手按医生的头。医生不从。年轻干部把医生弄得趔趔趄趄，可医生就是不弯腰，也不低头。年轻干部看治不服医生，换了方法，他扳过医生的肩膀，照着医生的脸扇了一个很响亮的耳光。那医生没有任何犹豫，很自然的、像是商量好的，照着年轻干部的脸扇了两个一样响亮的耳光。年轻干部愣了一下，这两个耳光他是绝对没有想到的。

后来的很多年里，我常常想，第一个出人意料是医生挨了一个耳光之后竟然还击年轻干部两个耳光，第二个出人意料是年轻干部挨了两个耳光之后做出的下一个动作：他愣了一下之后，扇了医生四个耳光。医生又要还击，但他刚刚抬起手来，巴掌还没有落下去，冲上来的几个人已经把他抱住，摁倒在地，并且踏上几只脚。

会场乱起来，批斗会竟然没有开成。后来，据说那个医生被乱拳打死了。

回来的路上，我对我二叔安茂生说："我明明看见，干部扇医生四个耳光的时候，是数着数扇的，我明明看见，医生接下来是要扇干部八个耳光的。"我坚信，如果不是他们把医生摁倒在地，医生接下来百分之百会扇干部八个耳光。我说这话时，我二叔安茂生突然眼里放光，他像个孩子似的说："如果不是他们把医生摁倒在地，医生接下来百分之百会扇干部八个耳光，干部百分之百又会扇医生 16 个耳光！"

可是，我二叔安茂生接着叹了一口气，很沮丧地说："干部有权力扇他，他没有权力扇干部。"我说："这不公平。"我二叔安茂生接着我的话，没头没脑地说："公平。"

我和安小兵之间有公平。我摸了 128 下牛尾巴之后，安小兵摸了 256 下。我摸了 512 下，安小兵摸了 1024 下。我摸了 2048 下，接下来轮到安小兵去摸 4096 下牛尾巴了，可是那时候安小兵的手指头已经肿了。安小兵刚摸了几下牛尾巴就放了手，他在我面前伸出手让我看，"我的手指头肿了。"我看了看安小兵的手，果然，他的手掌和指头又红又肿，甚至有几道血痕。我说："你太使劲了，你那哪叫摸，你那叫撸。"

安小兵愿赌服输，他把那半个白蒸馍从地上拿起来，放到我手里。我啃了第一口白蒸馍的时候就想，要是这样的话，以后放了学就变得比从前更有意思了。

大约是我摸 128 下牛尾巴的时候，我和安小兵身后站了一个人，这个人就是麻盖的弟弟麻二。但由于我和安小兵过于投入，根本没有注意到麻二。麻二几乎参与了游戏的整个过程，他甚至站在旁边为我们加油。直到我把安小兵的半个白蒸馍拿在手里之后，我们才发现了麻二。

麻二看看我，又看看安小兵，显得十分惊奇。麻二说："你们是怎么知道玩这个的？是谁教给你们玩的？你们知道这个游戏叫什么名字吗？"我和安小兵看着麻二的脸，不说话。麻二又说："你们知道吗？玩这个游戏，谁赢了谁将来有好运气。"我和安小兵看着麻二的脸，还是不说话。麻二接着说："运气会有多好知道吗？"然后麻二自问自答，"将来，要吃有吃，要穿有穿，想吃什么吃什么，想穿什么穿什么，要什么有什么！"安小兵看了看我手里的白蒸馍，又看看麻二的脸，问："你怎么知道？"麻二说："我怎么知道？别忘了，这个游戏姓麻，它的名字叫麻盖！"

3

这个据说和麻盖有关、后来又用麻盖的名字命名、可以给赢了的一方带来好运的游戏，在安那里的孩子们中间迅速地流行起来。在上学的课间或者在放学之后，到处都能看到正在玩麻盖游戏的孩子。这个游戏几乎不需要器材，只需要一些体力，而体力这东西我们很富余，整个安那里都很富余。随时随地，只要双方有个约定，押一块橡皮或者押一口馍或者什么也不押，指定一种玩法，哪怕是跺跺脚或者捏捏鼻子，麻盖就可以开始了。

对麻盖游戏来说，安小兵可以说是一个奇才，游戏中的各种花样，大都是从安小兵那里发源，游戏步骤的规划和合理解释，以及游戏发展下去最终局面的预见，也大都由安小兵做出。当然，麻盖游戏中最奇特和最惊心动魄的花样，也都发生在安小兵身上。安小兵迅速成长为麻盖游戏的专家。孩子们玩麻盖游戏时，一般都是让安小兵充当裁判员，一场游戏玩下来，到底谁输谁赢，都是安小兵说了算。如果出现了纠纷，也是叫安小兵来公判，无论安小兵怎么仲裁定论，大家都心服口服。

自从麻盖游戏开始出现在安那里，自从我想到那一年在康庄戏台上公社干部和被批斗的医生互扇耳光的事，我就知道，互扇耳光一定会成为麻盖游戏的一种花样。按照我的想法，那一年在康庄戏台上，如果不是那些人把医生摁倒在地，医生在接受了公社干部四个耳光之后，一定会扇公社干部八个耳光，而公社干部呢，就会还他 16 个耳光……也就是说，如果他们允许医生继续扇公社干部耳光，麻盖游戏早在两年前就会风行一时了。

那一天，安小兵和安大勇两个人玩互扇耳光的麻盖游戏，是在安那里的饭场里。不过他们两人的游戏刚刚开始就中断了，生发出别的变故来。我充当了他们的裁判员。

安那里的饭场，在村街的正中间。村街到饭场那里，拐了一道弯，村街是因为要绕过饭场而拐弯的。饭场有三四个打麦场那么大，地势较低，像一个洼，正中间长着一棵据说有六七百年的老槐树，而老槐树的树根那里，地势又高出场洼许多。夏天的时候，老槐树的树阴几乎把整个饭场遮盖起来。

关于老槐树的来历，安那里有统一的说法，说是六百年前，先人从山西洪桐县迁来至此，老槐树就已经生长在这里了。但把老槐树下的场洼当作饭场，全村的男人围在一起吃饭，却不知是从哪一辈子传下来的习惯。

除了天气条件极其恶劣，没有办法，安那里的男人才会待在家里吃午饭。不然的话，一年四季无论酷暑严冬，上至摇摇晃晃的七八十岁老汉，下至跌跌撞撞的四五岁男孩，只要是男人，都端着大海碗到饭场去。先到饭场的人围着老槐树蹲下来，背对树干，而后到的人则选择场洼的边沿蹲成一个大圆圈。所有的人都一只手端着大海碗，另一只手抓着扣在一起的两三个或三四个窝头，指头缝里夹着筷子，咸菜通常都已放好在窝头里。于是，说话声和呼呼拉拉的喝饭声响成一片。从第一个男人来到饭场，到最后一个男人离开，等到老槐树下的场洼重新变得安静的时候，安那里的午饭饭时才算过去了。

安那里的男人到饭场里吃午饭，不叫吃饭，叫"吃穷"，这个叫法也不知道是从哪一辈子传下来的。按照安那里的说法，如果一个男孩长到五六岁，走路稳当了，能端得住碗自己吃饭，他们就会说这个孩子长大了，能到饭场"吃穷"了；如果一个老汉身体垮掉，卧床不起，他们就会说这个老汉不行了，不能到饭场"吃穷"了。

安那里是一片盐碱地，地里打不出太多粮食，这种情况生产队没有办法，大队也没有办法。在地里，大家一样为生产队劳动，谁和谁都一样。所以安那里的男人们在饭场里吃饭，也用不着遮遮掩掩，大家碗里的吃食也几乎都是一样的，一样的稀汤寡水。如果有人家炸丸子或者吃肉，这家的男人便暂时不到饭场去了；谁家的男人不去饭场吃饭，大家一目了然。所以安那里的人家炸丸子吃肉改善生活，看起来是地下活动，实则是昭然若揭的行为。但安那里管改善生活也不叫改善生活，而是叫"好过"。比如说那一次麻盖在家里炖鹌鹑，他们说的是，"狗日的麻盖，今天'好过'了。"不过安那里经常"好过"的人家极其少见，一年四季也见不到几回。

安小兵和安大勇玩麻盖游戏，是在饭场里。那天，安小兵和安大勇去饭场很早，他们到的时候，饭场里还没有别人。两个人蹲下来不久，安小兵就发现安大勇的饭碗里有一个鸡蛋。安小兵问："你今天过生日吗？"安大勇说："不过生日。"安小兵说："不过生日，你怎么吃鸡蛋？"安大勇说："吃个鸡蛋有啥了不起的。"安大勇的爹安纪武是大队支书，所以安大勇说话一向都很显摆。但安小兵还是大惑不解，"你们家今天'好过'了，你为啥还到饭场来'吃穷'？"安大勇故作不屑地说："吃个鸡蛋算啥'好过'。"安小兵说："怎么能不算呢？我们家吃鸡蛋就算是'好过'了。"安大勇不说话了，用筷子把碗里的鸡蛋拨拉过来拨拉过去，显然他不想一口吃掉那个鸡蛋，要等到最后才吃掉。安小兵望着安大勇碗里的鸡蛋，咽了一口唾液说："我们家要是吃鸡蛋，就算是'好过'了。"

那天我是第三个到达饭场的，我到的时候，安小兵和安大勇的麻盖游戏就要开始了，他们押的宝就是安大勇碗里的那个鸡蛋。如果安大勇输了，鸡蛋归安小兵；如果安小兵输了，安大勇赢安小兵一把木头造的盒子枪。我觉得他们这样押宝很有道理，因为安大勇他爹是大队支书，对安大勇来说，吃个鸡蛋没啥了不起的；而安小兵他爹是个木匠，对安小兵来说，一把木头造的盒子枪也没啥了不起的。

我们三个人都放下饭碗。先是安大勇往安小兵的脸上扇了一个耳光，然后安小兵往安大勇脸上扇了两个耳光，安大勇又往安小兵脸上扇了四个耳光。

安大勇往安小兵脸上扇四个耳光的时候，安小兵龇着牙，咧着嘴，脸上很疼的样子。他们停住了。安小兵对我说："你作为裁判员应该主持公道，我扇安大勇扇得轻，可是安大勇扇我扇得重。"我制止了安大勇的重耳光。等到安小兵扇了安大勇八个耳光，安大勇应该扇安小兵 16 个耳光的时候，安大勇下手就轻得多了。可是安小兵还是龇着牙，咧着嘴，脸上很疼的样子。安小兵又对我说："安大勇的脸大手也大，我的脸小手也小，扇在安大勇大脸上的是我的小手，扇在我小脸上的是安大勇的大手，这样太不公平。"

我们又停下来，不知道该怎么办，游戏好像进行不下去了。这个时候，安那里的男人们开始陆陆续续来到饭场，这其中当然也包括安大勇他爹安纪武和安小兵他爹安茂良。也许是我们三个人的样子有点儿怪怪的，每一个进入饭场的人，都朝我们看了一眼。我提了一个建议，我们三个人先吃饭，一边吃饭一边考虑游戏怎么进行下去，但是吃饭有一个前提，那就是安大勇必须把那个鸡蛋留下来，因为押宝的时候已经把鸡蛋押上了，那个鸡蛋谁也不能动。

饭吃完以后，安小兵想到了一个办法：揪头发。游戏重新开始。安大勇同意了。

安小兵先揪了安大勇一根头发，安大勇揪了安小兵两根头发，安小兵揪了安大勇四根头发，然后又出问题了。安大勇揪安小兵八根头发的时候，是把八根头发一起揪下来的，结果安小兵疼得抱住头号叫起来。我看了看安小兵的头皮，他的头皮上已经渗出血来了。这个情况一开始我们都没有想到，我作为裁判员，只好示意暂停，申明不管是谁揪谁的头发，都只能一根一根地揪，而不能像薅草那样一把一把地薅。如果谁再像薅草一样一把一把地薅，直接判输。

暂停之后重新开始，很快我又看出了问题：安小兵揪安大勇的头发时，是在安大勇头上任意寻找一根头发揪掉，而安大勇揪安小兵的头发时，却总是在安小兵头上一个固定的地方揪下头发来。但规则没有说不能选一个固定的地方揪头发，所以安大勇并没有犯规，再说安小兵对此也没有提出疑问，我作为裁判员应该息事宁人。只是随着时间的推移和游戏的深入，安小兵的头上显现出了一块发青的、渗着细细血珠的头皮。

揪头发比不得扇耳光，一根一根地揪，很慢。饭场里所有的男人都"吃穷"结束了，一小部分人端着空碗回了家，大部分人留下来看安大勇和安小兵相互揪头发，并期待结果。安大勇和安小兵的麻盖游戏还在进行着。等到安大勇揪了安小兵 2048 根头发的时候，时间已经过去了两个时辰。轮到安小兵揪安大勇 4096 根头发的时候，安小兵刚要动手，安大勇突然说："我的头皮有点儿疼，我不玩了。"我问："安大勇，那你认输了？"安大勇没说话，没说话就是认输了。

我刚要宣布麻盖游戏的结果，把安大勇碗里的那个鸡蛋判给安小兵，安小兵已经抓起鸡蛋放进嘴里。安小兵是把整个鸡蛋一口吃进去的，他被噎得像打鸣的公鸡一样脖子一伸一伸的，脸都发紫了。我们看完安小兵吃鸡蛋，又去看他的头，他头上那块失去头发以后变得发青的、渗着细细血珠的头皮，大小和形状都和他刚刚吃掉的鸡蛋一模一样。我猜，安小兵的头皮一定很疼。但安小兵并没有说他的头皮疼。

安大勇和安小兵在饭场里玩揪头发的麻盖游戏那天，还发生了一件事，我二叔安茂生的饭碗掉在了地上，一碗饭全都倒出来。这虽然算不上是什么大事，但以前却很少发生。安那里的饭场，以前只有四五岁或者六七岁的男孩才会把饭碗掉在地上。

那天我二叔安茂生也是到达饭场比较早的人，他到饭场以后，和大队支书安纪武、民办教师安茂全、木匠安茂良等人蹲在一起。他们这几个人是安那里比较有身份的人，所以不管在哪里都喜欢扎堆，心照不宣地显示他们对安那里的统治力。

和他们几个人蹲在一起的，还有麻二。以前麻二没有这样的地位。安那里绝大多数人家都姓安，只有麻二家一家人姓麻。据说，麻二的老爷爷出身于大户人家。有一年，麻二的老爷爷带着一个不明身份的年轻女子私奔到安那里，在安那里的村头上住下来，讨饭为生。几年以后，安那里稍稍富裕一点的人家匀给麻二的老爷爷二亩薄地，他便和那个女子开始学习种地，然后生儿育女。不过，麻家前三代都是单传，直到麻盖和麻二这一代，麻家在安那里还是只有一户人家。

因为是外姓人，麻盖和麻二在安那里地位比较低，在饭场里"吃穷"的时候，没有麻盖和麻二说话的份儿。但是自从麻盖失踪之后，情况就不一样了。麻盖人是失踪了，但是他的名字并没有失踪，而是越来越多地被安那里人提及。在饭场里，安那里人提到麻盖的时候往往很兴奋，好像是在说一个了不起的人。这样说麻盖的名字说得多了，麻二的地位一点一点地提高，不久之后，麻二就已经能够和大队支书安纪武、民兵连长安茂生、民办教师安茂全、木匠安茂良等人蹲在一起了。

那天，每一个到达饭场的人，都首先被安大勇和安小兵的游戏所吸引，我二叔安茂生也不例外，他和几个有身份的人都很专注地看着安大勇和安小兵揪头发。但他们几个人的反应却有所不同。

大队支书安纪武看到自己的儿子安大勇和木匠的儿子安小兵押宝自家的一个鸡蛋，然后相互揪头发，脸上没有表情。安那里有一种良好的民风，那就是孩子们在一起不管怎么玩耍戏闹，甚至争执或者打斗，大人们都不过问。安纪武作为安那里的大队支书，自然以身作则恪守这一传统。还有一个原因是，安纪武做事一向沉稳不露声色，事情到不了非解决不可的地步他不会表态。

木匠安茂良看着安小兵和安大勇揪头发，嘿嘿地笑。安茂良在安那里的平头百姓里面一直有一种优越感，那个时候虽说"割资本主义尾巴"把他的木工手艺割掉了，但爷爷和父亲传下来的名声还够他光鲜一辈子。凭安茂良对儿子安小兵的了解，安大勇不是安小兵的对手，安大勇碗里的那个鸡蛋，最后肯定会吃到安小兵的肚子里。

我二叔安茂生、民办教师安茂全和麻二，是对饭场里的麻盖游戏反应最激烈的三个人。

以前在安那里，所有的风头都让麻盖出尽了，但我二叔安茂生和民办教师安茂全两个人，对麻盖很是不以为然。麻盖整天只知道吊儿郎当，游手好闲，而我二叔安茂生和民办教师安茂全，在安那里最先背全了"老三篇"，最先学会了呼喊"打倒地富反坏右"的口号，最先写出了大字报，这一点麻盖完全比不上。只是安那里几乎没开过批斗会和其他的什么会，"老三篇"派不上用场，安那里也没有"地富反坏右"。解放前，安那里家家户户都给小河对岸岳那里村的几家地主当佃农；解放后，安那里人也都很安分，所以和"地富反坏右"八不沾边。在安那里，唯一能让我二叔安茂生和民办教师安茂全施展才华的，算是写大字报了，因为他们两人都会用毛笔写字。但是从没有人要求过他们两人去写大字报。

现在，狗日的麻盖跑掉了，却把一种名叫麻盖的游戏留在安那里。

在安那里的饭场，安小兵和安大勇揪头发的麻盖游戏让所有的人都瞪起了眼睛。那个时候我才明白，麻盖游戏不仅仅只是在孩子们中间盛行，大人们也早已经跃跃欲试了，从他们的眼睛里明显可以看出，他们觉得麻盖游戏是一个如此奇怪、如此让人坐不住的东西。

我二叔安茂生看了一眼安小兵和安大勇，马上就明白了他们在干什么，他一口饭含在嘴里，手哆嗦了一下，饭碗反着扣在地上，一碗饭泼了簸箕大那么一片。但我二叔安茂生没有可惜那碗饭，也没有看一眼扣在地上的饭碗，而是猛地站起身来，走到安小兵和安大勇身边，看他们揪头发。而且我二叔安茂生还用他手中的筷子在安小兵或者安大勇头上指指点点，校正他们揪头发时的手法，自愿监督游戏的公正性，极力保护游戏的流畅，俨然是这场游戏的第二个裁判员。我这个一开始就认定的裁判员反倒显得多余了。

麻二把刚吃了几口饭的饭碗放在地上，也来到我二叔安茂生的身边，他不停地摇晃着身体。我二叔安茂生对安小兵和安大勇的麻盖游戏指指点点的时候，麻二则一边摇晃身体，一边哼着地方戏"两夹弦"的二板调。安那里人人都会唱几句"两夹弦"，但那几年因为"破四旧立四新"，"两夹弦"的唱词必须改成"东风吹战鼓擂"，原来的唱词禁止唱了，所以已经有好几年没有人去唱"两夹弦"。那一会儿麻二唱"两夹弦"的时候，饭场里好多人都跟着麻二的调子哼哼起来。

民办教师安茂全要沉稳许多，他虽然和麻二以及我二叔安茂生是三个最先围到游戏旁边的人，也是最后离开饭场的人，但却始终没说一句话。安茂全只是站在那里，眼睛里放着光，他和安那里大多数男人一样一直围在安小兵和安大勇身边。

两个时辰后游戏结束时，饭场里放着一大圈碗筷，大部分碗里还都剩着半碗饭。

那一天，生产队长没有吆喝下地干活，民办教师安茂全也没有敲响学校的钟。安小兵赢了一个鸡蛋，安那里人过了一个节日。

<h1 style="text-align:center">4</h1>

安那里第一个成人间的麻盖游戏，发生在我二叔安茂生和民办教师安茂全身上。

有一天，我二叔安茂生翻出了好几年不用的一支毛笔和一个玻璃瓶的墨汁。在这之前，在我二叔安茂生还没有当上民兵连长的时候，曾经在康庄人民公社学会了写大字报。几年没写大字报，我二叔安茂生的手有些痒痒，那天他翻出毛笔和墨汁，用了半张白纸，写了"打倒牛鬼蛇神"几个大字。写完后，我二叔安茂生站在这半张纸前，自我欣赏了好半天。

那时候我二叔安茂生还没有成家，他和我们一家人生活在一起。他用来写大字报的那半张白纸，是我爹买来为我装订数学演草本的。那些白纸一共三张，我二叔安茂生用掉了半张之后，就只剩下两张半了。我娘为这半张纸，有些心疼，她数落我二叔安茂生，"没事儿蹲那儿凉快一会儿不行吗？瞎划拉啥？不知道那三张纸是给你侄儿装订演草本的吗？"我二叔安茂生光是嘿嘿地笑，不接我娘的话。

停了一会儿，我二叔安茂生拿着那张大字报来到民办教师安茂全的家门外。隔着一道矮矮的院墙，我二叔安茂生双手举着大字报，让安茂全看他写的字，"安茂全，你看看我写得怎么样？"安茂全眯缝着眼看了看我二叔安茂生手中举着的大字报，说：

"一般般。"我二叔安茂生说："你是说'打倒牛鬼蛇神'这句话一般般，还是说我写的字一般般？"安茂全说："你问的是这句话怎么样，还是问的你写的字怎么样？"我二叔安茂生说："我都问。"安茂全说："我都说了。"

这样的对话，让我二叔安茂生有些不满，他哼了一声，离开了安茂全家的院墙。但我二叔安茂生走出去好远之后，又折了回来，他趴在安茂全家的大门前，仔细看了看木门，又用眼睛比量了一阵子，然后用两口痰把那张大字报贴在安茂全家的大门上。

第二天早晨我爹出门，在我家的大门上看到两张用白纸写的大字报，一张上面写着"斗私批修"四个大字，另一张上面写着"割资本主义尾巴"七个大字。其中，在写着"斗私批修"四个字的那张大字报上面，还有一行小字，写的是："安茂生：看起来是乱了自己，其实是乱了敌人！"

当时我爹刚刚起床，眼角还沾着眼屎，迷迷糊糊的，他还不知道我二叔安茂生和民办教师安茂全的麻盖游戏已经开始了。我爹以为又来了一茬运动，他看了那两张大字报之后，显得有些慌乱。当时我家养着两只老母鸡，还有一只小山羊，要是"割资本主义尾巴"的话，两只老母鸡和一只小山羊都会被割掉。我爹就像突然遇到了冰雹似的，抱着头跑回了家里，他在院子里压低了嗓门叫喊我娘，"孩他娘，孩他娘！"我爹站在堂屋门口愣了一下神，朝着急匆匆从屋里出来的我娘说："杀鸡！宰羊！"说完，他又用一只手在脸前扇了几扇，改口说："地窖子！地窖子！"我娘站在我爹跟前，一头雾水。

我爹的慌乱可以理解。我家平时吃饭用的大盐和点灯用的煤油，都是用鸡蛋换来的；每年过年的时候，我们全家就指望那只山羊，要把山羊卖掉，年才能过得去。要是两只母鸡和一只山羊被割了"资本主义尾巴"，我们全家吃饭就没有盐，点灯就没有油，也没有钱过年了。我爹跑回院子和站在堂屋门口那几句颠三倒四的话，我和我娘后来就理解了。我爹的心理反应过程是这样的：当他从大门外跑回院子里的时候，他非常恐慌，害怕失去那两只母鸡和一只山羊。我爹只有在非常恐慌的时候，才会压低嗓门叫喊我娘。所以他叫喊，"孩他娘，孩他娘！"到了堂屋门口，我爹想到应对危机的办法就是赶快把两只母鸡和一只山羊宰掉，这样至少还可以把它们的肉吃到肚子里。所以他说："杀鸡！宰羊！"我爹在堂屋门口愣神是因为他想到，宰掉两只母鸡和一只山羊，并不是最好的应对办法，应该把母鸡和山羊暂时藏进地窖子里，躲过这一劫，日后再作打算。所以他又改口说："地窖子！地窖子！"

那个时候在安那里，每家每户只允许养两只母鸡和一只山羊，这个数目是大队支书安纪武私自规定的，再多养，他在上面就捂不住了。上面不让养这些"资本主义尾巴"，有时会突击检查。有一次人民公社的两个干部来安那里检查，那次检查不知怎么提前走漏了风声，大队支书安纪武赶在公社干部来到之前，挨家挨户悄悄地下通知，让安那里人把母鸡和山羊藏进地窖子里。安那里人一年四季吃地瓜，为了储藏地瓜，让地瓜过冬，家家户户都在院子里挖一个地窖子。通常一个地窖子能储藏四五千斤地瓜，所以藏进去两只母鸡和一只山羊毫无问题。

大队支书安纪武下通知的时候，看到哪户人家行动缓慢，就说："鸡蛋是用来换盐的，山羊是用来过年的，要是这两样活物没有了，人能不过年不？吃饭能不放盐不？"

那些年，安那里常常成为康庄人民公社的反面典型。安那里几乎从没有开过"地富反坏右"的批斗会，从没有张贴过大字报，从没有组织群众学习过"老三篇"，也没有成立"毛泽东思想文艺宣传队"。因此，大队支书安纪武到康庄人民公社去开会，常常挨批，公社书记就说过，"无产阶级文化大革命的东风根本吹不到安那里。"可是那一次，大队支书安纪武让家家户户把两只母鸡和一只山羊这些"资本主义尾巴"藏进地窖子，安那里被评为了"割资本主义尾巴"的标兵村。

那个早晨，我爹看到大字报的恐慌只持续了两分钟。我二叔安茂生起床后，揉着眼睛问我爹，"安茂全是不是往门上贴了两张大字报？"我爹吃惊地说："大字报是安茂全贴的？"我二叔安茂生狠狠地说："狗日的安茂全，我就不信治不了你！"

我爹马上明白了，我二叔安茂生和民办教师安茂全在玩麻盖游戏。在安那里，往门上贴白纸是不吉利的，一般是谁家遇到丧事，才会往门上贴白纸，但用白纸玩麻盖就有些不同了，在麻盖游戏中，赢了的一方会撞上大运，这足以抵消所谓的不吉利。我爹看了看我二叔安茂生，抹呀抹呀嘴，对这个游戏就算是听之任之了。等到我二叔安茂生转身要离开的时候，我爹说："往门上贴白纸是不吉利的，这次只能赢，不能输。"我娘也对我二叔安茂生说："白纸你自己想办法，家里的那两张纸是给你侄儿订演草本用的。"

民办教师安茂全和我二叔安茂生这次贴大字报的麻盖游戏，有两个在以前孩子们的麻盖游戏中没有出现过的特点：第一，他们并没有事先押宝；第二，游戏过程中需要花钱。花钱买白纸这件事让我二叔安茂生费尽心机，颇为犯难。我二叔安茂生虽然是民兵连长，但大队里并不给民兵连长任何补贴，公社民兵营也不给各个村的民兵连长任何补贴，实际上我二叔安茂生除了生产队的工分以外，没有其他任何收入。民办教师安茂全则比我二叔安茂生强得多，他在安那里小学教学，一个月有五块四毛六分钱的工资。这五块四毛六分钱要是用来买白纸的话，能买厚厚的一大摞。

但是我二叔安茂生并不怕，这些年来，他瞒着我爹偷偷地攒了一些钱。这些钱有多少？后来我们才知道，我二叔安茂生攒的钱能买一台当时售价十三块七毛五的红星牌收音机，这还不算，富裕出来的钱还够他找对象的订亲礼。事实上我二叔安茂生就是奔着买红星牌收音机和娶媳妇攒钱的。

麻盖还没有失踪的时候，我二叔安茂生暗中和麻盖较劲好几年。我二叔安茂生十八岁就当上了民兵连长，可是在安那里他却不如麻盖风光。麻盖有"人造棉"衬衣，有自行车，尽管他的"人造棉"衬衣是用化肥袋子漂白以后缝制的，自行车也是借别人的，但是在安那里，这些东西只有麻盖有，别人没有。我二叔安茂生攒钱，就是想拥有一个麻盖不曾有过的东西，那就是一台红星牌收音机。只是因为后来麻盖失踪了，我二叔安茂生突然失去了对手，买红星牌收音机的愿望才变得没有那么迫切了。现在，这些钱派上了用场。

我二叔安茂生攒钱攒了六七年，来钱的唯一渠道是戳知了皮。

安那里树多，盛产知了猴，每年麦收以后，知了猴出土的季节，安那里全村男女老少都去抓知了猴，然后拿那些知了猴回家"好过"。安那里一年"好过"两次：第一次当然是过年了，第二次就是抓知了猴的那些日子。

按照安那里的习俗，一般是选午饭"好过"。头天晚上抓到的知了猴，先泡进淡盐水里，要等到第二天午饭的时候，才会收拾它们。因为大家家里都缺食油，所以知了猴就用烙饼的鏊子直接烙出来，这样就省了油。孩子们的口水，要从头天晚上一直咽到第二天中午。第二天的午饭，每家都把一大盆烙出来的知了猴放在矮桌上，一家人围在一起"好过"，没有人再到饭场里去"吃穷"。所以每到这个季节，大约半个多月的时间里，安那里的饭场都是空空如也。

除了拿知了猴"好过"以外，树上的知了皮还可以卖钱。戳知了皮，是我二叔安茂生的拿手好戏，一个季节下来，他戳的知了皮是别人的好几倍甚至十几倍。我二叔安茂生知了皮戳得多一是得益于他"眼尖",藏在树叶里的知了皮他也能看得见;二是他手中握有别人没有的武器——一根很长的竹竿。安那里不产竹子,别人都没有竹竿,而我二叔安茂生的那根竹竿有六七米长,是他去县里开"先进民兵连长代表会"的时候搞到手的。

每年麦收之后,我二叔安茂生到公社供销社去卖好几麻袋知了皮,总能卖到十多块钱。这些钱其中的一大部分,他会交到我爹手里,一小部分自己留着,而我爹却不明就里,以为我二叔安茂生卖知了皮的钱一分不剩地全都交给他了。几年下来,我二叔安茂生瞒下了30多块钱,如果不是他和民办教师安茂全玩麻盖,买白纸,这些钱就可以给他娶媳妇。

在我二叔安茂生眼里,民办教师安茂全外强中干。安茂全虽然每个月能领到五块四毛六分钱的工资,但他的老婆却是一个药罐子。安茂全的老婆走路总爱抱着左胸,一副病歪歪的样子,她一年四季吃汤药,药渣子堆在一起都能堆出一个坟头来了。所以我二叔安茂生胸有成竹,他觉得安茂全并没有多少钱可以用来买白纸,安茂全挣的工资全放在康庄人民公社的药铺里了。

我二叔安茂生往民办教师安茂全家门上贴四张大字报的时候,开始抄写"老三篇",他计算着"老三篇"总共有多少字,这些字够他写出多少张大字报,但发现"老三篇"总共也没有多少字,写不出几张大字报。后来我二叔安茂生想出一个办法,就是每张大字报上面只写一个字,这样对付安茂全就没有问题。

我二叔安茂生和民办教师安茂全隔三岔五地到康庄人民公社供销社买白纸,他们在买白纸的时候,又买了糨糊和墨汁。那些日子,安那里人都到我家和安茂全家门外看热闹。我家和安茂全家的大门上都已经被糊了厚厚的一层白纸,其中我家的大门上,白纸写的大字报贴得快有一尺厚了。

他们的麻盖游戏结束于民办教师安茂全家的大门外。那一天,我二叔安茂生往安茂全家的大门上贴了2048张大字报,那些大字报他用掉了两瓶糨糊，贴了一个多时辰。在这之前的头一天晚上，我二叔安茂生还花了两个多时辰把大字报写出来。那个时候，我二叔安茂生花好几年时间攒的三十多块钱也已经花完了，如果麻盖不能在这里结束，他剩下的唯一办法就是去县城的医院卖血。不过在书写大字报的时候，我二叔安茂生料定这次他赢了，因为他相信安茂全没有钱能买 4096 张白纸、好几瓶糨糊还有墨汁。

当时在安茂全家的大门口围着很多人，事实上在我二叔安茂生还没有来到安茂全家大门口之前，已经有一些人在那里等着看热闹了。他们提前去等着，可能是因为他们已经预感到，今天是我二叔安茂生和民办教师安茂全的麻盖游戏出结果的日子。在我二叔安茂生往安茂全家大门上张贴那些大字报的时候，有几个从没有上过学、不识字也不怎么识数的人问一个正在上学的孩子："安茂生这次贴多少张大字报？"孩子回答说："2048 张。"那人又问："那下一回，安茂全该往安茂生家大门上贴多少张？"孩子回答说："4096 张。"那人还问："4096 张白纸得花多少钱？"孩子回答说："我不知道。"那人说："看来没有下一回了。"

果然像我二叔安茂生和众人预料的那样，等我二叔安茂生把 2048 张大字报一张叠一张地贴完，安茂全黑着脸从家里走出来。安茂全并不看我二叔安茂生，而是盯着大门上一厚摞一厚摞的大字报看了一会儿，然后，他动手把那些大字报都揭下来了。安茂全的动作很慢，他花了好几分钟时间，才把自家大门上所有的大字报都揭下来。

一开始我二叔安茂生没有反应过来，他有些纳闷安茂全揭下大字报的行为，他甚至动了动身子，想去制止安茂全。但是稍后他就明白了，安茂全认输了。明白安茂全认输之后，想想昨天刚刚花了 20 多块钱买白纸、糨糊和墨汁，想想为了买那些白纸、糨糊和墨汁，手哆嗦着从褡子下面往外抠钱，再想想昨天晚上写大字报写了两个多时辰、今天贴大字报又贴了一个多时辰，我二叔安茂生突然有一些心理上的不平衡，他张口就冲安茂全叫起来，"安茂全，你认输你早说呀，你早认输我不用花这么多钱买纸了，也不用忙活这么一天一夜了！"

在围观的人中，第一个缓过神来认为我二叔安茂生说的话没有道理的，是站在我二叔安茂生身后的麻二。麻二说："安茂生，你糊涂了，安茂全要是昨天认输，就不是他输了，是你输。"麻二的话说得我二叔安茂生愣在那里。

安茂全一边收拾地上的那些大字报，一边也说："安茂生，你赢了，你以后就有好日子过了。要吃有吃，要穿有穿，想吃什么吃什么，想穿什么穿什么。"安茂全的话引得围观的人一阵哄笑。众人的笑声中，安茂全把那些大字报摞在一起，抱在怀里，向自己家院子里走去。走了几步，安茂全又回过头，看着我二叔安茂生说："我回家让你嫂子煮地瓜，这些白纸是最好的引火柴。"他的话又引得围观的人一阵哄笑。

我二叔安茂生站在安茂全家的大门口，愣了好一会儿。

5

自从我二叔安茂生和民办教师安茂全玩了贴大字报的麻盖游戏之后，就像最初在孩子们中间流传一样，这个据说可以给赢家带来好运的游戏，在安那里的大人们中间也风行起来。在饭场，或者在生产队的麦田里，到处都能看到正在玩麻盖游戏的人。

不过他们的麻盖游戏，要么是游戏本身太小儿科，或者拍拍巴掌，或者数数麦粒子；要么是押的宝太不值钱，或者押一块地瓜，或者押一块粗布手巾。这样的麻盖游戏让我二叔安茂生、民办教师安茂全、木匠安茂良以及麻盖的弟弟麻二等人很是瞧不上眼。

　　那次我二叔安茂生玩贴大字报的麻盖游戏，赢了民办教师安茂全，可是他并没有体会到多少赢家的快乐。麻二还常常嘲笑我二叔安茂生，笑他把买红星牌收音机和订亲用的 30 多块钱都赔进去了，"安茂生，你等于是把媳妇赔进去了，这也叫赢家？"

　　我二叔安茂生有些懊悔，当初他和民办教师安茂全玩麻盖，犯了两个错误：一是不应该选择一个需要花钱买白纸的麻盖，要不然他的钱现在还在褥子底下好好地压着，想买红星牌收音机时就买红星牌收音机，想订亲时就订亲；二是即便选择了一个需要花钱买白纸的麻盖，也不应该不押宝，而是应该押一个大大的宝，那样的话，他作为赢家钱花光了，输家安茂全也躺不到干净地里，他也得出出血。所以我二叔安茂生暗下决心，如果再玩麻盖的话，要避免再犯这两个错误。

　　这一天在村头上，走在一起从田里回村的是这么三个人：我二叔安茂生、木匠安茂良和安茂良屋里的。这三个人在村头上又遇到了民办教师安茂全和安茂全屋里的，加起来一共五个人。

　　木匠安茂良和民办教师安茂全同年同月同日生，他们两人从没有论清过谁是老哥谁是老弟，所以两个人看见对方屋里的，都叫嫂子。他们管对方屋里的叫嫂子，怀有相同的目的，就是可以拿嫂子开开玩笑。按照安那里的风俗，小叔子可以和嫂子没大没小，但大伯哥就不可以和弟媳妇没大没小。

　　五个人遇到一起之后，先是木匠安茂良笑着对安茂全屋里的说："嫂子，我老远地看见，你的屁股真圆圆呢。"安茂全屋里的笑骂说："安茂良，你看看你屋里的屁股，你屋里的屁股比我的屁股还要圆圆呢。"然后安茂全屋里的又对自己的丈夫安茂全说："你看看安茂良屋里的屁股是不是很圆圆？"安茂全嘿嘿地笑着，看安茂良屋里的屁股，看着说："嫂子，你的屁股确实很圆圆。"安茂全一边看，一边说，一边还走上前去，往安茂良屋里的屁股上摸了一把。安茂良屋里的立时就红透了脸。

木匠安茂良倒是没在意自己媳妇的屁股被人摸了一把，那个时候他正在盯着安茂全屋里的屁股。安茂良对安茂全屋里的说："嫂子，到底谁的屁股圆圆，你别谦虚。"安茂良一边看，一边说，一边也走上前去，往安茂全屋里的屁股上摸了一把。然后，停了一下，又摸了一把。安茂良摸了两把。

安茂全屋里的和安茂良屋里的不是一样的女人。安茂良屋里的怕羞，怕摸，安茂全一摸她的屁股她就红透了脸；可是安茂全屋里的不怕羞，不怕摸，安茂良摸她的屁股摸了两下，她还嘎嘎笑着，不在乎。

这个时候，一直站在旁边看热闹的我二叔安茂生，突然大叫一声，"停住！停住！"我二叔安茂生看看木匠安茂良两口子，再看看民办教师安茂全两口子，又说："押宝，先押宝！押一个大宝！"木匠安茂良说："押就押！"民办教师安茂全也说："押就押！"两个女人都愣着神儿。

我二叔安茂生想了想，咬了咬牙说："押一只山羊。"见他的话没有得到响应，我二叔安茂生问木匠安茂良，"安茂良，你敢不敢押一只山羊？"安茂良拧拧脖子说："我咋不敢！"安茂良屋里的脸上的红晕还没有消退，她显然不同意押一只山羊，她大声阻止安茂良说："安茂良！"安茂良看了看他屋里的，但还是说："我咋不敢！"

这一边搞定下来，我二叔安茂生又把目光转向民办教师安茂全，"安茂全，押一只山羊，你敢不敢？"安茂全犹豫不决地说："我家那只山羊，要比安茂良家那只山羊大得多。"我二叔安茂生说："现在不能管大小了，你敢不敢押？"安茂全说："我有啥不敢哩！"我二叔安茂生又看了看安茂全屋里的，安茂全屋里的还是有些发愣，似乎没有缓过神来，从她的表情中看不出她是同意押一只山羊还是不同意押一只山羊。但我二叔安茂生认为，只要有安茂全同意就行了。

身为民兵连长，我二叔安茂生说话有时候显得有水平，他说："押宝的这只山羊，宰掉以后羊皮、羊头和羊下货归赢家，羊肉呢，平均分给全村，大家一起'好过'。"我二叔安茂生问木匠安茂良，"安茂良，你同意不？"安茂良拧拧脖子说："我咋不同意！"我二叔安茂生又把目光转向民办教师安茂全，"安茂全，你同意不？"安茂全说："我有啥不同意哩！"我二叔安茂生就宣布说："那行，就这么定了，押一只山羊，谁也不能反悔。"

他们说完这些话，就看见安茂良屋里的离开了他们，脸红红的往家里走了。安茂全有些着急，他叫道，"嫂子，你怎么走了？你走了我不就输了么？"安茂全嘿嘿笑着，去追安茂良屋里的，他追到安茂良屋里的身后，伸开手掌，打算往安茂良屋里的屁股上摸四把。可是安茂全刚刚摸了一把，安茂良屋里的就回转身，扇安茂全的耳光。其实安茂良屋里的那也不能叫扇耳光，她是又抓又挠的，双手在安茂全的脸前乱飞。这样过了一阵子，安茂全还是没有得逞。安茂良屋里的跑回家里去了。

安茂全返回来的时候，还嘿嘿地笑着，他走回到我二叔安茂生他们三个人身边，突然不笑了，他肿着脸问木匠安茂良："安茂良，咋整？"安茂良脸上笑不是笑哭不是哭的，不说话。安茂全又问我二叔安茂生："安茂生，你说咋整？"我二叔安茂生说："咋整？这不明摆着的吗？"安茂全睁大眼，眉头上像是爬着蚂蚱："你啥意思？"我二叔安茂生说："别瞎问了，回家牵羊去吧。"

安茂全瞪着眼，好像还没有反应过来，或者说他已经明白了，可是不想面对现实。安茂全说："不是我不摸，是安茂良家嫂子她不让摸嘛！她不让摸能怨得了我么？"可是安茂全屋里的心里却比安茂全有数，她歹声歹气地数落安茂全，"你不要逮不着黄狼说黄狼臊，你自己没那个本事么，怨得着人家！"然后安茂全屋里的望着安茂良屋里的走回家的方向，又说："安茂良屋里的也真是的，你那屁股又不是格格的脸，哪里摸不得！屁股又不是油饼，吃一口就少一块，摸几下不是还好好的么！"

这是安那里一个最简短的麻盖游戏，几乎还没有开始就已经结束了。

安那里有良好的民风，每一个人都说话算数。民办教师安茂全家的那只大山羊，是他自己牵出来送到我二叔安茂生手里的。安茂全把羊缰绳递到我二叔安茂生手里时，说："安茂生，你是裁判员，又是民兵连长，这羊交给你，你去处理吧。"我二叔安茂生觉得安茂全输了一只大山羊，损失可以说不小，应该得到他的安慰。他安慰安茂全的话是这么说的，"安茂全，上次贴大字报你输给我，你只花了一点钱，可是却让我把钱花光了；这次你输给安茂良，安茂良一根汗毛也没丢掉，你却输了一只大山羊，这也是该着。"已经掉转头往回走的安茂全停下来，望着我二叔安茂生。我二叔安茂生又说："你家的这只山羊，是安那里所有的山羊里面最大的一只吧？"

安茂全家养的山羊确实很大，足足有八九十斤。

安那里养山羊，一般是在春天买下山羊羔，养一个夏天、一个秋天和一个冬天，然后宰杀过年。大部分人家的山羊，到年底都能长到四五十斤或者五六十斤，宰杀出净肉二三十斤或者三四十斤。这些净肉加上羊皮，拿到集市上偷偷地卖掉，换回过年用的一些物品，或者给大人孩子扯几尺布，做新衣裳。留在家里的羊头、羊下货和羊油，自己家吃腥，一锅萝卜或者一锅白菜，放上一点羊油，切上一点羊下货，就会满院子飘香。一家人顿顿"好过"，从正月初一"好过"到正月十五。

安茂全屋里的养山羊有高招，因为每一年安茂全家的山羊都会长到八九十斤。这么大的山羊实在是罕见。要说安茂全屋里的养山羊的高招，那就是爱羊如命。每年春天，新的山羊羔买回家，安茂全屋里的喜欢把山羊羔抱在怀里，拿篦子篦它的青毛。

所以安茂全家的山羊，青毛总是和安茂全屋里的头发一样油光顺溜。那次人民公社的两个干部来安那里检查，安那里家家户户都把山羊藏进地窖子一整天，而那一整天，安茂全屋里的是躲进地窖子和她家的山羊一起度过的。往常的几年里，安茂全家的山羊总是长到八九十斤，因此安茂全家的年过得就比别人家大，也比别人家长。别人家宰了羊之后，一家人顿顿"好过"，从正月初一"好过"到正月十五。安茂全家宰了羊之后，一家人顿顿"好过"，却能从正月初一"好过"到二月初二。

现在安茂全家的这只大山羊，要让安那里全村人"好过"一回了。

在宰杀山羊之前，我二叔安茂生又到民办教师安茂全家里去过一次。他想再次安慰安茂全一下，他能够明显地看出来，输掉一只大山羊，安茂全和安茂全屋里的非常心疼。但实际上我二叔安茂生并没有走进安茂全家里，而是站在安茂全家院墙外，把安茂全叫出屋来说话。隔着矮矮的院墙，我二叔安茂生安慰站在院子里的安茂全说："安茂全，下次我们两个人再玩一次麻盖，我押上我的长竹竿。"

我二叔安茂生的长竹竿是安那里独有的，好多年来，那根长竹竿是我二叔安茂生除了工分以外所有其他收入的唯一来源。他用长竹竿戳知了皮卖的钱足足有30多块，只是在上一次他和安茂全的贴大字报麻盖游戏中因为买白纸全部花掉了。他把用长竹竿找来的钱花掉以后，现在又表示可以把长竹竿这个"本"也押上，是在向安茂全亮明一种大无畏的态度，以这样的方式安慰安茂全。可是安茂全听了我二叔安茂生的话，却撇了撇嘴，一脸不屑地说："你拉倒吧，谁稀罕你的长竹竿！"

山羊是在饭场里宰杀的，光是净肉就宰出了50多斤。除了净肉之外，还有羊头、羊下货、羊皮、羊油、羊血、羊骨头。按照我二叔安茂生的规划，羊肉按人头均分，安那里全村男女老少总共 326 人，包括木匠安茂良家和民办教师安茂全家，每人分得羊肉一两七钱。民办教师安茂全家尽管是麻盖输家，但他家里的人也是安那里人，所以也有应得的每人一两七钱。木匠安茂良家尽管是麻盖赢家，已经赢去了羊头、羊下货、羊皮、羊油、羊血，但他家里的人同样也是安那里人，所以也有应得的每人一两七钱。剩下的只有羊骨头了，这些羊骨头也在我二叔安茂生的计划当中。实际上在宰杀大山羊之前，我二叔安茂生已经让人在饭场旁边垒起了一个临时灶台，一口大铁锅也已经坐在灶台上。那些羊骨头会在这口大铁锅里煮出来，让安那里全村的孩子们"好过"。

傍晚，安那里的村街、胡同和房前屋后飘着一些烟气，那些烟气中有着浓浓的肉香。很多人家不舍得一顿把羊肉吃完，而是切下一小块，炖一锅萝卜，剩下的大块羊肉挂在房梁上，留待日后"好过"。晚饭的时候，孩子们都用羊肉塞了塞牙缝，然后又从家里跑出来，去饭场里等着。

饭场那里，我二叔安茂生和麻二两个人正在煮羊骨头。麻二负责烧火，我二叔安茂生站在锅灶前，用大笊篱翻动锅里的羊骨头。他们在饭场里放了两领秫秸箔，让孩子们围着两领秫秸箔坐成一个圆圈。待到羊骨头煮好以后，他们会用大笊篱捞出来，撒到秫秸箔上，让孩子们去抢。为了让每一个孩子都能抢到一块羊骨头，我二叔安茂生事先已把羊骨剁得很碎了。

我二叔安茂生对围在秫秸箔周围的孩子们说："老老实实的，都好好等着，每个人都有一份。谁不好好坐着，他的那一份喂狗。"孩子们都望着我二叔安茂生的脸。

那天晚上我也去了饭场，我和别的孩子围在一起，望着我二叔安茂生的脸。我二叔安茂生的脸影影绰绰的，但他有时候会去帮麻二看一看灶火，那时候灶火就会把他的脸映得通红。我猜想，我二叔安茂生在把碎骨头捞出来撒到秫秸箔上之前，先会大喊一声，就像戏台上的开场锣鼓响过之后，角儿出场之前先在幕布后面大喊一声一样。于是我就期待着我二叔安茂生的喊声。

很多年之后我回忆这件事的时候，想到了在灶火的映照下，我二叔安茂生脸上洋溢的成就感。也许那个时候，我二叔安茂生已经准备好做大队支书安纪武的接班人，他牢记着支书的话，想让安那里人过好日子。但迫于现实，我二叔安茂生只能以这样的方式，在牺牲民办教师安茂全的前提下，让安那里人和安那里的孩子们暂时"好过"一回。

那天伴随着我们这些孩子等待啃羊骨头的，还有一个时隐时现、忽高忽低的哭声。是安茂全屋里的。安茂全屋里的骑在她家院墙的墙头上，哭的是，"一年熬到头，日子咋法过，一年熬到头，日子咋法过……"她翻来复去的只哭这么一句，忽高忽低的哭声很像"两夹弦"中的慢调"花腔"，甚至比"花腔"更"慢"，更"花"。她的哭声像肉香一样，在风中飘过来飘过去的，弄得人心里痒痒。

但是我二叔安茂生、麻二和在场的所有的孩子，全都认为安茂全屋里的骑在墙头上根本就不是在哭，而是在唱戏。我二叔安茂生还一直强调说，安茂全屋里的在唱戏，唱的是哭戏，那句"一年熬到头，日子咋法过"的戏词，出自于"两夹弦"看家戏《王定保借当》的第二场。

6

这年夏天，下了一场大雨。安那里的老人们回忆说，已经有几十年没有下过这么大的雨了。大雨下在夜里，雨声和不间断的雷声搅在一起，轰轰隆隆响到天亮。在雨声和雷声中，还会响起人的嘶喊声、鸡的惊叫声和羊的哀鸣声，因为大雨冲塌了很多羊圈和鸡窝，还冲塌了一两户人家的房屋。

大雨的夜里，大队支书安纪武把我二叔安茂生喊起来，两个人披着蓑衣，挨家挨户查看安那里的灾情。根据我二叔安茂生第二天的统计，这场大雨致使安那里的房屋倒塌三间，漏雨八间，所幸没有伤人；灶房倒塌 10 间，漏雨 21 间；羊圈倒塌 47 间，虽然没有砸死山羊，但伤及山羊 16 只；鸡窝全部倒塌无一幸免，砸死母鸡六只，伤 33 只；地窖子全部灌水，塌陷 53 个。另外，安那里的三眼吃水井全部溢水或者井口被雨水湮没。依照过往经验，大雨积水至少要三至五天的时间才能下去，在这三至五天里，安那里人必须用雨水做饭。更为严重的是，每家的柴火垛都被雨水渍浸泡甚至冲走，没有柴火，即便用雨水做饭也做不成。

我家的受灾情况一般，房屋没有倒塌也没有漏雨，灶房没有倒塌也没有漏雨，地窖子灌满了水但并没有塌陷，羊圈漏雨但山羊安然无恙，只是鸡窝倒塌，砸断了一只母鸡的一条腿。

我娘抱着那只受伤的母鸡，抚摸着母鸡那只受伤的腿，小声地哭起来。我娘哭母鸡的时候，用的也是"两夹弦"戏里的哭腔，听起来不太像是哭，而是像唱戏。嘴里叫出来的词儿不是母鸡，而是，"吃饭的盐哎，点灯的油哎——哎呀呀……"

院子里全是积水，我娘是蹲在已经倒塌了的鸡窝前哭的，她光着的双脚、小腿泡在水里，半个屁股也泡在水里，裤子已经湿到了裤腰。我爹劝我娘不要哭。我爹走到我娘背后，拍了拍她的肩膀，小声说着什么。我爹劝我娘的话，我听不太清楚，但大意是：比起来夜里那个可怕的声音，一只母鸡的腿断了又算得了什么。

那个大雨的夜里到底发生了什么？是什么声音让大人们感到了害怕？我们这些孩子完全不懂得。小孩的觉睡得死，大雨夜我们什么也不知道。可是自从我爹说到大雨夜的那个声音之后，别的人也在说。大水在一点点退下去，对那个声音的议论声一点点冒上来。倒塌的房屋、灶房、羊圈、鸡窝、塌陷的地窖子，还有受伤的山羊、死掉的母鸡，以及没有井水可喝、没有柴火可烧，这些都掉到了人们的话巴子下面，他们全都在说大雨夜的那个声音。

安那里有一个传说，说的是在饭场那棵据说六七百年的老槐树下面，有一只像锅盖那么大的大蛤蟆，那只大蛤蟆的年龄和老槐树的年龄一样大，都有六七百岁了。那只大蛤蟆的叫声像打雷一样，震得人脑袋瓜子疼，但大蛤蟆几十年都不叫一次，如果叫的话也只会在大雨夜叫，而且只叫三声。

那个大雨夜，大蛤蟆叫了，叫了三声。

安那里还有一个传说，说的是在安那里和岳那里两个村子之间的古柳河的河床下面，有一条小白龙。小白龙的龙头在哪里说不准，有可能在康庄人民公社，也有可能在比康庄人民公社更远一些的地方，但小白龙的龙尾巴就在安那里和岳那里两个村子之间的河道下面，这是确定无疑的。小白龙几十年才会摆一次尾巴，而且它只在大蛤蟆叫过三声之后的当年十月初一，才会把尾巴从安那里摆向岳那里，或者从岳那里摆向安那里。最要紧的是，小白龙的尾巴摆向哪个村子，哪个村子的日子就会红红火火几十年。

据安那里几个上了年纪的人说，已经过去的几十年里，小白龙的尾巴一直在安那里。

大雨之后，我二叔安茂生先是统计安那里的受灾情况，他把所有倒塌的房屋、灶房、羊圈、鸡窝、塌陷的地窖子，还有受伤的山羊、死掉的母鸡，统统记在一本封面印有"毛主席语录"的红皮本子上。我二叔安茂生其实也不知道他把这些数字记在本子上干什么用，但他知道所有安那里发生的事他都要做到心中有数。

大雨夜之后的第三天，村街上的积水还没有下去，安那里所有的人家，吃饭都成了问题。没有井水，没有干柴火，家家户户都只好靠吃生充饥。但是安那里遇到的吃饭问题，在我二叔安茂生心里已经降到了次要的位置，他心里一直受困于大雨夜的那个声音。他知道，大蛤蟆的三声叫意味着什么。

如果好日子只有几十年，那就太短了。我二叔安茂生蹚着村街上的积水，走访了安那里所有上了年纪的人，询问他们是不是能够确定小白龙的尾巴就在安那里，而不是在岳那里。他得到的全部是肯定的回答。那些上了年纪的人言之凿凿地说，几十年来，小白龙的尾巴一直就在安那里。

那天，天刚刚黑下来，我二叔安茂生坐不住，他蹚着水来到大队支书安纪武家里。因为没有煤油点灯，天一黑安纪武就睡下了。我二叔安茂生敲了敲安纪武家的木窗户，然后隔着窗户和安纪武说话。我二叔安茂生向安纪武请教，安那里遇到的这件事应该怎么办。安纪武咳嗽了两声，说，没有办法，小白龙要摆一下尾巴，我们就只能眼睁睁看着它摆，一点办法也没有。我二叔安茂生又向安纪武请教，现在到十月初一还有三四个月呢，在这三四个月里，安那里人能不能做点什么。安纪武又咳嗽了两声，说，我们什么也做不了，我们又不能告诉小白龙，不让它摆尾巴，它不听我们使唤。我二叔安茂生还问，安那里人能不能摆上席、烧上香、磕上头，敬敬小白龙。安纪武停了好一会儿，说，我们不能搞封建迷信那一套，公社里说"无产阶级文化大革命的东风吹不到安那里"，已经说很多次了，我们再搞封建迷信活动，又让他们抓住把柄。再说了，要是给小白龙摆上席、烧上香、磕上头就能管用的话，西边的岳那里人不知道摆了多少席、烧了多少香、磕了多少头呢。

听了大队支书安纪武的这些话，我二叔安茂生并没有彻底灰心，他又蹚着村街上的积水，把民办教师安茂全、木匠安茂良以及麻二等人从被窝里叫起来，几个人聚到生产队的牛棚里，共同商议小白龙摆尾巴的事。但商议来商议去，每个人说的话都和大队支书安纪武说的话差不多，没有一个人比另一个人更高明。这次小型会议结束之后，在蹚着积水回家的路上，听着小青蛙们在沟洼里的叫声，我二叔安茂生觉得安那里的前途命运到了一个十字路口。

又过了两天，我二叔安茂生在饭场里"吃穷"以后没有回家。那时候大水刚刚下去，饭场洼地里的积水，在这之前已经被我二叔安茂生带人排出去了。这是大雨之后安那里人第一次到饭场"吃穷"。因为大水，田地里还不能进人，生产队已经停工了。"吃穷"之后，我二叔安茂生看看时间还早，就坐在大槐树下乘凉。后来，他靠着大槐树，在大片的阴凉里睡着了。这一觉睡的时间不长，也就打一个盹的工夫，我二叔安茂生遇见一个白胡子道士模样的人从大槐树下路过，他就向道士模样的人请教小白龙摆尾巴的事。在梦中我二叔安茂生就知道，他做的这个梦非常关键。果然，道士模样的人捋了捋长长的白胡子，告诉了我二叔安茂生一个办法。道士模样的人说的话让我二叔安茂生一下子惊醒过来。

安那里和岳那里两个村子之间的那条河，虽说名字叫古柳河，可是它几乎算不上是一条河，把它叫作一条沟更恰当一些。它南北走向，从安那里村西和岳那里村东穿过，一座小木桥连接着两个村子。河宽总共不到三丈，一年四季，除了夏秋之外，冬春季都没有水。按照安那里的传说，那座小木桥下面，就是小白龙的尾巴，这几十年来，龙尾巴一直摆向安那里这边。

在小木桥的东头，也就是安那里的村西，压上一个大石磙，小白龙的尾巴就摆不到岳那里去了，龙尾巴仍然会留在安那里。这就是在我二叔安茂生的梦中，那个白胡子道士告诉他的一个办法。

我二叔安茂生把他的梦、白胡子道士和在安那里村西压一个石磙的想法，找大队支书安纪武商议。安纪武支持我二叔安茂生的想法，并让他带人立即实施。另外，安纪武还特意嘱咐我二叔安茂生说，这样做属于搞封建迷信活动，不要声张，不要让外人知道。于是我二叔安茂生和麻二、民办教师安茂全等四五个人在这天傍晚的时候，把安那里最大的一个石磙压到了村西小木桥的东头。他们把石磙稳稳地压在地皮上的时候，我二叔安茂生长长地舒了一口气，连日来压在他心里的一块石头也落了地。

可是，第二天早晨，令人意想不到的事情发生了。早起上学的安小兵是第一个目击者，他发现情况后，从外面跑回来，一头撞进了我家里。当时我们一家人还没有起床，安小兵趴在我二叔安茂生睡觉的小西屋的窗户上大声喊，"不好了！不好了！"我二叔安茂生在屋里问发生了什么事。安小兵说："小木桥那边，岳那里压了两个大石磙！"

在岳那里村东、小木桥的西头，安安稳稳地放着两个大石磙，和小木桥东头安那里的石磙相对而立。我二叔安茂生和大队支书安纪武一起来到小木桥，盯着岳那里的两个石磙，半天没有说话。岳那里为什么会压两个石磙？明摆着，这个道理连小孩子都能明白。首先，岳那里人并不认为小白龙的尾巴在安那里，而是认为在岳那里，就像安那里人认为龙尾巴几十年来一直在自己的村子一样，岳那里人也认为龙尾巴几十年来一直在自己的村子，他们要把龙尾巴留住；其次，安那里人认为只有自己才会麻盖游戏，这实在是自欺欺人，岳那里人也会玩麻盖游戏，也许从安那里第一次出现麻盖游戏的时候，岳那里人就知道麻盖是怎么回事，现在他们把龙尾巴当成宝压在里面了。

这个宝押得实在是太大了。我二叔安茂生知道，安那里不能输。

但是从想到要在安那里这边压四个石磙开始，我二叔安茂生就陷入了困惑：安那里这边压四个石磙，岳那里那边必然会压八个石磙，那么到了安那里这边要压 16 个石磙的时候，怎么办？安那里到哪里去弄 16 个石磙呢？我二叔安茂生问大队支书安纪武怎么弄，但安纪武没有说怎么弄，而是说："你去弄吧。"说完，安纪武低着头，皱着眉头，走回了村子。

跟在大队支书安纪武身后往村子里走，我二叔安茂生再次想到那次他和民办教师安茂全的大字报麻盖。那次为了买白纸，他把攒了好几年的钱全都花光了，而这一次的大石磙，要比白纸重得多。但不管怎么说，安那里绝对不能输给岳那里，那样好日子就到头了。看来，这一次安那里人要出出血了。

安那里满打满算总共只有四个石磙，我二叔安茂生带着一帮人把四个石磙弄到村西小木桥的整个过程中，脑子里一直盘算的都是 16 个石磙的事。

办法最终是麻二想出来的。当时他们把四个石磙在小木桥的东头稳稳地压在地皮上之后，麻二望着小木桥西头岳那里压在那里的两个石磙出神。随后，麻二指着岳那里的两个石磙对我二叔安茂生说："你仔细看看，岳那里的石磙要比咱们的石磙小得多。"我二叔安茂生仔细看了看岳那里的两个石磙，的确，他们的石磙是小得多。麻二说："石磙论的不是大小，是个数；比的不是谁比谁的大，比的是谁比谁的多。四个，八个，16 个，32 个……"我二叔安茂生还是有些不明就里，眉毛扬起来望着麻二。麻二说："安茂生，我问你，石磙是啥做的？"我二叔安茂生说："石头做的。"麻二挥了一下手说："那不就得了，石磙终归也是石头！"我二叔安茂生说："啥意思？"麻二又挥了一下手说："下一次，我们不用压 16 个石磙，压 16 块石头就行了！"

安那里周围方圆三百里都是平原，石头也很金贵，要用石头的话，得花钱去买。

买石头的钱先由麻二垫付，再由我二叔安茂生挨家挨户按人头收敛，收齐后还给麻二。麻二有 40 多块钱，是准备娶媳妇用的。在安那里，戳知了皮卖钱的能手第一数我二叔安茂生，第二就数麻二了。和我二叔安茂生不一样的是，我二叔安茂生戳知了皮靠长竹竿，麻二戳知了皮靠爬树。麻二生得瘦小，有点驼背，爬树的时候像猴子一样。

除了戳知了皮，麻二还有一手我二叔安茂生比不上的绝活儿，那就是寻找废铁。当然了，那时候安那里以及安那里附近的几个村子都没有多少废铁可供麻二寻找，但麻二能从地皮的颜色和土质，判断出地下有没有埋着废铁，只要他看准了，用铁锹刨下去，一准能刨出铁块来。打日本的时候，有一些炮弹皮和手榴弹壳埋在地下了，1958 年大炼钢铁的时候，也有一些铁块埋在地下了，这些地下的铁块成了麻二的财路。

稍稍让我二叔安茂生感到意外的是，岳那里人居然没能找够八个石磙，他们往小木桥西头压了六个石磙，另外两个用大石头凑了数。看到这个情况，我二叔安茂生心里踏实了不少，他带人往小木桥的东头压了 16 块大石头。等到岳那里压了 32 块石头之后，我二叔安茂生带人过去压了 64 块石头。只是安那里和岳那里两个村子压的石头都越来越小，我二叔安茂生压 64 块石头的时候，那些石头就只有人头那么大了。

石头要到县城的石料厂去买，很快麻二的钱花完了，而我二叔安茂生挨家挨户按人头敛钱的时候总是遇到难题。比如到安茂全家里收钱，安茂全屋里的就说："安茂生，你还来找我家要钱，我家没有钱。山羊让你宰了，母鸡砸死了，吃饭还要买盐，点灯还要买油。"我二叔安茂生只好觍着脸说："吃饭少放点盐，点灯少熬点油。"安茂全屋里的说："放屁，那干脆饭也不要吃了，喝西北风算了。"我二叔安茂生每天傍晚挨家挨户敛钱，但敛不上多少钱来，麻二的钱只好暂时欠着。

每次到县城石料厂买石头，都是我二叔安茂生和麻二两个人去。他们拉着一辆地排车，来回需要一天的时间，午饭呢，是我二叔安茂生从家里带的地瓜面窝窝头。我二叔安茂生觉得买石头已经让麻二垫了钱，窝窝头就不要再靠麻二了，所以他总是多带两个窝窝头，让麻二吃饱。从县城回来，他们把石头直接拉到村西小木桥，停在那里一块一块地数石头。他们一开始从县城拉 16 块石头回来的时候，装满了地排车，后来拉 1024 块石头回来的时候，地排车却没有装满。没钱买大石头，只好买小石头，拉 1024 块石头回来那次是最后一次，地排车上的石头只有鸡蛋那么大。

岳那里也好不到哪里去，他们也没有地方弄钱买石头。我二叔安茂生和麻二把鸡蛋大的石头压在小木桥桥头，看了看桥那头的石头，桥那头岳那里的石头也很小，虽然比安那里的石头大一点，但最多有鸭蛋那么大。

这一天把鸡蛋大的石头压在小木桥桥头之后，我二叔安茂生很郁闷，他不知道明天应该怎么办。他对麻二说："要是这样下去，明天我们去县城只好买沙子了。"麻二说："沙子也算，沙子也是石头，是最小的石头。"

身上的钱不多，只有一小叠毛票，看来只能买沙子了。但还是有一个问题，我二叔安茂生想不明白，如果买沙子的话，沙子怎么数数呢？这个问题困扰了我二叔安茂生一整夜，他睡不成安稳觉，在梦中手心里托着一小把沙子，像逮虱子那样一个一个地数数。

带着这个困惑，第二天早晨，我二叔安茂生和麻二两个人早早地起了床，准备赶往县城。他们刚刚走出村口，却遇到了一场龙卷风。那是我二叔安茂生一生当中遇到的最大的龙卷风。当时天还没有大亮，却又一下子黑下来，随后我二叔安茂生影影绰绰看到远处有一根黑黑的擎天柱般的东西，轰隆隆地发出巨响，向他们压过来。等我二叔安茂生反应过来那个柱地戳天的东西是龙卷风的时候，龙卷风已经到了村口。他们两人掉转头，大声叫喊着，又跑回家里。

等龙卷风过去之后，我二叔安茂生从屋里出来，看到满院子都是沙子。那是龙卷风带来的沙子，在地上铺了薄薄的一层。我二叔安茂生瞪大眼睛看着地上的沙子，他不相信这个事实，不用花钱去买沙子了，沙子自己来到了安那里。他从家里出来，看到村街上也是沙子。他来到村西的小木桥，小木桥那里也有沙子。整个安那里，还有岳那里，到处都是沙子。

7

1970 年的那一年，麻盖游戏就像那场龙卷风一样突然来到安那里，然后又像那场龙卷风一样，留下满地沙子，消失了。从此以后，没有人再玩麻盖游戏。

我二叔安茂生在他 30 岁那一年接替安纪武成为村支书。实际上那时候安纪武才 40 多岁，但他觉得我二叔安茂生能耐比他强，就主动让贤了。我二叔安茂生接替村支书之后，一口气干了 30 年，他在 60 岁那一年突然宣布不干了，又把村支书的位子还给了安纪武的儿子安大勇。安大勇接过村支书的时候，50 岁。

在干村支书的 30 年里，我二叔安茂生也做了一点生意，他在村部的旁边开了一间小卖部，卖一些烟酒糖茶、副食调料和日用杂货。我二叔安茂生不像别人那样外出挣大钱，而是甘愿在家门口捡点小钱，是因为他想要守住安那里过日子。30 年来他一直记得老支书安纪武的话，"有啥样的大队支书，安那里人就过啥样的日子。"安那里人过上什么样的日子，他安茂生负有责任。我二叔安茂生守着安那里，30 年从未想过要离开。

我于 1981 年考上省城一所师范大学，毕业后留校任教，然后在省城结婚生子。我的父母在 1990 年相继去世，现在在安那里，除了我二叔安茂生一家人以外，我已经没有什么亲人。前些年，我二叔安茂生还在干村支书的时候，到省城来找过我，希望我在安那里的招商引资方面对他有所帮助。但我一介书生，实在帮不上他的忙，那一次省城之行我二叔安茂生悻悻而回。

安小兵高中毕业后先后在济南、天津、杭州、海口等地打工，他是 1980 年安那里第一个出去打工的人。前些年，赚了钱的安小兵在市里开了一家木器厂，也把他的父母——木匠安茂良和安茂良屋里的接到市里，还专门为他的父母买了房子。据说木匠安茂良成为他儿子安小兵的木器厂的总工程师，他带几个徒弟打的手工木榫家具在城市里卖得很火。安小兵一家人在市里生活，虽然离安那里只有五十公里，但他们几乎从来不回安那里，原来的土坯房子已经荒废了。如果仍然把安小兵算成安那里人的话，安小兵是安那里的首富。

民办教师安茂全干了 20 年民办教师之后转了正，并且成了安那里小学的第二任校长。安茂全退休后，由于热心民间故事、野史和文史资料，被聘为县政协文史资料办公室的文史研究员，除了退休金，还拿一份额外的工资。安茂全屋里的带着他们的女儿一家人，在安那里养了 200 多只大山羊。听说安茂全屋里的还像年轻的时候一样爱羊如命，每当有新的山羊羔出生，她喜欢把它们抱在怀里，拿篦子篦它们的青毛。安茂全屋里的靠养大山羊发了家，家里盖起了二层小楼。

麻二一直干剃头的小生意，他骑一辆自行车，车后架上放着一个竹筐子，里面是剃头的家什。麻二剃头走村串乡，每到一个村子，他就喊，"剃头咧——！剃头咧——！"以前麻二剃头是全活儿，给小孩剃学生头，给年轻人剃寸头或者偏分头，给老年人剃光头、刮脸，给姑娘们修刘海儿，等等。但是现在，年轻力壮的人都出去打工了，很多孩子也都跟着父母去城里上学，而年轻的姑娘媳妇大都到镇上和县城里烫发焗油，嫌麻二剃头太土气。麻二的顾客基本上只剩下老头了，所以麻二现在到一个村子，是这样喊的,"剃头咧——!刮脸咧——!剃头咧——!刮脸咧——!"

我二叔安茂生从村支书的位子上退下来之后,已经老了,更没有了外出打工的想法。除了经营小卖部以外,剩下的时间里他喜欢倒背着双手在安那里走一走。

这一天在安那里村头,我二叔安茂生遇到了骑着助力车正准备到县政协上班的文史研究员安茂全。安茂全看到我二叔安茂生,把助力车停下来,两个人站在路边说了一会儿话。其中安茂全说到小白龙的一些话,让我二叔安茂生大为惊讶,因为这些话已经三四十年没有人说起过了。

安茂全说,根据他所整理的民间传说,古柳河的河床下面,是有一条小白龙,小白龙几十年摆一次尾巴,它的尾巴摆向哪里,就会给哪里带来好运。不过小白龙怎么会摆尾巴呢?这里面又牵涉到另一个与此相关的传说。

另一个传说安茂全刚刚收集到,还没有来得及整理。这个传说说,160年前,"两夹弦"宗师白秀才曾经讨饭来到古柳河,由于一连多日的饥寒交迫,昏死在安那里和岳那里之间的河岸边,幸亏被人搭救,才得以生还。搭救白秀才的,是一个年轻貌美的女子。那年轻女子一身白衣,走路的时候风摆杨柳,不用说,她就是小白龙的化身。后来,白秀才成了"两夹弦"一代宗师,但他还是念念不忘曾经搭救他的年轻女子。白秀才千里迢迢来到古柳河,在安那里、岳那里、康庄镇和附近的几个村子寻找那个年轻女子,但哪里也找不到她。感念年轻女子的救命之恩,白秀才决定就在当年年轻女子搭救他的地方搭台唱戏。白秀才认定,他唱的戏,那个年轻女子能够听得到。

戏台搭在安那里村西、那座小木桥的东桥头,也就是40年前我二叔安茂生带人压石磙的那个地方。白秀才一连唱了三天大戏,十里八乡的村民都拥到安那里来看戏,戏台下人潮如蚁。据说，白秀才唱"两夹弦"能唱得鸡狗不叫，燕子不飞，正在刮着的风也停止了。当然了，小白龙听到了白秀才唱戏，它喜欢白秀才唱"两夹弦"，它翻了翻身，把尾巴摆向了安那里。

就在小白龙把尾巴摆向安那里的当年，安那里就出了一个秀才。此后的几十年，安那里的日子过得有滋有味，安那里人夜夜睡得安安稳稳，顿顿吃得满嘴流油。

安茂全说完这些，问我二叔安茂生还记不记得当年往小木桥压石磙的事。我二叔安茂生当然记得，他也还记得那一年的龙卷风。但那一会儿，我二叔安茂生木呆着脸，还沉浸在安茂全的传说里。安茂全挥了一下手，斩钉截铁地说，小白龙想要摆尾巴，哪里是石磙能压得住的，它是喜欢听"两夹弦"，听了"两夹弦"它才会摆尾巴。

我二叔安茂生愣在那里。等安茂全走远了，我二叔安茂生又叫住了他。我二叔安茂生急迈碎步追上安茂全，喘着说："既然它喜欢听'两夹弦'，那还不好说？把县里的两夹弦剧团请过来，把最好的角儿都请过来，在安那里搭上台子，连唱三天！"我二叔安茂生说这话的时候，满脑子里是那个一身白衣、走路风摆杨柳的年轻女子。

这一次轮到安茂全发愣了。安茂全跨在助力车上，用疑惑的眼神望着我二叔安茂生的脸，好像我二叔安茂生的脸上突然长满了麻子。我二叔安茂生又坚决地说："连唱三天大戏！"

安茂全干脆把助力车支在路边，往四周望了望，害怕被人偷听到了似的，靠近我二叔安茂生的耳朵说："连唱三天大戏，请县里的两夹弦剧团，请最好的角儿，这都能办到。村里出钱，挨家挨户敛钱，都能出得起，钱也不是问题。问题是……"安茂全又往四周看了看，接着说："问题是安那里要是连唱三天大戏的话，岳那里就会连唱六天大戏；安那里连唱 12 天大戏的话，岳那里就会连唱 24 天大戏……"

安茂全的这些话,让我二叔安茂生心里翻江倒海。40 年前在安那里风行一时的麻盖游戏,今天又被安茂全摆出来了。但我二叔安茂生还是坚持说:"既然它喜欢听'两夹弦',那就得搭台唱戏,除了这样还有别的啥办法?"安茂全说:"你的意思我明白了,你断定它的尾巴在人家岳那里,不在咱们安那里,你是要用搭台唱戏的办法,让它摆过来。"

我二叔安茂生语无伦次地接着安茂全的话说:"你看看安那里这些年的情况……有些事情你不知道,你不全知道……"

当天晚上,我二叔安茂生几乎一夜没睡。他在床上辗转反侧到下半夜,又爬起来,从箱子底翻出了两本大 16 开烫金塑料皮日记本,一本红皮,一本绿皮。他把两本日记本都打开,放在桌子上,坐在那里发愣。两年前,我二叔安茂生把村支书交还给安纪武的儿子安大勇的时候,曾经把这两本日记本摊开在桌子上,让安大勇仔细地看。但安大勇看完之后,并没有说出他的想法,而是把两本日记本合上,还给了我二叔安茂生。而我二叔安茂生原本是打算把这两本日记本连同村支书,一起交给安大勇的。

第二天一大早,我二叔安茂生把正准备出门剃头的麻二堵在家里。我二叔安茂生对麻二说:"你今天别出门剃头了,我有事找你。"当时麻二已经把剃头的工具箱绑在自行车上,他问我二叔安茂生,"不出门剃头,我喝西北风啊?"我二叔安茂生说:"你剃头一天挣多少钱,我给你。"说着,他把麻二推进了屋里。

两个人坐定,我二叔安茂生从怀里掏出那两本烫金的塑封日记本,递给麻二。麻二掂了掂日记本,问:"这里面写了啥东西?"我二叔安茂生说:"你先看,看完了再说。"

那两本日记本,一本是绿皮的,一本是红皮的。麻二先看了绿皮的那本。

绿皮日记本记着我二叔安茂生在任村支书期间为安那里做的

一些事。比如说，他为村里建起了祠堂，续了家谱，翻修了小学等等。他为安那里扯了高压电，修建了水塔，让家家户户都用上了电视冰箱，吃上了自来水。他还把安那里和岳那里之间的那座小木桥拆掉，修成了水泥桥，而修水泥桥的时候，他不让岳那里出一分钱，所有的费用全部由安那里承担，这让安那里在岳那里人面前长足了志气。

这本日记中记得最详细的一件事，是我考上大学那一年，我爹和我二叔安茂生在安那里的饭场摆流水席的盛况。那一年我爹到康庄镇开了一家布店，生意很火，赚了不少钱。我到省城的大学里报到的前一天，我爹和我二叔安茂生在安那里的饭场摆的流水席总共有 60 多桌，来吃席的安那里男女老少一个不少，另外还有我家的亲戚和我的同学。席上的四大盘子八大碗也很实在，鸡鸭鱼肉全齐，还有当地产的上等白酒。我二叔安茂生还从康庄镇请了响器班来助兴，响器班吹奏《一枝花》《放风筝》，还吹奏《送情郎》《打秋千》《金字经》，流水席从上午十点摆到天黑，响器嘀嘀嗒嗒地也从上午十点吹到天黑。在我二叔安茂生平生的记忆里，这是安那里男女老少所有人第一次在饭场集体"好过"，而不是"吃穷"。

作为年轻的村支书，我二叔安茂生是整个流水席最引人注目的人，每一个人都找他干杯，所以那一天他放开了酒量，喝得大醉，到最后竟然喝得号啕大哭。我二叔安茂生喝了一些酒之后，想找个地方把肚子里的酒吐出去，结果他在村西头小木桥那儿看到了天象。我二叔安茂生看到小木桥的东头，就是前些年他压石磙的地方，正在冒着袅袅青烟。流水席很多人都听我二叔安茂生说了冒青烟的事，一些人还跟着他到小木桥那儿看个稀奇。但是等我二叔安茂生带着众人来到小木桥的时候，那里已经恢复正常了，哪里有什么青烟呢。结果，我二叔安茂生突然蹲在地上号啕大哭起来，很多人拉扯他，他也不起来。我二叔安茂生一边大哭着，一边断断续续地对那些人说："有些事情……你们不知道，你们不全知道……"

就像当年我二叔安茂生在一本封面印有"毛主席语录"的红皮本子上记录安那里某场大雨之后的受灾情况一样，他交给麻二的两本日记本，其中红皮的日记本中记着发生在安那里的一些意外情况。

让我二叔安茂生很不爽的是，那棵老槐树死了，只剩下一根枯树桩戳在饭场里。对于这件事，我二叔安茂生在红皮的日记本中记得最为详细。老槐树在哪一年开始出现黄叶子，哪一年死去了一根大树枝，哪一年开始树干被虫蛀得往下掉木屑，最后在哪一年的一场大旱中整棵老树彻底枯掉，我二叔安茂生都记得清清楚楚。

老槐树一死，安那里的饭场已经不能算是饭场了，因为没有人再去那里"吃穷"。我二叔安茂生认为，虽然"吃穷"不能算是好事，但老槐树的死对安那里来说更不能算是好事。

自从老槐树死后，安那里接连不断地出事。那一年，小学里开运动会，分吃包子发生食物中毒，23 个孩子躺进医院里。安大勇的儿子外出打工，安装铝合金门窗，从 11 楼掉下来摔死。安小兵的儿子在高速路飙车，出车祸截去了双腿。有一年夏天，古柳河里不知从哪里流进来的绿水，鸡喝了不下蛋，羊喝了不下崽。

在这本红皮日记本中，我二叔安茂生还做了这样一个统计：安那里共计村民 432 人，全村出去打工的人共计 250 人，占 58%；其中非正常死亡 15 人，占 6%；残疾 27 人，占 11%；在城市安家落户的，除了安小兵一家人之外，共计 2 人，占 0.8%；其中一人为卖淫女，另一人为二奶。

麻二看完红绿两本日记本之后，用疑惑的目光望着我二叔安茂生，他不明白我二叔安茂生让他看这个，究竟想说什么。麻二问："安茂生，你想整啥？"

我二叔安茂生说："这些年，安那里出了不少事，压在我心里，晚上睡觉都睡不香。我想来想去，安那里出这些事，说明了啥？麻二，你说，这说明了啥？"麻二摇着头。我二叔安茂生说："这说明小白龙的尾巴并不在安那里这边。"麻二皱着眉头，张着嘴。我二叔安茂生又说："我有个办法，让小白龙的尾巴摆到安那里来。小白龙的尾巴摆到安那里，安那里的日子就有了盼头。孩子们在外面，光挣钱，不出事。"麻二问："你想咋整？"

接着，我二叔安茂生把刚刚从文史研究员安茂全那里听来的关于"两夹弦"宗师白秀才和小白龙的传说，讲给麻二听。讲完之后，我二叔安茂生学着安茂全的样子挥了一下手，斩钉截铁地说，小白龙想要摆尾巴，不是石磙能压得住的，它是喜欢听"两夹弦"，听了"两夹弦"它才会摆尾巴。麻二的眉毛扬起来。

"现在村里有些闲钱，家家户户也都有些闲钱，"我二叔安茂生说得很快，"请县里的两夹弦剧团来安那里，把名角儿都请来，连唱三天大戏，不是啥问题，连唱六天大戏也不是啥问题。问题是，要是安那里连唱三天大戏，岳那里就会连唱六天大戏，要是安那里连唱 12 天大戏，岳那里就会连唱 24 天大戏……40 年前，岳那里就知道麻盖游戏。"麻二的眉毛又拧起来："那你到底有个啥办法？"

我二叔安茂生盯着麻二很长时间，麻二的嘴巴张得能塞进去一个鸡蛋。我二叔安茂生慢悠悠地说："这个办法，我想了整整一夜……"停了一下，我二叔安茂生加快了语速，"在安那里，男女老少，'两夹弦'的那些看家戏，哪个人不会唱几句？锣鼓家什，哪个人不会敲几下？安茂全屋里的，骂街都唱着'两夹弦'骂；安茂良屋里的，哭丧都唱着'两夹弦'哭。安那里还愁搭台唱戏么？搭台唱戏还用花钱么？"

麻二问："你是说，安那里不请剧团，自己搭台，自己唱戏？"我二叔安茂生说："把安那里这些老家伙们都组织起来，自己搭台，自己唱戏，戏台就搭在祠堂里，从正月初一，唱到腊月三十，一年唱三百六十五天。如果咱们这样唱戏的话，岳那里就没有办法了，他们知道麻盖也没有用。"

哭帮腔

1

一走进村子，外乡人就发现了正在办丧事的人家。已经快到了吃流水席的时间，那家人的院子里有很多人在忙碌，院子外面也有很多人在看热闹，院里院外已经摆上了几十桌酒席，有很多孩子和妇女坐在酒席边，还有很多孩子在酒席间乱跑。

外乡人站在那家人的院墙外边，勾着头往里张望。但他的脸上并没有看热闹的人脸上惯有的表情，他的脸是灰灰的，表情是僵硬的，眼神是呆滞的。他看起来30岁出头的样子，穿着一身灰衣服，灰的裤子和灰的T恤衫，挎着一个砖头大小的黑色腰包。胡子看起来有好几天没刮了，半寸长的胡楂子里藏着一些尘土，看起来也是灰色的。

外乡人站在一个上了年纪的人身边，上了年纪的人歪着脑袋看了看他，发现了外乡人是一个陌生人，也不像是办丧事的人家的亲戚。于是上了年纪的人又歪着脑袋看了看他。

外乡人嘴角挑了挑，算是对上了年纪的人笑了笑，然后他对人家说："以前看见人家盖新房，我就站在人家院子里唱一段《站花墙》或者《王小二过大年》，唱得主家很高兴。"

上了年纪的人没料到外乡人会对自己说话，愣了一下，没有搭腔。

外乡人又说："要是看见人家娶媳妇呢，我就站在人家大门外唱一段《王汉喜娶亲》或者《鸳鸯配》，唱得主家很高兴。"

外乡人顿了一下，望着上了年纪的人说："今天这个主家死了人，我能不能唱一段《诸葛亮吊孝》或者《大劈棺》？"

上了年纪的人盯着外乡人看了一阵子，然后嘿嘿地笑起来。他对外乡人说："你是要饭的吧？现在轻易见不到要饭的了。"

外乡人摇了摇头。

上了年纪的人说："那你是串乡唱戏的？"

外乡人没有摇头，但也没有点头。

上了年纪的人又嘿嘿地笑，说："那还是和要饭差不多嘛。"

接着，上了年纪的人扯了扯外乡人的衣袖，趴在外乡人耳朵上说："人家家里死了人，你不能在这里唱戏，唱《诸葛亮吊孝》和《大劈棺》也不行。"

"不过呢，"上了年纪的人朝着院子里的酒席努努嘴，说："你要是想吃酒席，我去替你问问人家要不要哭帮腔的，要是人家愿意找一个哭帮腔的，你不光能吃上酒席，还能拿到钱呢。"

上了年纪的人进到院子里，一会儿他和管事的肩并肩地走出来。上了年纪的人小声对管事的说："是个要饭的，会唱戏，就是看样子脑子不大透灵，说话头上一句脚上一句的……你看看吧。"

管事的走到外乡人跟前，盯着外乡人看了一阵子，咧开嘴哑笑了一下，然后趴到外乡人的耳朵上说："主家已经请了一个哭帮腔的，是一个哭嫂，人家可是专业人士。"管事的手朝院子里随意挥了一下，又说："人家正坐在那边准备吃酒席呢。除了吃酒席，主家开给她 100 块钱。可是主家说，没有钱开给你，你要是愿意哭帮腔，只能管你吃酒席，饭随便吃，酒也随便喝。"

外乡人频频点头。

管事的说："我看你……你的脑子……"管事的用右手食指指了指自己的脑门儿，眯着眼看外乡人。

很快，管事的又说："吃完饭上坟的时候，你不能乱哭，我让你怎么哭，你就怎么哭。哭词就那几句，一会儿我说给你。你能听明白我的意思不？"

外乡人点着头说："我听懂了。"

管事的拍了一下外乡人的肩膀说："你哭得好，到了晚上还让你吃酒席。"

2

棺材里是一个女人，名字叫好棉，还不到 30 岁，她死的时候撇下一个六岁的男孩。有关亡人的情况，管事的只告诉外乡人这么多。当然，谁都明白，棺材里并不是好棉的身体。天气太热了，身体会臭的。棺材里是一个骨灰盒，好棉昨天就被拉到镇上火化了。

管事的还对外乡人说，哭好棉的时候，第一句要喊"我的天，我的地，撇下孩子你就去"，第二句要喊"我的地，我的天，好棉妹妹好可怜"，第三句要喊"双腿忙，留不住，急急匆匆上了路"，第四句要喊"喊不应，叫不着，留下这人咋法活"。除此之外，最多再喊几句"咿呀呀、啊歪歪"，别的话都不要乱喊乱哭。

交代完毕，管事的把外乡人领到一桌酒席边，让他坐下来。这张桌子边，就坐着那个哭嫂。那哭嫂几乎看不出年龄，因为她穿着一身戏装，脸上抹了很厚的脂粉。此刻，哭嫂正在摆弄她的音响，那音响看起来像一只手提箱，有一根很长的蓝色的电线连着麦克风。这张桌子边其他的人，都是中年男人，一个个身强体壮的样子。这几个人，是从外村请来的抬丧队。几个男人都盯着外乡人，不说话。

稀稀拉拉来吊唁的人，一两个或者三五个，他们大都是年轻小伙和姑娘，哭亡人"姐姐"的最多。跪灵棚的是三个初中生模样的男孩子，左手两个，右手一个，他们应该是亡人的远房小叔子。有人吊唁的时候，三个男孩子就把头拱在地上，双臂弯曲，抱着头，遮着脸，附和着吊唁的人哭几声。屋子里也有四个女孩子守着灵棺，有人吊唁的时候，她们也附和着吊唁的人哭几声。

外乡人落座的酒席桌子，远远地斜对着堂屋门，如果他勾一下头，就能看到摆放在堂屋当门正中的亡人的棺材。那棺材被漆成黑色，黑得发亮。每次看到棺材，外乡人就会迅速把目光移开，但停一会儿他还是勾着头去看棺材。

哭嫂摆弄着她的音响，很专业的样子，有一会儿，她还低声吊了几下嗓子，用眼睛的余光瞟一下外乡人。外乡人脸上灰灰的，一点儿表情也没有。

忽然，哭嫂往外乡人身边凑了凑，压低声音对他说："大兄弟，我看你有点儿面生啊。"

外乡人好像被哭嫂吓了一下，身子往一旁躲了躲，没有说话。

哭嫂又说："你平时在哪里串乡啊？我没有见过你。"

外乡人犹疑了一下，手在空中含义不明地挥了挥。不过哭嫂并没有打算听外乡人回答她的问话，她紧接着说："听说主家只管你吃酒席，没有钱开给你？"

外乡人摸了摸自己的腰包说："我有钱。"

哭嫂盯着外乡人的腰包，哧地一声笑了出来，说："你有钱，钱可真不少……他们说你的脑子不大透灵，我还不信呢……"

哭嫂打住笑，往四周看了看，然后趴在外乡人的耳朵上说："大兄弟，俗话说千里有缘来相会，你我今天在这里遇见，也算是有缘……今天主家把你放进来，明显的是在给我下套加码呢，他们精得很。"

哭嫂发现外乡人勾着头往堂屋里看，觉得外乡人并没有在听她说话，她就用胳膊肘儿捣了捣外乡人的肚子，又说："大兄弟，咱得把丑话放到前头。我是哭丧拿钱的，你是哭丧吃饭的，我是请进来的，你是闯进来的。咱俩可不能一样。这几个乡镇哭帮腔的也不少，各行有各行的规矩，咱可不能坏了规矩。你说呢？"

外乡人说："啥意思？"

哭嫂瞪圆了眼珠子说："你是真傻还是装傻？一会儿出殡的时候，你哭你的，我哭我的，可你不能抢了我的戏份！"

3

按照这个地方的风俗，到了出殡的时候，先由请来的抬丧队用肩扛手抬的办法把棺材从堂屋里抬出来，摆放在大门外的抬棺架上。在这个过程中，亲戚以及哭帮腔的都不必哭丧，只有原来跪灵棚的三个男孩走在棺材的前面哭丧，一边哭，一边要做出阻止棺材前行的动作，这地方叫作"顶丧"；而原来守灵棺的四个女孩则走在棺材的后面哭丧，一边哭，一边要做出拖拽棺材前行的动作，叫作"拖丧"。

到了街上，棺材放到抬棺架上以后，管事的要摆弄出殡队伍的阵形。仍然是原来跪灵棚的三个男孩站在棺材的前面"顶丧"，原来哭守灵棺的四个女孩则站在棺材的后面"拖丧"，其他的亲属一律跟在四个女孩的后面，不用哭，但要低着头。最后面，是外乡人和哭嫂。看热闹的人大多围着外乡人和哭嫂两个哭帮腔的。

管事的安排了一个年轻力壮的小伙子架着外乡人的一只胳膊。小伙子人高马大的，他往外乡人跟前一站，人们立刻觉得外乡人又瘦又小。那个小伙子架着外乡人的一只胳膊，看起来就像是一只狼叼着一只鸡。看热闹的人中有人笑起来。

有两个女孩伺候着哭嫂。一个女孩架着哭嫂的一只胳膊，另一个女孩跟在哭嫂身后，提着哭嫂带来的看起来像一只手提箱的音响。哭嫂像一个上台前的戏子一样，正在酝酿情绪。她张开双臂，做着某种看起来像是"亮相"的动作；她的嘴里也在小声地默念着哭词。看热闹的人的目光都被她吸引了。

管事的高声喊了一句："起丧！"紧接着，棺材抬起来了，哭声响成一片，整个出殡队伍开始缓缓地朝前移动。那个提着音响的女孩放开了音乐，哭嫂手握麦克风，用一块毛巾捂着半边脸，只过了几秒钟，就开哭了。

哭嫂唱着哭着喊着："我从来没有想到永别的滋味这样凄凉，这一刻忽然感觉像丢失的羔羊，我想忍住眼泪，却忍不住悲伤，不知不觉中泪已成行……"

还是在管事的高喊"起丧"的时候，架着外乡人的那个小伙子掐了一下外乡人胳膊上的肉，示意外乡人开始哭丧，外乡人却没有反应。出殡的队伍往前移动了有一丈远，小伙子又掐了一下外乡人胳膊上的肉，但外乡人还是没有反应。

小伙子第三次掐了掐外乡人胳膊上的肉，对他说："你得哭啊，你怎么回事？为什么不哭？你不是哭帮腔的吗？"

小伙子又说："你是哭帮腔的，你要是不哭，那你来这里干什么？"

外乡人的嘴唇动了动，小伙子望着他的嘴，但外乡人没有哭，也没有说话。外乡人的脸色很难看，一会儿是苍白的，一会儿又是酱红的。

小伙子说："你是不是身体不舒服？我觉得你很难受，你是想吐吗？"

那个哭嫂的哭声很大，她的声音通过音响扩散开去，震得人耳朵嗡嗡响，小伙子不确定他的话外乡人是不是能够听得见。于是小伙子大声地叫起来："哭啊！你哭啊！"

但外乡人还是不哭，不唱，不说话。

很多看热闹的人都知道外乡人是一个哭帮腔的，可是他们并没有听到外乡人哭一声，他们只是看到外乡人跟在出殡的队伍后面，苍白着脸或者黑红着脸，觉得很奇怪。

出殡的队伍快要出村子了，管事的急匆匆地从前面跑回来。管事的跑到外乡人和架着他的小伙子跟前，指着外乡人对着小伙子吼叫起来："他怎么回事？"

小伙子说："我不知道，他一声也没有哭。"

管事的盯着外乡人看，然后他又对外乡人说："奶奶个熊，你不哭！酒席你也吃了，你不哭，那你个狗日的到这里来干什么？"管事的说完，往外乡人的小腹踹了一脚，这一脚踹得很有力道，外乡人抱着肚子蹲在地上。

看热闹的人都围拢过来，他们看见外乡人蹲在地上，斜睨着眼，看着那些看热闹的人的脚，好像那些人的脚上都长了花儿似的。

管事的对看热闹的人说："这个人，脑子不大透灵。"

管事的朝小伙子使了个眼色，示意小伙子把外乡人从出殡的队伍中轰出去。小伙子领会了管事的意思，就用胳膊箍住外乡人的脖子，把外乡人往路边拖。拖了几步远，外乡人躺在了地上。小伙子就用胳膊箍住外乡人的一条腿，继续往路边拖。外乡人仰面朝上，后背贴着地皮，他的灰色 T 恤衫被撸起来，卷到了腋窝下面，露出青青的肚皮。

路边是一条壕沟，里面还有半沟脏水。小伙子把外乡人拖到沟沿上，箍住外乡人一条腿的那只胳膊用力甩了一下，外乡人就被扔进了水里。

水不深，但外乡人还是喝了几口水，结果被呛着了，剧烈地咳嗽起来。外乡人在水里挣扎了几下，一边咳嗽，一边弓着身子站起来。外乡人站起来之后，人们才看出那水刚刚只是没过了外乡人的膝盖。

大部分看热闹的人都被壕沟里的外乡人吸引，他们在沟沿上站了一大片，有一些人小声议论着壕沟里这个吃了酒席却不帮主家哭丧的外乡人。有一个人看着正在往沟沿上爬的外乡人说："他是一个哭帮腔的，先吃了主家的酒席，却不帮着哭丧，也真是活该。"

出了村子之后，出殡的队伍走得快了。结果，壕沟里的人和沟沿上的人被出殡的队伍落得很远。他们远远地能够看到走在出殡队伍最后的哭嫂。那哭嫂时唱时哭，时立时跪，哭着或者唱着略带豫剧唱腔的哭词，体态身段和戏台上唱花旦的一模一样。

哭嫂唱着哭着："世人都归阎王路，是水都入微山湖。我的人啊——你也该停停步，不要丢下个人儿全不顾。留不住，双腿忙，活着的人儿哭断肠……"

外乡人从壕沟里爬出来，像个泥猴子一样蹲在沟沿上不动了，他的脸上糊着一些泥巴，身上往下滴着泥水。外乡人的样子，让看热闹的人发出了一些笑声。

那些看热闹的人大概觉得外乡人这边的戏份已经到了尾声，忽地一下，像是一群受惊的麻雀，朝着远处的出殡队伍闪过去。

那些人刚刚追上出殡的队伍，就听见从后面传来了哭喊声。是那个外乡人在哭：

"我的天，我的地，撇下孩子你就去！"

"我的地，我的天，好棉妹妹好可怜！"

外乡人疾步从后面赶上来，他哭喊了两句之后，就已经赶上了出殡的队伍，站在哭嫂的旁边。看热闹的人缓过神来，渐渐地把外乡人围起来，他们中间有人说："你看看这个哭帮腔的，刚才踹他他也不哭，把他扔到壕沟里他也不哭，现在没人啰啰他了，他哭开了。"

刚刚把外乡人扔到壕沟里去的那个小伙子，贴到外乡人的身边。因为外乡人一身泥水，小伙子并没有像原来那样架着外乡人的胳膊。

外乡人哭着喊：

"双腿忙，留不住，急急匆匆上了路！"

"喊不应，叫不着，留下这人咋法活！"

"啊歪歪……咿呀呀……"

"咿呀呀……啊歪歪……"

外乡人哭喊了几声以后，泪就下来了。外乡人虽然瘦小，但他的声音很大，就像打雷似的，他的哭声盖过了前面所有顶丧的和拖丧的人的哭声，也盖过了哭嫂从音响里扩散出来的哭声。贴在外乡人身边的那个小伙子就对外乡人说："刚才拾掇你你也不哭，现在哭得声音又这么大，真是邪了门儿了。"

外乡人哭了两声之后，小伙子又说："你的哭声太大了，把他们的哭声都盖住了，好像今天出殡只有你一个人哭，这样不好，这样主家就会不高兴。"

那时候外乡人已经是泪流满面。外乡人好多天没有洗脸，刚才在壕沟里脸上又弄了泥，因此他的泪水一下来，很快把他的脸都打花了，他的脸就像一块脏抹布。那些看热闹的人看到外乡人的样子，他们就说："那个哭帮腔的人，他的脑子真是有点不透灵，刚才拾掇他他也不哭，现在又哭得这么痛，不知道他是在哭帮腔，还是在哭刚才有人把他扔到了壕沟里。"

他们说："那个哭帮腔的人，鼻涕一把泪一把，你看他哭得有多痛，就好像真的死了亲爹似的，也不知道他拿了主家多少钱。"

他们说："那个哭帮腔的人好像是一个戏子，他想哭出来就能哭出来，他想喊多大声就能喊多大声，他想掉多少泪就能掉多少泪。一般人并不是想掉泪就能掉泪的，伤心的时候才会掉泪，只有戏子才会这样干。"

他们一说外乡人像戏子，马上就觉得外乡人哭的时候像是在唱戏，唱的好像是大平调。他们听见，外乡人是这样哭的："我的天呀咻呀呀，我的地呀啊歪歪，撇下孩子你就去呀，咻呀呀，啊歪歪……我的地呀啊歪歪，我的天呀咻呀呀，好棉妹妹好可怜呀，啊歪歪，咻呀呀……"

外乡人哭得很伤心，他拉着长调的哭声感染了那些看热闹的人，那些人也都跟着他伤心。因为外乡人的哭声，有几个看热闹的妇女也都掉下了眼泪。可是他们跟着外乡人伤了一阵子心之后，又觉得有点儿不对劲。他们说："这个哭帮腔的人，他是谁？他为什么会哭得这么伤心？"

他们说："这个哭帮腔的人，他拿了人家的钱，他替人家哭，可是他为什么会是真哭？他哭得这么痛，好像死了的那好棉，不像是人家的媳妇，倒像是他自己的媳妇……他为什么会哭得这么伤心？"

那个贴着外乡人的小伙子也觉得不对劲，他就趴在外乡人耳朵上，对外乡人说："你不能这么哭，你哭得这么痛，就好像死了的那好棉，真的是你家里人……"

这个时候，管事的站在了路边，等着出殡的队伍从自己眼前走过去。等到走在队伍最后的哭嫂和外乡人来到跟前，管事的来到了外乡人身边，盯着外乡人看，似乎有话要对外乡人说。但是管事的嘴张了几张，并没有说出什么话，他只是长长地叹了一口气，然后就离开外乡人，快步走向队伍的前面去了。

贴在外乡人身边的小伙子又说："你哭得这么痛，哭得这么伤心，就显出来人家前边顶丧的拖丧的人哭得不痛，哭得不伤心。可是死了的那好棉，她是人家家里人，不是你的家里人……"

外乡人的哭声太大了，那个哭嫂的声音也太大了，小伙子仍然不能确定他的话外乡人是不是能够听得到。于是小伙子趴在外乡人的耳朵上，把他的话又重复了一遍。

忽然发生了一点情况，当时外乡人正在哭，哭嫂也正在哭，可是哭嫂急走了两步，到外乡人近前，抬起腿来往外乡人的小腹上踹了一脚。哭嫂这一脚踹得很有力道，她的姿势和出脚的方式，都和先前管事的踹外乡人那一脚一模一样。哭嫂踹外乡人的那一瞬间，两个人的哭声都打了一个猛烈的颤音。外乡人抱着肚子蹲在地上，但他的哭声并没有停下来。

看热闹的人都看到了这一脚，他们齐声惊叹说："啊歪歪……"

外乡人很快就站起身来，就像什么事都没有发生一样。

外乡人继续哭着喊："双腿忙呀咿呀呀，留不住呀啊歪歪，急急匆匆上了路呀，咿呀呀，啊歪歪……喊不应呀啊歪歪，叫不着呀咿呀呀，留下这人咋法活呀，啊歪歪，咿呀呀……"

外乡人哭着喊："喊不应呀……啊歪歪……叫不着呀……咿呀呀……留下的呀……啊歪歪……这个人呀……咿呀呀……咋法活呀……咿呀呀……啊歪歪……"

出殡的队伍靠近坟地的时候，外乡人已经哭得泣不成声了，他站也站不稳当，跪也跪不实在，那个一直贴在他身边的小伙子，不得不像一开始的时候那样架着他的胳膊，后来又像抱一个麻袋似的抱住他。外乡人的身子像一摊烂泥，他哭的时候，喊出来的话也有些模糊不清。那些看热闹的人都围在外乡人身边，好像在看他的一台戏，他们听着外乡人"咿呀呀啊歪歪"地哭喊，他们就说："这个哭帮腔的人，他哭得都快喘不上气来了，他要是再这样哭下去，他就会哭断肠子。"

他们说："他一开始喊的声音就那么大，到现在喊的声音还这么大，他要是再这样喊下去，他就会喊破嗓子。"

他们说："见过哭帮腔的人，没见过他这样哭帮腔的人，哭起来好像命都不要了；他哭得这么痛，他又哭得这么稀奇，他哭的时候不像哭，好像在唱大平调……"

他们又说："死了亲爹也没见过这么哭的呀……"

渐渐地，那些看热闹的人就听不清外乡人在哭喊什么了。外乡人哭喊好棉的时候，他们听着不像是在哭喊好棉，外乡人哭喊好可怜的时候，他们听着也不像是在哭喊好可怜。

有一个人就说："这个哭帮腔的人，我听不清他在哭喊什么；他哭喊好棉的时候，我听着不像是在哭喊好棉，我听着他喊的好像是，红棉袄呀啊呀呀，红棉袄呀啊歪歪……"

他们说："这个哭帮腔的人，不知道他到底是在哭好棉，还是在唱大平调……"

他们说："你们看看这个哭帮腔的人，咿呀呀……"

他们说："你们看看这个哭帮腔的人，啊歪歪……"

4

丧事办完以后，这个村子很快平静下来。生老病死都是常有的事，和吃喝拉撒一个样，这个村子也和别的村子一样，都见惯了。

有一天，村子里有一个人说，他在不远处的路上，看到了那个哭帮腔的外乡人。因为好棉出殡的时候，那个哭帮腔的外乡人给村子里的人留下了很深的印象，所以他们对于有人看到外乡人这件事很有兴趣。

有人就问："那个哭帮腔的？他在路上干什么？"

遇见外乡人的人说："他好像不干什么，他就是在路上转悠。"

随后，不断地有人说，他们在附近看到那个外乡人。有人说，他在河套里看到了那个脑子有点不透灵的外乡人。有人说，他在王村的打麦场看到了那个会唱戏的外乡人。又有人说，他在公路上看到了那个奇奇怪怪的外乡人。

根据他们的描述，外乡人大概很多天没有洗澡，也没有洗脸，他的头发很长，胡子也很长。那个外乡人脸上的污垢太多了，整张脸都是深深的瓦灰色，只能看到红红的嘴唇。还有，他们说，那个外乡人的长头发，全是白头发，胡子也是花白的，头发和胡子里面藏着一些草屑。

后来秋凉了，外乡人还穿着那一身灰灰的夏装，却看不出他冷。外乡人的裤子破了一个大洞，露出半个屁股，可他一点都没有觉得难为情，还在附近的村子和村子之间转悠。

还有一个人在镇上遇到了外乡人。遇到外乡人的人说，那个外乡人躺在一家饭店门口侧旁的水泥台阶上，大概已经睡着了。外乡人光着脚，还穿着那条灰灰的裤子，但他的裤子烂得只剩下一根一根的布条搭在腿上，整个下身几乎是光光的。不知道他的上身是不是还穿着那件灰色的 T 恤衫，因为根本看不到他的上身穿着什么，他睡觉的时候，上身缠着一条蓝红相间的编织袋。有两个小孩子拿着一截树枝在戳外乡人的脚心，小孩子戳一下，外乡人的腿就猛地蜷一下；小孩子再戳一下，外乡人的腿再猛地蜷一下。

"这个人大概已经疯掉了。"他们总结说。

直到那一年的秋收，关于外乡人的话题才算画上了一个句号。

公路上发生了一起奇怪的车祸。一辆载着钢筋的机动三轮车停在公路边，被一辆大货车追尾，结果三轮车上的一部分钢筋像乱箭一样飞出去。当时，那个外乡人走在三轮车的前面，背对着三轮车，那些飞出来的 10 毫米钢筋，有七八根从外乡人的背部射进去，射穿了他的胸膛。

蓝头巾

这是我姨姥姥在 1928 年暮春的一天上午经历的事。

我姨姥姥大名叫张惠兰，小名叫兰兰，她还有一个绰号叫
"蹦字儿"。姨姥姥得了这个绰号，是因为她几乎是一个哑巴，吐
字不清楚，说话不成句，只能一个字一个字地往外"蹦"。

那时候，兰兰家住在商埠区经四路槐安里的北口。日本鬼子
占领济南那年，兰兰 11 岁。兰兰她爹叫张相本，国小毕业，能够
识文断字，在纬七路一家丝绸行里做事，是那家丝绸行的账目
员。兰兰她娘叫王石榴，是个家庭妇女。兰兰还有一个小妹妹叫
艾艾，也就是我的姥姥，那时刚刚一岁多。

兰兰因为说话不利索，一直没有上学，所以她常常一整天都
没有什么事可干。但每天上午十点多，兰兰总是要出门去菏泽人
开的烧饼铺，给她爹张相本买马蹄烧饼。菏泽人开的烧饼铺在大
观园的北门附近。兰兰从家里出来以后，先要拐上经四路，然后
沿着经四路一直往东走，路过纬三路、建德里、安定里，到了小
纬二路，就能闻到马蹄烧饼的香味了。

开烧饼铺的菏泽人是个麻脸汉子，他打的马蹄烧饼分咸味和
甜味两种，于是常吃菏泽马蹄烧饼的人就叫咸味的马蹄烧饼为
"麻咸"，叫甜味的马蹄烧饼为"麻甜"。兰兰她爹张相本专吃

"麻甜"。马蹄烧饼只有刚出炉才好吃，如果凉透了，再加热，就完全没有了那个味道。因此，兰兰要在她爹张相本中午下班前把"麻甜"买回家，放在锅台上。橱柜里还有张相本先前在西品店里买好的西洋果酱。张相本每天午饭都吃"麻甜"，每次吃"麻甜"都要蘸上西洋果酱。到了晚饭时，张相本就不再吃"麻甜"和西洋果酱了。他下班后转到老马家牛肉店，称半斤牛肋扇肉，回到家里就着牛肉喝老白干。

前几日曾有激烈的枪炮声，日本鬼子从陈家楼、南圩子门等地方进入了济南外城，随后他们把整个商埠区都变成了"警备区"。听说日本鬼子还在英贤桥、普利门、杆石桥等几个地方设置关卡，济南人进出城门，必须向他们鞠躬。兰兰她爹张相本每天下班回家，都要就着"麻甜"或者牛肉、老白干，说一说日本兵和日本浪人的事。尽管这几日还有零星的枪声，街上的行人也少了很多，但张相本认为打仗那是国民革命军和日本鬼子的事，不碍老百姓过自己的小日子，所以他还是要兰兰每天上午去大观园为他买"麻甜"。

张相本身体不太好，很瘦，有咳嗽病。人家有病都是去看医生，张相本不去看医生，而是"绝户吃"。绝户吃的意思就是不考虑过日子，不考虑儿女，不管不顾一门心思吃。张相本本来有一个儿子，但这个儿子三岁的时候掉进老城区的护城河里淹死了，现在只剩下两个女儿，大女儿兰兰还是半个哑巴。王石榴催张相本去看病，张相本说看病要花钱，既然要花钱就不如把钱花在吃上，"我一个绝户，不吃把钱省给谁？"

这一天天气晴朗。上午十点多，兰兰像往常那样提着一个装烧饼的灰布袋子出门。迈出家门时，兰兰被明晃晃的太阳光闪了一下。身后兰兰她娘王石榴说，兰兰买过烧饼之后，还要到烧饼铺旁边的朱记杂货铺买一个顶针，因为王石榴要给妹妹艾艾缝衣裳，而她一直用着的顶针却找不到了。兰兰在门口站了站，心里记下了出门后要干的几件事，依次为："麻甜"，顶针，挑绳翻花。

挑绳翻花是在女孩子中间流行的一种游戏，游戏用一根细绳子作为道具，细绳子的两端系在一起，然后这根细绳子在两个人的四只手之间被挑来挑去，变幻出各种各样的几何图形。几乎每天都和兰兰一起玩挑绳翻花游戏的，是一个名叫大玲的女孩。兰兰在前一天刚刚琢磨出了一种新的挑绳法，能翻出细密和新奇的花样，她想要把这个新的玩法告诉大玲，并打算教会她。

这个叫大玲的女孩 16 岁，比兰兰大 5 岁，个头比兰兰高很多，她家也住在槐安里，离兰兰家很近。大玲脑子有毛病，没有上学，整天到处逛荡。大玲脑子的病是几年前在学校里得上的，她犯病的时候，总是喜欢自言自语，要么就是唱小曲，或者去上吊。有一次大玲把自己吊在学校教室后面的一棵榆树上，要不是有同学发现得早，叫老师去把她抱下来，大玲早就没命了。

退学以后，大玲有好几次踩着一只小木凳，把自己吊在她家的梁头上，但一次也没有成功，每一次都被她爹撞见了，被她爹慌慌张张抱下来。不过，大玲不犯病的时候，和犯病的时候差不多，也是喜欢自言自语，或者唱小曲。除此之外，自从大玲得病之后，她一年四季都在头上裹着头巾。那是一块宝蓝色的丝质方头巾，上面有一些粉黄色的印花。那种丝绸料子，兰兰在她爹做事的丝绸行里见到过。兰兰曾经非常希望得到那样一块丝绸料子，不说要一大块做衣裳，要一小块做手巾也行。可是兰兰她爹张相本说，把兰兰生下来，本身就是赔钱的买卖，再要丝绸料子，还让不让人活了？

大玲拥有一块这样的丝绸头巾，让兰兰非常喜欢和她在一起。兰兰喜欢指头捏在丝绸头巾上的滑爽感觉，所以兰兰和大玲走在一起的时候，大多是走在大玲的身后，这样她就可以趁大玲不注意的时候，指头伸向蓝头巾。大玲可能是太不舍得蓝头巾放在家里了，才会一年四季戴着它。有一次，两个人在玩挑绳翻花的时候，兰兰盯着大玲的蓝头巾，用手比画着，嘴里"蹦"出意义不明的几个字。兰兰的意思是问大玲为什么一年四季都裹着头巾。大玲总是很快就能够明白兰兰想说的话，大玲扯了扯头巾的一角，翘起兰花指，用小曲儿里的词唱着说：

春天防飞沙，
夏天防日晒，
秋天防露水，
冬天防风寒。

这一天，兰兰走出家门，拐上经四路之后，发现街上比往常显得冷清。所有的商铺都像往常一样开着门，街上的黄包车和行人也不比前几天少，但人们似乎都默不作声。一群麻雀从一棵大树的树枝上飞到屋檐上，然后很快又从屋檐上飞回树枝上。有一只猫，在一家当铺的门口慢条斯里地走着。出门之后，兰兰也没有看到大玲的影子。

兰兰穿了一件红底白花的洋布小褂，瓦蓝色的裤子，梳着一个羊角小辫，走起路来，羊角小辫一撅一撅的。过了纬三路，又走了很远，兰兰也没有看到白鬼子。白鬼子当然指的是一个日本兵，那个日本兵因为皮肤白净，兰兰和大玲都叫他白鬼子。白鬼子常常在纬三路路口站岗，今天却不在那里。

大批的日本鬼子来到济南，已经有些日子了，他们来了之后，在路口都布了岗，一般是大的路口站着两三个鬼子，小的路口则只站着一个鬼子。他们的军装，用兰兰她爹张相本的话说，是一种从头到脚的"屎绿色"。但是今天，站岗的鬼子比往日多了不少。还有一些鬼子，三三两两地在巡逻。兰兰有点害怕，也许又要出什么事了。前些天，听说在十二马路已经死了不少人。

兰兰第一次看到白鬼子，是在七八天之前。那天兰兰买"麻甜"回来，在纬三路路口看到了一个穿着"屎绿色"军装的鬼子，他就是白鬼子。白鬼子看起来十八九岁的样子，个头和大玲差不多，皮肤白得晃眼，左额头上有一块暗红色的胎记，在他的白脸上很是醒目，他笑起来的时候，还有很多的抬头纹。当时纬三路路口只有白鬼子一个人在站岗，兰兰经过白鬼子身边的时候，脚步放慢了，侧过头来看了看他。兰兰没有想到白鬼子会对着她笑，更没有想到他会对她说话。白鬼子望着兰兰，笑着说："哭你七娃。"兰兰惊了一下，好像没有听清白鬼子的话，她疑惑地拧了拧眉毛，望着白鬼子脸上的抬头纹。白鬼子又说："哭你七娃。"这次兰兰听清了，她被吓住了，她的反应是拔腿就跑。兰兰跑过了一个巷口，站下，回过头来看，白鬼子还在对她笑。

原来兰兰有一个弟弟的，这个弟弟比她小六岁，弟弟出生的时候，她已经记事了。因为兰兰她爹张相本兄弟六个，张相本排行老六，按照老济南的风俗习惯，张相本给儿子起的小名就叫七娃。七娃三岁的时候，跟着张相本到住在老城区安乐街的大姑家走亲戚，在护城河边玩耍，结果追蜻蜓追到了护城河里，淹死了。七娃死了之后，张相本万念俱灰，他就是从那时起开始生病的，也是从那时起开始了"绝户吃"："麻甜"，牛肉，老白干……兰兰被吓住，是因为弟弟淹死已经两年了，却在大街上听到一个日本鬼子说："哭你七娃。"

不过，两个时辰之后，兰兰就知道白鬼子并不是要哭七娃，而是向她问好。大玲说："哭你七娃"是在给人打招呼，意思和济南人的"吃了吗""干么气（去）"差不多。大玲她爹是国高毕业，懂得日本话，大玲是从她爹那里听来的。

大玲说得没有错，第二天上午兰兰买"麻甜"再次经过纬三路路口的时候，白鬼子一脑门子抬头纹，笑着，改用济南话磕磕巴巴地问她："干，么，气?"那时住在济南的日本侨民和日本浪人流行说济南话，很多日本人把济南话说得很地道。白鬼子也开始学说济南话了。这次兰兰没有害怕，但她有点儿腼腆，她看着白鬼子，身子往后撤了撤，嘴里"蹦"出一个字："麻……"过了一会儿，兰兰嘴里又"蹦"出一个字："甜！"兰兰嘴里"蹦"出"麻甜"这两个字之后，又把手中装烧饼的灰布袋子举了举，让白鬼子看。白鬼子也许根本听不懂"麻甜"是什么东西，但是他说："要西。"

等到兰兰买"麻甜"回来的时候，却看见大玲正在和白鬼子头抵着头玩"挑绳翻花"游戏。兰兰认得那根挑绳，是一根大红色的绳子，平时兰兰和大玲玩的时候，都是用这根绳子的。很明显，是大玲在教白鬼子玩这个游戏。白鬼子的手指很笨拙，像木橛子似的悬在大玲的手上边。白鬼子小心翼翼地别着头望着大玲的脸，如果没有大玲的眼神示意，他好像不敢把手指插进大玲两手之间的绳子里去。大玲用眼神示意了白鬼子，白鬼子的手指插进绳子之前，他的手还要在屁股上擦一下，好像手上沾了脏东西。白鬼子一直嘿嘿地笑，要么就是"要西要西"个没完，他的枪松松垮垮地背在肩上。大玲裹着她的蓝头巾，像猫那样笑，或者像猪那样哼哼。

兰兰经过他们身边的时候，朝着大玲呸了一口唾沫，小声骂起来："死孩子！半吊！嘟巴（白痴，神经病）！"兰兰用最狠的话骂着大玲，从他们身边走过去。兰兰不喜欢大玲和日本鬼子玩挑绳翻花，即便是和白鬼子玩，她也不喜欢。再说那个白鬼子，一个大男人，玩这种小女孩子家玩的游戏，真是不知道丢人几个钱一斤。

又过了一天，兰兰看见在纬三路路口大玲教白鬼子唱小曲儿。这一次白鬼子像个傻子一样木呆呆地站着，大玲唱一句，他就跟着学一句。可是白鬼子学不地道，小曲儿里的那些词，都是一个字一个字从白鬼子嘴里"蹦"出来的，他比兰兰还"蹦字儿"。而大玲呢，倚在白鬼子身侧的一棵树上，别着腿，拧着腰，翘起兰花指，扯着蓝头巾的一角，脸也红红的，那样子看起来又俏又浪。别人说得一点儿都没有错，大玲就是个"嘲巴"。

兰兰走到他们近前的时候，白鬼子停下唱小曲儿，朝兰兰打着手势，嘴里叽里呱啦地说着什么。兰兰听不懂白鬼子在说什么，但她从他的手势看，知道白鬼子要她走到他身前去。兰兰犹犹疑疑地走到白鬼子身前，看到白鬼子的手心里托着一块糖。这是用印花彩纸包裹着的糖块，兰兰曾在日本人开的铺子里见到过。有一次，兰兰跟着王石榴逛街，在日本人开的铺子里，她用眼神告诉王石榴想吃这样的一块糖。王石榴没有买糖给兰兰吃，而是用食指和中指的关节，使劲儿夹兰兰的嘴，夹得兰兰尖叫起来。但是兰兰不想要白鬼子的糖块。于是兰兰像拨浪鼓似的摇着头。白鬼子手心里托着那块糖，说："米西米西!"兰兰猜"米西米西"就是让她吃糖的意思，可是兰兰不想吃白鬼子的东西。兰兰还是连连摇头。白鬼子用另一只手的指头拨拉着手心里的那块糖，改用磕磕巴巴的济南话说："乔（很），甜!"

这个时候，大玲也在一旁说话了，她也说："乔甜!"兰兰看了看大玲，这才发现大玲嘴里正在漱拉着什么东西，嘴角还吸溜吸溜夸张地吸着气，很享受的样子。大玲望着兰兰，舌尖在嘴里搅了搅，糖块从这一边跑到了另一边，她还用手背抹了一下嘴角，然后又舔了舔手背。"乔甜!"大玲又说。兰兰朝着大玲哼了一下鼻子，心里说，怪不得要和人家玩挑绳翻花，还要教人家唱小曲儿，原来那尿臊糖都早已经吃上了。

兰兰摇着头就是不接白鬼子的糖，那白鬼子就自己把糖剥开了，然后他走前一步，一只手捏着兰兰的下巴，另一只手把糖块硬塞进了兰兰的嘴里。白鬼子嘿嘿笑着说："乔，甜! 乔，甜!"

兰兰感觉白鬼子的手指有些凉，像几根铁棍子贴了贴她的腮和嘴唇。兰兰嘴里含着糖块愣了愣神，然后就哭了。兰兰哭着离开了白鬼子和大玲，她走得很慢，走几步，还要回头看一看。兰兰的泪水顺着两腮流下来，她的嘴角还有一些黏稠的糖水，也在往下流。白鬼子和大玲那两个人，他们看着兰兰的背影笑，大玲笑出叽叽的声音，白鬼子笑出咯咯的声音。他们笑了一阵子之后，又开始唱小曲儿。当然主要是大玲在唱，白鬼子跟着学。有一会儿，兰兰停下哭，转过身来，听听他们在唱什么。他们唱的是：

> 小枣树奤拉着枝儿，枝上坐着小闺女儿。
> 手也巧脚也巧，两把剪子对着铰。
> 左手铰的牡丹花，右手铰的灵芝草。
> 灵芝草上一对蛾，飞呀飞呀过天河。

这一天，兰兰没有看到大玲，也没有看到白鬼子，觉得情况有点不对，心里有些恐慌。她决定买了"麻甜"和顶针之后就赶紧回家，教大玲挑绳翻花新玩法的事，可以明天再说。这样想着的时候，兰兰往前走，却在小纬二路看到了白鬼子。原来白鬼子换了站岗的地方。白鬼子和另外一个脸膛发红的鬼子，一人一边站在小纬二路路口，白鬼子站在西边，红鬼子站在东边。

白鬼子看到兰兰走到近前，突然把枪横过来，用刺刀戳到兰兰胸前。兰兰朝白鬼子笑了笑，想躲过白鬼子的刺刀，但兰兰躲到哪儿，白鬼子的刺刀就戳到哪儿，像是在和兰兰开玩笑。兰兰又朝白鬼子笑了笑，她看到白鬼子用枪挡着她去路的时候，自己的脸却着急得通红，她知道白鬼子不是开玩笑了。白鬼子左额头上那块暗红色的胎记，在他憋红的脸上变成了棕紫色。白鬼子用刺刀戳着兰兰，火急火燎地说："家走！家走！"白鬼子说的是老济南话，"家走"就是回家的意思。

她要去给她爹买"麻甜"，还要给她娘买顶针，兰兰的脸也着急得通红，她往不远处大观园的北门指了指，嘴里"蹦"出一个字："麻……"过了一会儿，兰兰嘴里又"蹦"出一个字："甜！""蹦"完这两个字，兰兰把手中装烧饼的灰布袋子举了举，凑近白鬼子的脸，让他看。

白鬼子肯定知道兰兰是去买"麻甜"的。在这之前的一些天里，白鬼子在纬三路路口站岗，兰兰每天买"麻甜"都要路过那里。每次白鬼子看到兰兰拎着灰布袋子从他跟前走过，都要对着兰兰笑，还用济南话说："麻，甜。"有一次，白鬼子看到兰兰提着灰布袋子走过来，便做着五花八门的手势，嘴里还叽叽咕咕地嚷嚷着。兰兰明白了白鬼子的意思，他是想闻一闻"麻甜"的香味。兰兰两手撑开灰布袋子的口子，把"麻甜"递到白鬼子面前。白鬼子弓下身子，把脸埋进袋口，深深地吸了两口，然后抬了抬脸，再把脸埋进袋口，深深地吸两口。完了之后，白鬼子望着兰兰说："乔，香！"白鬼子馋"麻甜"，口水都快要流下来了。兰兰想着从灰布袋子里拿出一个"麻甜"给白鬼子，或者拿出一个"麻甜"掰下一半给白鬼子吃，不过她也就是这么想了想，很快，她就从白鬼子的鼻子底下把灰布袋子抽走了。

可是今天，不知什么原因，白鬼子就是要和兰兰作对，不让她走过去。兰兰停下来的这个小纬二路路口，离烧饼铺只有几杆子远，她已经能够闻到马蹄烧饼的香味，能看到烧饼铺的幌子，几个常吃"麻甜"和"麻咸"的人把钱从铺面的窗子递进去，然后拿着"麻甜"或"麻咸"离开。

白鬼子仍用济南话说："家走！家走！"白鬼子说话嗓门不高，但却情急，他似乎害怕别人听到他的声音，同时也害怕兰兰不听他的话。白鬼子于是开始推搡兰兰，拽她的胳膊，甚至拽她的羊角小辫，就这样连拖带拽的，把兰兰往西拖了好几丈远。白鬼子摇着手说："家走！家走！"然后他又跑回到小纬二路路口去站岗了。

兰兰坐在安定里巷口的一块石台上，远远地望着白鬼子，她看见白鬼子还在向她摇着手，做着"家走"的手势。兰兰无法理解白鬼子为什么不让她去大观园买"麻甜"，她想坐在这里缓一缓，等到白鬼子不再注意她的时候，她再溜过去。或者过一会儿会看到大玲，如果看到大玲，她就托大玲去买"麻甜"，说不定白鬼子不让她过那个路口，却让大玲过去呢。兰兰在安定里巷口的石台上坐一会儿，就抬起头来看一看白鬼子，再坐一会儿，再抬起头来看一看白鬼子。安定里巷口的那块石台，是一高一矮两块石头，兰兰坐在矮的一块石头上好久，结果她背靠着高的那块石头睡着了。

兰兰听到了砰砰啪啪的枪声，但是在睡梦中，她把那响声当成了过年时候的鞭炮声。恍惚中醒来之后，她第一眼还是看向白鬼子站岗的小纬二路路口，结果她看到的是，一个光着膀子的男人从小纬二路南段冒出来，他的身后紧跟着几个端着枪的鬼子，几个端枪的鬼子哇里哇里地喊叫着。光膀子男人站在小纬二路路口，跳了几下，朝着大观园的方向看，好像大观园那儿有什么要紧的东西。这个时候，一个鬼子的刺刀从背后刺中了光膀子男人，那男人晃悠了几下。又有两个鬼子的刺刀从斜两旁刺中了他。等到三个鬼子拔出刺刀，光膀子男人歪歪斜斜地走了几步，才趴在了地上。

杀人的事就发生在白鬼子和红鬼子两个人的跟前，但他们两个还是那么站着岗。兰兰看见，白鬼子的身子晃了一下，好像站不稳似的。杀过人的几个鬼子哇里哇里叫着，朝着小纬二路的北段跑过去。远处仍传来枪炮声。街上已经没有了行人，很多商铺也关门了。兰兰还没有从睡梦里醒透，她仍然觉得看到的这些只是发生在梦里。

兰兰尖叫着跑回家的时候，她爹张相本也到了家。不知道张相本在街上看到了什么，他到家时嘴唇发紫，牙齿嗑得咔咔响，身子团在床上，一动也不动。兰兰她娘王石榴把大门从里面闩死，又从东房里搬出一张木床，抵住门扇。做完这些之后，王石榴在院子里愣愣地站了一会儿，然后她好像突然想起了什么似的，拽过兰兰，把兰兰夹在腋下，踩着窄窄的砖阶上了东房的小阁楼。

王石榴把兰兰放在一张废弃不用的小架子床上，叮嘱兰兰，除非亲娘上去叫，不然就一直待在小阁楼里不要动。兰兰已经很久没有到小阁楼来了，里面堆放的杂物，还有小架子床上叠放着的旧棉被、旧衣服之类，散发着一股陈腐的气味。到处都是蛛网，有几丝蛛网粘在了兰兰的额头上。兰兰把身子缩在旧棉被上，一动也不动。很多年以后，兰兰认为她娘被街上的鬼子吓傻了，不该把她藏在小阁楼里。后来兰兰在小阁楼里看到的事，影响了她的一生。

大约半个时辰之后，兰兰接连听到了两声像撕布一样的喊叫声。她觉得那两声让人汗毛惊参的喊叫声有些耳熟，同时，那喊叫声很近，就像是在她身边。兰兰趴到小阁楼的窗子往外看。小阁楼的窗子，正好可以看到槐安里和经四路的路口，实际上这个路口离兰兰家的东房只有两丈远。兰兰看到在路口那儿，有两个鬼子正在把一个大女孩往槐安里的巷子里拖，那两个鬼子，一人拽着大女孩的一条腿。大女孩趴在地上被鬼子拖行，她的光光的腰和肚皮已经裸露出来，她的两只手企图抓到什么东西，但是地上什么也没有，她挥动和拍打着的双手是徒劳的。

这个被鬼子拖行的大女孩是大玲，她戴着蓝头巾，兰兰一眼就认出了她。认出是大玲之后，兰兰尖叫了一声，她尖叫的同时又用一只手捂住了嘴。那一会儿事情发生得太快，兰兰的脑子反应不过来。因为她刚刚看到大玲，紧接着就认出来两个鬼子其中的一个，就是和白鬼子一起在小纬二路路口站岗的红鬼子。红鬼子一只手拽着大玲的腿，另一只手节奏零乱地拍着自己的肚皮，嘴里还在叽里呱啦地说着什么。一晃眼，兰兰看到他们的后面还跟着一个鬼子，跟着的这个是白鬼子。白鬼子的腰弓得像虾米似的，他好像在看着趴在地上两手乱拍的大玲。白鬼子也在叽里呱啦地说着什么，但他的声音很小，几乎是自言自语。

红鬼子手里拿着一根柳条，那是一根手指粗细的柳条，看来是刚刚从树上扯下来的，上面还带着青青的柳叶子。红鬼子和另一个老一些的鬼子拖行大玲有些费力，红鬼子就用那根柳条抽大玲，柳条像鞭子一样抽下去，细碎的柳叶子掉下来，在空中飞。大玲的腰上有了很多被柳条抽打的红印子。大玲一直在喊叫，那个老鬼子用枪托子往大玲的头上敲了一下，大玲才哑声了。

白鬼子眼睛瞪得大大的跟着他们。但白鬼子跟着他们，却像是在躲着他们，就好像前面三个人是一团火，一不小心就会烧到身上。随着前面三个人的动静，他一会儿把身体贴到墙上，一会儿急走两步又猛地顿一下，或者把身体矮下去，或者又山羊似的跳起来，好像是跳大神的巫婆子。

前面的两个鬼子把大玲拖行了一丈多远之后停下来，红鬼子骑到大玲身上，开始撕扯大玲的衣服。这时大玲醒过来，她用力扭转着身子，把身子翻过来，她的双腿和双手都派上了用场。大玲两只手抓挠红鬼子的脸，两只脚端红鬼子的肚子。这样挣扎了一阵子，旁边的老鬼子用刺刀插进了大玲的腋下，等他把刺刀拔出来的时候，有一股血喷出来，喷到了老鬼子的皮靴子上。大玲叫了一声之后，声音就变成呻吟了。

他们又开始拖行大玲，拖了两三步远，到了兰兰家小阁楼的窗子下面，这时候兰兰就看不到他们了，只能听到鬼子的叫喊声和大玲的呻吟声。过了一阵子，大玲没有了声息，鬼子还在喊叫或者咯咯地笑。但兰兰还能看到白鬼子，她看到白鬼子蹲在巷子对面的墙根，大张着嘴看着他的面前，他的面前就是大玲和那两个拖行大玲的鬼子。又过了一阵子，有一杆枪和那根柳条从白鬼子对面扔过来，白鬼子动作机械地把这两件东西抱在怀中。

蹲在墙根的白鬼子嘴里一直在念叨着什么，兰兰听不懂。有一会儿，白鬼子跑到他的对面去了，但是接着他又从对面退回来，重新蹲回到墙根。时间好像过了很久，兰兰看到白鬼子在吃那根柳条，他的眼睛死盯着自己的前面，把柳条上的叶子和皮都啃下来，咀嚼，然后咽下去，一些绿色的汁液从他的嘴角流出来，一直流到下巴尖。那个时候，有一条从杨树上掉落下来的黑褐色的毛毛虫，在白鬼子脚边爬过来爬过去。许久之后白鬼子发现了那条毛毛虫，他把毛毛虫捏起来，放在手心里。毛毛虫在他手心里蠕动，跳了一下。白鬼子又从手心里捏起毛毛虫，送进嘴里，咀嚼，然后咽了下去，接着，有几滴浓稠的墨绿色的汁液从他的嘴角流出来。

兰兰不知道自己什么时候尿湿了裤子，她突然感到身上一阵阵发冷。

补记一：

那个叫大玲的女孩死在槐安里的巷口，她死后，鬼子还割去了她的双乳，等大玲她爹出门寻找她的时候，只看到了她的尸体，鬼子已经走掉了。很多年以后，我的姨姥姥张惠兰已经年老的时候，在好多年的时间里一直坚持说她不记得大玲这个名字，更记不起大玲被鬼子弄死的事情。

大玲出事后的第二天，兰兰她娘王石榴非常担心兰兰。兰兰她爹张相本认为，短时间内日本鬼子不会攻打或者打不下老城区，住在老城区安乐街的大姑家相对安全一些。于是，在一个清晨，张相本把兰兰送到了安乐街。

那些天，日本鬼子的哨卡一到早晨往往松动一些，很多人有事不得不出门的时候，一般是选在早晨七点钟之前出门。那天天一亮，张相本和兰兰就到了大姑家。张相本觉得，兰兰之所以平安无事，没有像大玲那样被日本鬼子祸害，就是因为她娘王石榴把她藏在了小阁楼里。张相本叮嘱兰兰的大姑说，平时不要让兰兰出门，不但不要她出门，还要把她锁在小阁楼里，除了吃喝拉撒睡，不能下来。兰兰大姑家的西房，也有一个小阁楼。

就在兰兰到大姑家的第三天，日本鬼子开始炮轰老城区，迅速攻进了内城。受到炮击最严重的，就是安乐街旁边的顺城街。兰兰大姑家西房的小阁楼，被日本鬼子的炮弹轰没了，所幸当时兰兰和大姑一家人正在厨房吃饭，并不在小阁楼，因此又躲过一劫，不然，张相本肯定会后悔到死。

大约是1928年5月10日，清晨，张相本一身商人打扮，牵着兰兰的手，兰兰也打扮成了男孩，脸上抹了锅底灰，王石榴女扮男装，胸前用布带绑着艾艾。张相本一家四口，雇了两辆洋车，趁早晨日本鬼子哨卡松动，悄悄离开经四路槐安里的家，逃往王石榴的娘家齐河县乡下。

逃到齐河县乡下之后，张相本的病情开始加重，人也越来越瘦。那时他已经吃不到"麻甜"和老马家牛肉，也喝不到老白干。熬到那年秋天的重阳节，张相本死在丈人家里。王石榴没有再嫁，娘仨从此也没有再回过济南。

我的姨姥姥张惠兰一生没有嫁人，她把自己的姥姥和亲娘都熬死以后，一个人活到81岁。姨姥姥张惠兰75岁时患上了老年痴呆症，从前经历的所有事情都忘了。不仅如此，她的语言障碍也更加严重。一辈子说话"蹦字儿"的姨姥姥，在最后的几年时间里几乎完全丧失了语言能力，她和人交流时，除了"啊巴啊巴"的声音以外，不管别人对她说什么，任何时候她嘴里都只能"蹦"出两个字来。姨姥姥把嘴张了老半天，"蹦"出一个字："乔……"过了好一会儿，她嘴里又"蹦"出一个字："冷！"别人问姨姥姥："您老吃了吗？"姨姥姥嘴里使劲地往外"蹦"字："乔——冷……"别人问姨姥姥："您老干么气？"姨姥姥嘴里

"蹦"出的字还是："乔——冷……"

补记二：

2006 年 7 月至 2007 年 5 月，出于个人兴趣，我参加了纪念济南"五三惨案"79 周年史料征集工作，当时我先后在山东济南、寿光，河南商丘，江苏南京、徐州等地走访"五三惨案"的亲历者及其亲属，在图书馆、档案馆查阅了上万份资料，仅在南京中国第二档案馆，在 60 天的时间里就查阅了 1600 余卷原始档案。

这次走访，我在徐州认识了一个人，名叫纪连珊。当时我访问纪连珊老太太的时候，她已经 97 岁了，但纪老太太很注意养生，眼不花，耳不聋，话语清晰而且富有逻辑性，对当年的一些事情记得非常清楚。纪老太太退休前是一家医院的护士长，老伴去世后，她和女儿一家生活在一起，住在汉源大道附近的一个居民小区。

年轻的时候，纪连珊曾在同仁会济南医院做过护士。这家医院坐落在济南市经五纬七路，是由当时侵占青岛的日本守备军民政部出资兴建的。日本人修建济南医院，有两个目的：一是为在济南的日本侨民和日本浪人提供医疗服务。当时经七路以北、经一路以南商埠地区聚集了大量的日本侨民，馆驿街和经二路之间更是住着很多日本浪人。日本浪人出门惹事，经常被小清河的拳师和东门的反日义士打伤，隔三岔五的，就有被打伤的日本浪人住进济南医院。日本人修建济南医院的第二个目的，就是在攻打济南的时候，作为日军战时医院。

纪连珊上过国高，她的父亲也曾经在日本留学，父女两人都通日文。在济南的日本侨民中，有些是纪连珊的父亲熟识的，这就是纪连珊能够到日本人的医院做护士的原因。但纪连珊在济南医院做护士只有不到一年的时间，后来，也就是"五三惨案"发生后不久，纪连珊对日本人的仇恨使她无法走进日本人开的医院，羞愤之下，她辞去了在济南医院的护士工作，跟随父亲到了江苏徐州。

大约是 1928 年 5 月中旬，日本鬼子占领了济南老城区之后，有一天，医院收治了一个特殊的病人。这是一个大约 20 岁的日本士兵，瘦弱，肤色白净，额头上有一块暗红色的胎记，看起来还是一个大男孩。据说他是日本千叶县人，姓小久，父母早逝，家里只有一个哥哥、一个嫂嫂和一个妹妹。他大约四个月前来到中国，他所在的军队先是驻扎在天津，然后又在 1928 年 4 月 21 日跟随日军天津驻军的一个步兵中队来到济南。

小久得的是一种癔症，这种病济南话叫"附身"，意思是一个人的灵魂附体在了另一个人身上。当时的济南医院是济南最大的一家医院，规模、设备、接诊能力都是一流的，但却没有精神病科，小久住院之后，只好由神经内科一位略通精神疾病治疗的年轻医生，为小久治病，可是疗效不明显，甚至可以说疗效很差，因为小久住院后，病情反而加重了。

那时的济南医院，分本馆建筑群和医疗馆建筑群两部分。本馆建筑群主要由主楼和其附属建筑组成，即办公区和诊病区。医疗馆建筑群主要由两座病房楼、两座宿舍楼和其附属建筑组成，即生活区和住院部。在医疗馆建筑群后面，是一个四四方方的操场，这个操场主要是为受伤的日本士兵康复训练修建的。可是平时，操场上经常见不到人，只有成群的麻雀在矮草间跳来跳去。或者哪个医生的家属养的两三只鸡，晃着脖子在草丛里觅食。

小久住院之后，不喜欢在病房待着，而是喜欢一个人去操场。小久去操场，头上必定裹着一块通常是女孩子戴的蓝色丝绸头巾，他在操场上，别着腿，拧着腰，沿着跑道剪步缓行，然后停下来，翘起兰花指，扯着蓝头巾的一角，开始唱小曲儿。让人奇怪的是，小久生病前根本不会说汉语，可是他在操场上唱小曲儿的时候，说的却是济南话，唱的也是济南民间的小曲儿。他唱的那支小曲儿，名叫《巧闺女》，"小枣树啦""小闺女啦""灵芝草啦""过天河啦"……

当时在济南医院住院的，大概有三百多人，这些人主要是日军的伤兵，此外还有一些日本浪人和日本侨民。小久一去操场，那些伤号和病号中的一些人，就会把头贴在窗户上，往楼后面的操场看小久的表演。他们认为小久表演得精彩的地方，就会"要西要西"地叫好，或者喊一些兴高采烈的日本话。只要两座病房楼响起叽里呱啦的喊叫声，人们就知道小久又去操场了。

据说，医院的院长曾找到小久所在的日军步兵中队，说服军官把小久送回日本治疗，因为他的医院可能无法把小久的病治愈。军官答应操作此事。可是就在这个节骨眼儿上，小久却从医院里跑掉了。

第二天早晨，有人在经四路一个叫槐安里的巷子发现了小久。槐安里那个巷子的巷口两边，有两棵大树，东边的一棵是槐树，西边的一棵也是槐树，小久吊死在东边那棵槐树上。头一天小久失踪的时候，曾经从医院的护士站拿走了一根绷带，他在槐安里巷口的槐树上，用的就是这根绷带。

那一天正是纪连珊辞职的日子，她已经连夜写好了辞呈，打算一大早上班的时候把辞呈交上去，并打算收拾一下自己的东西，然后跟随父亲去江苏徐州。纪连珊还没有走到医院，就听说了小久的事。

红蛐蛐

1

安茂强第一次去曹州，是 1974 年的春天。

那时的曹州还很小，还不叫"市"，叫"县"，但是在安茂强眼里，曹州很大，恐怕除了北京上海哈尔滨烟台，就数曹州最大了。主要是曹州离我们的村子近，大概只有 40 里路。我们的村子叫安那里。

那一年春天，我和安茂强一起去参加了曹州中学生运动会。运动会举办的地点在曹州城边上的何庄镇中学，当时的何庄镇，离曹州只有不到 10 里路。当然，很多年以后，何庄镇就成了曹州城的一部分了。

清早六点钟左右，我和安茂强就从安那里出发了。我们每人骑了一辆自行车，先在村头集合，然后赶往何庄镇中学。我们在村头集合的时候，安茂强是使劲摇着自行车的铃铛从家里骑出来的，到了我面前，安茂强从车子上跳下来，眼睛望着我，手却用力拍自行车的座子。我知道他是在向我显摆他的自行车。

我的自行车很旧，是个杂牌子，整个车身除了铃铛不响剩下的地方都响，旧得都快要散架了，大梁上的油漆和车圈上的镀铬也都掉光了，看上去黑不溜秋的。这辆车子，是我父亲花 20 块钱从镇上买来的，已经骑了五六年。安茂强的自行车则是崭新的"凤凰"牌二八型的，车大梁上闪着新油漆的光亮，全包链盒，镀铬后货架，车座上套着蓝色布面、黄色流苏的座套，车把上还扎着红布条，一眼看过去就知道骑上去很威风。不过呢，安茂强的这辆自行车是他爹从亲戚家里借来的，他家里根本就没有自行车。

大约八点钟左右，在何庄镇中学操场上，我们找到了公社教育局的带队老师。带队老师告诉我们说，运动会九点半开始，我和安茂强要参加的比赛项目都安排在下午，午饭之前的这段时间里，我们两人可以先熟悉一下环境，观看其他项目的比赛，或者借机会熟悉一下比赛器械，午饭后两点钟之前，再到原地集合。

带队老师还说了一些要我们俩注意安全之类的话，然后带着我们到操场旁边的一块杂草丛生的场地上存了自行车。存放自行车是要收两分钱的，但这两分钱不要我们花，由公社教育局统一结算。

这次运动会，公社教育局只负责结算存放自行车的花费，何庄镇中学的大操场上还有免费供应的开水，除此之外的花费就由个人负担了。主要是吃饭的问题。这次出门，我母亲给了我五毛钱，是一张崭新的紫红色的票子。五毛钱可不是闹着玩的，那时候我们安那里村一个壮劳动力干一天活儿挣下的工分，只能折合八分钱。我把这五毛钱折叠了两次，放在了夹层布褂的口袋里，然后又让母亲把口袋缝合了，吃饭的时候我只要把缝合的线挑开，就能取出那五毛钱。来的路上我问过安茂强，结果和我家里的情况一样，他的母亲也给了他五毛钱，也缝死在他的夹层布褂的口袋里。

其实说穿了，我和安茂强与其说是去何庄镇中学开运动会，还不如说是去何庄镇东风饭店买议价粉条大包子吃。现在"议价"这个词已经消失了，那时候议价的意思就是无需粮票，就能把大包子买到手，这在当时是不多见的。方圆几十里的明白人都知道，何庄镇东风饭店的粉条大包子非常出名，香，咬一口满嘴流油。

那时候东风饭店的粉条大包子一毛钱一个，胡辣汤则是七分钱一碗，我母亲让我买四个粉条大包子，一碗胡辣汤，总共会花掉四毛七，剩下的三分钱，存自行车或者喝水。现在知道存自行车和喝水的钱都省下了，正好我还可以多买一个茶叶蛋。我把这笔账算给安茂强听。当时我和安茂强还骑车在路上，听了我的话，安茂强说，他也要买四个粉条大包子和一碗胡辣汤，剩下的三分钱，买一个茶叶蛋。安茂强说这话的时候，口水和鼻涕都下来了，于是他用一只手握着车把，另一只手的手心兜了一下口水，捎带着擤了一把鼻涕，往夹层布褂的前襟上抹了抹，又讷讷地说："四个粉条大包子一碗胡辣汤根本就吃不饱，要是 16 个粉条大包子三碗胡辣汤还差不多。"

每次安茂强馋了饿了想吃东西的时候，他都会做出这个动作：用手心兜一把口水，往上衣的前襟上抹一下。结果时间一长，安茂强的衣服前襟上油光锃亮的一层，就像抛光皮衣一样。

又想吃四个粉条大包子，吃四个粉条大包子又吃不饱，这事让安茂强很是纠结。他骑在车上，眉头一直不能舒展。骑行到一条河边的树林子，我们停下撒尿，趁这个机会安茂强干脆坐在了路边。他的手按了按缝着五毛钱的夹层布褂口袋，接着用手心兜了一把口水，往前襟上抹了抹，然后问我，"你说，我是吃四个粉条大包子，还是吃 10 个马蹄烧饼，还是吃 16 个白蒸馍？"我想了想，觉得安茂强的这个问题我不太好回答，就用政治课上老师说过的话搪塞他，"吃饱是第一位的。"

我知道安茂强是个馋虫。前两年的一个夏天，我们安那里村来了一个名叫蒙蒙的小女孩，她在我们那里待了三天。有一天刚刚下过雨，地上有很多积水，树上还在滴落水珠，我们一群孩子都从家里跑出来。那个叫蒙蒙的小女孩手里拿着一块牛肉，站在安那里小学大门口吃，我们围在她的身边。蒙蒙用手指甲掐下像线头一样细的一丝牛肉，然后把它像吊虫子一样吊着，看着我们说，谁叫她姐姐，她就把这一丝牛肉给谁吃。蒙蒙手指甲吊着一丝牛肉，在我们每一个人脸前晃着，"叫姐姐，叫姐姐"。我们都红着脸，咽着口水，谁也不出声，因为围在她身边的这些人，都比她大四五岁，个子也比她高一头。可是蒙蒙把那丝牛肉吊到安茂强脸前，我们都听见安茂强叫了一声"姐姐"，蒙蒙就把那丝牛肉给安茂强吃了。安茂强吃那丝牛肉的过程有些漫长，他仔细地咀嚼了很长时间，咽了好多次，而且一会儿是右边的槽牙在使劲儿，一会儿是左边的槽牙在使劲儿，两边不停地倒换着，就好像他嘴里有很大一块牛肉似的。蒙蒙得意地笑，又用手指甲掐下像线头一样细的一丝牛肉，把它像吊虫子一样吊着，在安茂强脸前晃。蒙蒙说："再叫，再叫姐姐。"我们都看见安茂强用手心兜了一把口水，往前襟上抹了抹，又叫了一声"姐姐"。蒙蒙把第二根丝一样细的牛肉吊进了安茂强嘴里。

安茂强不光馋，饭量还大，他娘说他比猪都能吃。连学校的老师都知道，在我们安那里村，安茂强是个最大的饭桶，他一顿饭能吃 10 个煮地瓜，那些地瓜差不多都是一斤重一个的。因为太能吃，安茂强的肚子特别大，胳膊腿也粗，能搬得动村头打麦场上的小石磙。可是他这么能吃，让他爹有些受不了。有一次刚刚吃完了饭，安茂强他爹摸着安茂强的头说："乖乖，你一顿饭吃 10 个地瓜，要是何庄镇东风饭店的粉条大包子，你还不得一顿下去 20 个？"还有一次，也是刚刚吃完了饭，安茂强他爹摸着安茂强的头说："乖乖，你长大了去当兵吧，部队上吃饭不要钱，也不限量，你吃多少都没人管。"安茂强他爹说这话也就是个自我安慰，因为他明明知道安茂强是个平脚板，根本就当不上兵的。再说了，在部队吃饭虽然是免费的，但人家都有一定量的伙食标准和伙食补贴，根本不像安茂强他爹想象的那样，由着安茂强这样母猪似的胡吃海塞。

这次出来，安茂强他娘给了他五毛钱，并不是让他买四个粉条大包子和一碗胡辣汤，这么个吃法他娘也知道他吃不饱，即便是再加一个茶叶蛋，也吃不饱。安茂强他娘已经帮安茂强算好了一笔账，这五毛钱，五分钱一个的议价马蹄烧饼可以买 10 个，三分钱一个的白蒸馍可以买 16 个还剩下两分钱喝水。安茂强他娘觉得，反正不管是粉条大包子、马蹄烧饼、白蒸馍还是胡辣汤和茶叶蛋，这些好东西平时我们安那里村的人也就只有想一想的份，根本就吃不上，甚至过年的时候也吃不上，我们平时只吃地瓜。

前一天我到安茂强家里去，和他商量第二天开运动会的行程，当时安茂强他娘连着叹了几口气，然后她也摸着安茂强的头说："乖乖，开运动会的时候，那手榴弹和铅球能扔多远就扔多远，别强求，这次去何庄镇主要是去东风饭店，你就当成改善了一次生活，'好过'了一回。"

我们安那里村的人把吃地瓜叫"吃穷"，把吃好东西叫"好过"。

可是这天在何庄镇中学，到了吃午饭的时候，我却找不到安茂强了。中间我因为去了大操场的另一边，想见一见从另一个公社过来的表哥，和安茂强分开了一阵子，回来之后就找不到他了。我只好一个人去了东风饭店。

像原来设想的那样，我买了四个粉条大包子、一碗胡辣汤，外加一个茶叶蛋，五毛钱花得精光。饭店里的桌子都被人占去了，我就蹲在地上，把这些东西往肚里塞。我捧着粉条大包子，看了看，不知道该从哪个地方下口，最后选了一处皮看起来比较薄的地方，只一口，粉条大包子就露了馅，里面一包碎粉条，我感到它们是有些晶莹透亮的。在那些晶莹透亮的碎粉条中间，仔细找一找，还能找到像沙子一样大小的肉丁。安茂强他娘说得对，我和安茂强这次来何庄镇，不是来开运动会，是来"好过"一回的。

吃完饭，我到何庄公社供销社的百货商店里转了转。一个多钟头之后，我觉得差不多快要到了下午两点集合的时间了，就又回到了东风饭店。我还是想到那里找一找安茂强。果然，这次回东风饭店，我找到了安茂强。

饭时即将过去，东风饭店里的人少了很多，饭店大厅里有好几张桌子也空了出来，卖粉条大包子的窗口则几乎没有人了。而在大厅的一侧，却有十几个人咋咋呼呼地围成了一个圈子，每个人的脖子都伸得长长的。这个圈子里有三两个人错落地叫喊着："打死他！打死他！"随着喊声，人圈子也在扯动，圈子一会儿大，一会儿小，一会儿扁，一会儿圆。我问身边一个上了年纪的人："大爷，他们在干什么?"上了年纪的人说："他们在揍一个小偷。"于是我也跑过去，伸长脖子，加入了人圈子。

挨揍的人是安茂强。他已经躺倒在地上，双手抱着脑袋，身子团成一个球。地上有一些碎玻璃渣子，那些碎玻璃渣子把安茂强的手、小臂和脚踝划出了一道一道的口子，血已经渗出来了。安茂强的鼻子也出了血，很多血抹在脸上，他的样子看上去很瘆人。揍人的是一个大个子男人，他正在往安茂强的腰上踢，他的双臂抱在胸前，过一会儿，就往安茂强的腰上踢一下。有一下安茂强想躲开，结果那一下却踢在脑袋上。安茂强闷闷地"哎哟"了一声，双手把脑袋抱得更紧了。大个子男人的嘴里，衔着折叠了两次的五毛钱，衔钱的样子让他的脸上有一种踢死人不眨眼的杀气。大个子男人只踢人，不说话，说话的都是旁边看热闹的人。有人说："踢死他！踢死他！"也有人说："钱已经回来了，就别踢了！踢出毛病来……"我愣了一会儿，瞅准大个子男人喘一口气的机会，扑到安茂强身上，小声对他说："快跑！"然后我拽了一下他的夹层布褂的前襟。安茂强像弓一样从地上弹立起身子，飞快地跑出去了。我跟在安茂强后面往外跑，临出门，听见那个揍人的大个子说："以后别让我看见你，我看见你一次踢你一次！"

我远远地跟着安茂强跑，跑过何庄镇的街道，然后拐上一条小路，来到了田野。在田间小路上，安茂强摔倒了一次，趴在地上好久没有起来。等我追到安茂强的时候，他已经瘫坐在田埂上。不知道什么时候，安茂强的鼻孔里塞了几片草叶子，他在用草叶子止血。他的两个鼻孔都被撑得老大，鼻翼光亮亮的；他的嘴肿起来了，也光亮亮的。因为鼻子和嘴都肿大了，安茂强的样子有点像猪八戒。他喘着粗气，往跑过来的方向看了看，似乎还在担心那个大个子男人追过来。我也喘着粗气，坐在田埂上。一坐下我直接就问他："你为什么偷别人五毛钱？"安茂强呸了一口血水，说："我没偷他的钱，我是在地上捡的。"我有些不信安茂强的话，又问他："你捡的钱，那个人为什么死命踢你？"安茂强又呸了一口血水，说："他狗眼看人低。"我接着问："你自己的那五毛钱呢？"安茂强忽然哑声了。我知道这里面一定有问题。

在我不停的追问下，安茂强才说，在这之前，他自己的五毛钱已经花掉了。

原来，上午我们两人在何庄镇中学的大操场上分手之后，安茂强又取回自行车，骑着车子去了曹州。何庄镇离曹州只有不到10里路，骑车一个课间操的时间就到了。我问安茂强："你去曹州干什么？"安茂强说：他去曹州，是因为他在何庄镇中学的大门口无意中听到别人说，曹州有个地方叫南湖。我惊了一下说："南湖？原来南湖在曹州？"安茂强说："曹州这个叫南湖的地方，具体的名字是叫南湖公园，门票收两毛钱。"我问，"你进去了吗？"安茂强说他进去了，他在南湖公园逛了一圈。我歪着头想了想，又说："南湖收两毛钱门票，那还剩三毛钱呢？"安茂强说，剩下的三毛钱，他在曹州百货大楼买了一个万花筒。我问：

"万花筒呢？"安茂强说："万花筒让那个揍人的人，摔在地上踩碎了。"安茂强说这话的时候，我的脑子里隐隐约约浮现的是东风饭店地板上那些碎玻璃渣子。我又问："你是不是还没有吃饭？"安茂强巴咂巴咂嘴，好长时间才说："没。"

安茂强在田埂上说了谎。几分钟之后，一个事实证明了安茂强在说谎。这个事实就是：安茂强吐了，吐了一地碎粉条。他吐的那些东西像米粒一样，有些晶莹透亮，一看就是粉条。在吐粉条之前，安茂强抱着头，说他有些头晕恶心，说完这话，他就"哇"的一声把碎粉条吐出来了。这说明，曾经有一些粉条经过咀嚼进入了他的胃，这是铁定的。安茂强的五毛钱已经买了东风饭店的粉条大包子吃，什么"南湖"的门票，什么"万花筒"，都是假的。东风饭店地板上那些碎玻璃渣子，不是什么踩碎了的万花筒，没准是碎酒瓶子呢。

事情明摆着，五个粉条大包子对安茂强这样一个比猪还能吃的人来说，只够塞一塞牙缝，所以他手里才有了那个大个子男人的五毛钱。

几年之后，我到曹州师范学院上学，曾打听南湖公园，一些熟悉曹州的人告诉我说，曹州没有一个叫南湖公园的地方，也没有一个叫南湖的地方。曹州只有一个公园，叫西华公园，那时的门票也不是两毛钱，是三分钱。倒是有一个懂得曹州历史的人说，宋朝的时候，曹州有一个地方叫南湖，但后来到了明朝时，那个叫南湖的地方就消失了，"南湖"这个名字，只存在于曹州的史志类书籍中。

我和安茂强坐在田埂上的时候，还不知道曹州并不存在"南湖"这么个地方，虽说安茂强花钱买"南湖"门票是在说谎，但我信"南湖"就在曹州。安茂强说谎，也许是在掩饰和五毛钱有关的一些事。于是我问安茂强："你去南湖，是不是去找蒙蒙了？"我这么问他，是因为蒙蒙曾经说过，她的家就在南湖。安茂强看了看我，愣了一会儿，他不回答我的话，却突然张了张嘴，又喷出一股东西。这次安茂强吐出来的碎粉条并不多，更多的是一些黏液。我想，安茂强肯定是去找蒙蒙了。

两年前，我和安茂强还在安那里村小学上学。那时我们小学的校长姓赵，名叫赵中堂，教全校一至五年级的语文。他是学校里唯一的一位公办教师，吃国粮的。赵校长很多年前就来到了我们安那里村小学，据说他是曹州城里人，他年轻的时候妻子就不在了，而他又无儿无女，一个人在安那里村小学教书20多年。

这一年的暑假，赵校长即将退休的时候，他的外甥来看他。外甥的身边还带着一个七八岁的小女孩，也就是赵校长的外甥孙女，大概比我和安茂强小四五岁，这个小女孩就是蒙蒙。赵校长的外甥和外甥孙女在安那里小学住了三天，然后就把退休的赵校长接走了。

那个名叫蒙蒙的女孩，离开我们之后，当然，再也没有回来过。蒙蒙的姥爷已经不在安那里教书了，她为什么还要再来安那里呢？

我记得蒙蒙的皮肤很白，头上扎蝴蝶结，穿裙子和胶皮凉鞋，说普通话。她还有一个宝贝叫"万花筒"，这个东西我们从来都没有见过。那三天，我、安茂强和另外七八个孩子都去学校找蒙蒙玩，看她的白脸蛋和小白腿，听她用普通话说话，还能找机会玩一玩她的万花筒。安茂强很黏蒙蒙，他像块袼褙一样贴着蒙蒙，蒙蒙走到哪里，他就跟到哪里。他还学蒙蒙的普通话发音说："飞——机，飞——机。"我们安那里人说到飞机的时候，发音是"甫机"而不是"飞机"，所以听见安茂强说"飞机"，我们就笑他是"扁舌头"。在安那里，学别人说话就叫"扁舌头"。可是安茂强不管我们笑他，他还是跟在蒙蒙身后，"飞机飞机"地说个不停。

还有一天，我看到安茂强瞪着眼、像个傻瓜似的问蒙蒙她的家在哪里,蒙蒙说她的家在南湖。安茂强问南湖在哪里,蒙蒙说在城里。安茂强再问在哪个城里,是北京上海还是哈尔滨烟台,蒙蒙就说不上来了。安茂强又问南湖有什么好玩的吗,蒙蒙说南湖有红蛐蛐。安茂强问蛐蛐有红色的吗,蒙蒙说有的,红蛐蛐。安茂强问红蛐蛐多吗,蒙蒙说多得很,到处都是,掀开石头瓦片就能看到,有时候扒开青草也能看到。

2

安茂强在何庄镇的田埂上吐了三次之后,才想起来他的自行车还锁在东风饭店门口。

我陪着安茂强跑回东风饭店的时候,自行车已经不见了。这个情况让安茂强脸色煞白,两腿发软,蹲在地上好久没有起来。事后,安茂强竟然完全回忆不出当时从曹州回来后把自行车锁在东风饭店门口的细节。我提醒安茂强,让他从离开曹州开始回忆,但还是无济于事,他的回忆好像短路了。安茂强只记得曹州很大。

那天安茂强并没有去何庄镇中学参加运动会,我也没有,整个下午,我都陪着安茂强寻找那辆"凤凰"牌自行车。我们把东风饭店四周都找遍了,把整个何庄镇都找遍了,也没有发现那辆"凤凰"。到了天黑的时候,安茂强告诉我说,那辆"凤凰"自行车是他爹借他表舅的,他表舅在镇上的粮站工作,是吃国粮的。十几天前,他表舅才刚刚花了176块钱,托在上海工作的战友买下了那辆"凤凰"。

那时候自行车是凭票供应的,据安茂强后来说,当时整个曹州每年就发那么几十张自行车票,曹州百货大楼里也只摆着几辆"大金鹿","飞鸽""永久"都很少见,更别说"凤凰"了。平时,自行车票也都被县里有头有脸的人弄去了,老百姓连那票长什么样都没见过。这还不说，单说那 176 块钱。我们安那里村一个壮劳动力干一天活儿挣下的 10 分工分，只折合人民币八分钱；除了农闲，一年下来按 260 天农忙计算，一个壮劳动力一年挣下的工分折合人民币为 20.8 元。安茂强他爹一年挣 20.8 元。以此推算，安茂强他娘一天挣八分工分，一年挣 16.64 元；安茂强如果不上学的话，一天挣六分工分，一年挣 12.48 元；安茂强还有个妹妹双腿残疾，不挣工分，没有钱。安茂强全家人一年挣的工分总共折合人民币 49.92 元。除此之外，安茂强家还有另外的收入。当时社会上"割资本主义尾巴"，不允许农户在家里养猪，而我们安那里村的支书却允许每家每户养两只母鸡和一只山羊。一只母鸡一年大约下 30 个鸡蛋，两只母鸡下 60 个，一只鸡蛋卖二分钱，60 只鸡蛋卖 1.2 元；那只山羊养一年，到年底宰杀，大约会杀出 30 斤羊肉，一斤羊肉卖七毛五分钱，30 斤羊肉卖 22.5元。这样算下来，安茂强家一年的总收入是 72.42 元。一辆"凤凰"牌自行车 176 块钱，对安茂强家来说是一个天文数字，除非不吃不喝，把脖子扎起来，安茂强丢了人家的自行车，根本就赔不起。

从何庄镇回来大约一个月，安茂强得了一种怪病。安茂强得的这种怪病，安那里村的人以前从没有见过，也没有听说过，惊叹了一段时间之后，他们为安茂强的病起了一个很好记的名字，叫"瞌睡虫子病"。

很多年以后，我在曹州师范学院教书的时候，才得知安茂强得的这种病叫"克莱恩－莱文综合征"，百度词条解释为："克莱恩－莱文综合征（Kleine－Levin Syndrome），又称睡美人症候群、周期性嗜睡与病理性饥饿综合征，是一种罕见的神经系统异常。通常见于男性少年，呈周期性发作（间隔数周或数月），每次持续一至三周或更长时间，表现为嗜睡、贪食和行为异常。病因及发病机制尚不清楚，可能为间脑特别是丘脑下部功能异常、局灶性脑炎或外伤等疾病所致。"

百度词条在描述"克莱恩－莱文综合征"时，进一步陈述了它的临床表现：一是发作性嗜睡，二是睡眠瘫痪，三是入睡前幻觉。其中在描述入睡前幻觉时说："病人入睡前常起幻视，眼前出现彩环，或物体的形状和大小变化不定，或物体的颜色由黑变白，但更多的是以彩色的形式出现；幻听也很常见，幻听可以是音乐，也可以是某种遥远的声音。"

我常常想起多年前安茂强大睡前双眼迷离的样子，不知道他当时看到了什么样的彩色的东西，或者听到了什么样的遥远的声音。

一开始，安茂强他爹并不认为安茂强得了病，他只是觉得安茂强丢了自行车之后，变得更能睡了，也更能吃了。丢了自行车这么大的事，安茂强反而能吃能睡，安茂强他爹就认为安茂强不长心，不知道他爹的辛苦，太没有良心了。

安茂强也不认为自己得了病。后来安茂强自己说，那次从何庄镇中学开运动会回来之后，他一直觉得很累，想睡觉，想一觉睡上它十天八天的。还有就是太饿了，想吃一顿饱饭，吃得嗝饱嗝饱的，如果没有粉条大包子、马蹄烧饼和白蒸馍这些好东西吃，吃上一筐子煮地瓜也行。可是安茂强吃了一筐子煮地瓜之后，还是觉得饿。安茂强他娘说，安茂强可能是饿死鬼托生的。

安茂强第一次犯"瞌睡虫子病"，是在他家的羊圈里。他娘让他去给山羊喂草料，他把草料喂好，伸手摸了摸山羊的脖子，然后突然感到有些头晕，他抱着头在地上蹲了一会儿，接着倒在厚厚的羊粪上。安茂强他娘觉得安茂强喂山羊的时间有些长了，就去羊圈里看，看见安茂强趴着睡着了，嘴里还有几粒羊屎蛋。

安茂强睡下之后，我每天都去看看他。我上午放学去看他，见他睡在他家东屋用土坯垒成的小床上，下午放学再去看他，见他还睡在东屋的小床上。只是睡觉的姿式有一点变化，上午他是仰着睡，下午他是趴着睡。最初看安茂强睡觉，吓了我一跳，因为我发现安茂强睡觉的时候，并没有把眼睛完全闭上，而是留着一条缝，从那条缝里，能看到他的白眼珠，看起来好像他的眼睛里有一道光，幽幽地射出来。还有，安茂强睡着之后，嘴角往上挑着，鼻翼张得有些大，他的样子像是在笑。我想，安茂强也许是在做梦，他梦见了 10 个粉条大包子，或者 20 个马蹄烧饼。

我很担心安茂强这么睡下去不再醒过来，可是安茂强他爹并不这么认为。安茂强他爹说，又不是七老八十的老头子，哪有小屁孩睡觉醒不过来的，听都没有听说过。

那个时候，安茂强他爹天天愁眉苦脸地蹲在他家的堂屋门槛上，用长长的烟袋锅子吸旱烟。吸完了一袋烟，安茂强他爹摸索着又从烟荷包里挖出一烟锅子。可那根本就不是烟叶丝，烟叶丝是黄颜色的，安茂强他爹从烟荷包里挖出的一锅子全是灰不溜秋的碎末末。安茂强曾经告诉我说，自从他把他表舅的"凤凰"牌自行车丢了之后，他爹就开始吸地瓜叶子了，是为了省钱赔人家的自行车。看来安茂强说得没有错。

这一次，安茂强睡了 22 天。他每天大约睡 23 个小时，中间醒来两次，一次大约半个小时。在醒来的这半个小时里，安茂强首先是提着裤子去茅房，肚子里的东西又拉又撒。然后，他再提着裤子去厨房，蹲在灶窝里吃东西。通常，在安茂强睡着的时候，安茂强他娘已经煮好了一锅地瓜，巧的时候，那锅地瓜还冒着热气。安茂强吃地瓜和往常不一样，他连地瓜皮也不剥了，握在手里就吃。吃完一筐子煮地瓜，安茂强就又躺在了床上。有几次，安茂强把最后一口地瓜含在嘴里，两腿一伸，倒在灶窝里就睡了。

22 天之后，安茂强醒过来了。醒过来的安茂强，和正常人一模一样，只是又胖了一些。问他睡觉的那 22 个日子，他却一无所知。安茂强就连自己睡了一个长觉的事也不知道，他还会反问别人，"我睡了22天？这怎么可能呢？别瞎咧咧！"

就是从这一次犯"瞌睡虫子病"开始，安茂强他爹不让安茂强去镇上上学了。那时候已经到了夏天，一到傍晚，地上开始钻出知了龟，白天树上也有知了在叫。安茂强他爹专门磨好了一把小铲子，找了一根又细又长的白蜡杆，还让安茂强他娘缝了一个小布口袋，让安茂强去抓知了龟。

每年知了龟从地下爬出来的季节，都是安那里村的节日。

那时候知了龟很多，男女老少一家人都去抓知了龟，抓到半夜的话，能抓到二三百个，约有二三斤重。第二天，家家都用鏊子煎知了龟吃，全村到处飘着香气。那些日子，人见了面打招呼也问："'好过'了吗？"意思是煎知了龟吃了没？答说："'好过'了。"意思是已经把知了龟煎了吃了。安那里村用鏊子煎知了龟"好过"的日子，能持续20多天，有的年份甚至持续一个月，和过一个年一样长，但比过年还要馋人口水，还要热闹舒坦。当然，安那里的孩子们，每年就像盼着过年一样盼着抓知了龟的季节到来。

安茂强是个抓知了龟的能手，他虽然笨胖，但眼睛却贼灵。傍晚知了龟要钻出土来，安茂强能够准确地判断出地皮上哪个细小的洞里有知了龟要爬出来，这个时候他手中的小铲子就用上了。到了晚上，别人都用手电筒或者火把往树上照，而安茂强不用，爬上树的知了龟在黑夜里根本逃不过他的眼睛，他只须用手中的白蜡杆子把知了龟戳下来，装进小布口袋。

往年，安茂强家抓的知了龟总是比别人家抓的知了龟多得多，有一次安茂强一个人一晚上抓了400多个知了龟，足足有四斤重。可是不管安茂强家里抓了多少知了龟，安茂强他爹、他娘、他妹妹都没有口福，那些知了龟都不够安茂强一个人吃的。就是安茂强一个人抓了400多个知了龟那一次，他家里一共抓了700多个知了龟，安茂强他娘光煎知了龟就煎了九鏊子。安茂强蹲在灶间里，看着他娘煎知了龟，他好几次用手心兜了一把口水，往前襟上抹。安茂强他娘煎好了一鏊子，倒进旁边的盆子里，再去煎第二鏊子，第二鏊子煎好的时候，盆子里的知了龟已经被安茂强吃完了。安茂强他娘瞪了安茂强一眼，重新收拾鏊子，等她把第三鏊子知了龟煎好，安茂强把第二鏊子知了龟又吃完了。安茂强他娘索性不去管安茂强，由着他吃。安茂强把第八鏊子知了龟吃完之后，突然咧开嘴哭了。安茂强他娘说："八鏊子知了龟都让你吃了，你还哭个啥？"安茂强哭着说："娘，我管不住嘴。"

这一次，安茂强他爹早早地给安茂强准备好抓知了龟用的小铲子、白蜡杆和小布口袋，是有来由的。那辆"凤凰"牌自行车丢了之后，安茂强他爹去见过他表舅，安茂强他爹向他表舅表示说，要尽快把176块钱攒够，赔给他表舅。其实安茂强他爹向他表舅这样表示的时候，心里根本没底，并不知道什么时候能攒够那176块钱。后来，还是安茂强他表舅出了一个转着弯子赚钱的主意，帮着安茂强他爹攒钱。

这个弯子是这样转的：安茂强他表舅有一个战友，是军分区养马场的司务长，平时伙房里买菜买肉等杂事，都是这个司务长说了算。养马场在离安那里村20多里路的黄河滩上，马场里种了很多庄稼，也种了很多草，但唯独没有种树。没有树，也就没有知了龟。每年到了出知了龟的季节，附近村庄用鏊子煎知了龟的香气飘到养马场，让那些当兵的馋口水。往年的这个季节，司务长都会到农户家里买些知了龟，让当兵的解解馋。今年呢，安茂强他表舅可以和司务长说一说，让司务长骑自行车到安茂强家里去买知了龟。司务长买的知了龟是五毛五角一斤。

安茂强他表舅是一个精明的人，他帮安茂强他爹，其实是在帮自己。

每天下午四点钟的时候，安茂强拿着小铲子和小布口袋，到树多的地方去。那个时候知了龟正要钻出地皮，安茂强瞪着眼睛在地皮上找那些细小的洞。到了天黑下来，安茂强跑回家，往嘴里塞一筐子煮地瓜，丢下小铲子，换成白蜡杆。那时很多知了龟已经钻出地皮，爬到树干上去了，白蜡杆派上了用场。

抓知了龟的时候，安那里村所有人都不愿意和安茂强在一起，因为他的眼睛太贼灵，他走过的地皮，基本就没有知了龟要钻出来了。他用白蜡杆敲过的树干，基本就没有知了龟再往上爬了。只要安茂强走过去，知了龟就被洗劫一空。

第二天一大早，养马场的司务长就骑着自行车来到安茂强家里。

安茂强他爹从灶间里出来，一手提着一个大水桶，一手拿着笊篱。水桶里盛满了用清水泡着的知了龟，安茂强他爹用笊篱把那些知了龟篦出来，放到司务长带来的秤盘子里过秤。秤盘子不大，也就能盛二三斤。过了一秤，还得再过第二秤。等到过完了秤，安茂强他爹才能知道安茂强头天晚上到底抓了多少知了龟。

这整个过程，安茂强和安茂强他娘都站在旁边，勾着头看。安茂强的目光一直跟随着他爹手中的笊篱移动，同时嘴唇和鼻翼也在动。很快，安茂强的口水下来了，从两个嘴角往外流，在嘴角挂着，然后滴在地上。安茂强馋的时候，会用手心兜一把口水，抹在衣服前襟上，但他馋得过了头、两眼发直的时候，就不用手心兜口水了，而是任凭口水往下流。这时候安茂强他娘说："孩他爹，你给茂强留下几个吧，夜儿个他跑了大半夜才抓了这些知了龟。"听了安茂强他娘这话，安茂强他爹愣了一下，手犹犹疑疑地从秤盘子里捏了一个知了龟，停了一下，又捏了两个知了龟，一共三个，放在安茂强伸出来的手掌心里。还没有转过脸来，那个司务长却一惊一乍地喊起来，"你这孩子，怎么吃生的呢？"那三个知了龟，安茂强等不及他娘用鏊子煎熟，已经放在嘴里吃了。

　　这一年出知了龟的日子持续了大约 20 天，安茂强家里每天卖给养马场五六斤知了龟，挣两块多钱。除此之外，安茂强整个白天还拿着白蜡杆子从树上戳知了皮，20 天下来，戳了三麻袋，总共卖了六块多钱。

　　20 多天的日子一过，没有知了龟可抓了，没有知了皮可戳了，也就没有钱可挣了，刚刚闲下来，安茂强又犯了"瞌睡虫子病"。

　　这次安茂强犯病，是在一阵大笑之后。那天安那里村来了电影放映队，放的电影是京剧样板戏《红灯记》，电影放到第四场，这一场是"王连举叛变"。看过京剧样板戏《红灯记》的人都知道，"王连举叛变"这场戏并没有什么可笑的，但是这场戏刚开始不久，坐在露天电影场前排马扎上的安茂强突然大喊一声，"好玩，好玩！日他奶奶真好玩！"然后就大声笑起来。安茂强是站起来、转过身、面朝正在看电影的村人大笑的，他笑的时候，头、脖子、手臂和腿做着五花八门的动作，但这些动作看起来都很笨拙，像是抽搐。笑了一阵子，安茂强倒在地上睡着了。

　　安那里的人说，像安茂强他爹生个这样的儿子倒也好，忙的时候会挣钱，闲的时候会安生，一觉睡几十天，连饭都省下了。安茂强他爹说："才不是呢，他睡的时候比不睡的时候吃得还要多。"安茂强他爹真是一点都不在意安茂强的"瞌睡虫子病"。

　　安茂强醒来的时候已经秋凉了，这次他睡了 40 多天。

　　安茂强醒过来，让安茂强他爹兴奋不已。就在前两天，安茂强他爹又见了他表舅，向他表舅表示正在想办法攒钱赔"凤凰"，希望他表舅能再宽限一两年。安茂强他表舅忧虑安茂强家里攒够 176 块钱遥遥无期，就又为安茂强家里想了一个挣钱的办法：往公社供销社送干蚯蚓。安茂强他表舅在公社供销社也有一个战友，这个战友在供销社负责药材这一块，叫药材站，如果在县里他负责的这一块就叫药材公司。干蚯蚓是一种中药材，药名叫

"地龙"。安茂强他表舅的战友收的干蚯蚓是一块二毛六分钱一斤，但这个人并不把干蚯蚓这事儿告诉外人，只让他的亲戚朋友知道。安茂强他表舅跟这个人说了说好话，这个人就同意安茂强家也可以给他送干蚯蚓。

这次安茂强醒过来，照旧蹲在灶间里，吃一大筐子煮地瓜。安茂强他爹堵在灶间门口，看着安茂强吃。安茂强他爹不喜欢安茂强的吃相，有些生气，哼哼地直喘粗气。安茂强他爹在门口站了一会儿，就说了让安茂强到地里挖蚯蚓的事，话没说完，安茂强抬起头来，嘴里含着一块地瓜问他爹："挖蚯蚓干啥用？"安茂强他爹气哼哼地说："干啥用？吃！"安茂强又问："蚯蚓怎么吃？"安茂强他爹说："炒着吃！"安茂强问："放不放辣椒？"安茂强他爹拉长了声说："放，放辣椒，还放芥末呢！"安茂强他爹说着，用拳头狠狠地捶了一下门板。门板咣当一声响，吓了安茂强一哆嗦。

之前安茂强抓知了龟用的小铲子和小布口袋，还都用得着，他拿着这两样东西，开始到处挖蚯蚓。第一天下来，安茂强就挖了一斤多蚯蚓。这些蚯蚓，被安茂强他爹放在一个土陶缸里，缸里再放一些潮土养着。第二天早晨，安茂强他爹把蚯蚓拣出来，在开水中烫两分钟，然后捞出来，摊平在簸箕里，放在太阳底下晒。通常晒两天左右，那些被开水烫过的鲜蚯蚓，就变成了干蚯蚓。一斤鲜蚯蚓，出干蚯蚓大概在二两半左右。

没几天的时间，安茂强就能在地皮上一眼看出土里面有没有蚯蚓。蚯蚓多的地方，地皮上有一些细小的洞，洞口四周还会有一些细碎的泥丸，安茂强说那些细碎的泥丸是蚯蚓拉的屎。这样又过了几天，安茂强趴在地上闻"蚯蚓拉的屎"，还能闻出一股腥甜的气味。有了这个发现，遇到地皮上有细小的洞和细碎的泥丸，安茂强就会赶紧趴下身子，去闻气味，闻出那气味的确是蚯蚓拉的屎，然后用铲子挖下去，就十拿九稳了。

安茂强常常在坑坡上趴着，撅着腚，脸贴着地皮闻味。七八天之后，坑坡被安茂强的小铲子像耕地一样翻了一个遍。坑坡翻完了，安茂强又在坟场里趴着。安那里村的坟场在一个大土岗子上，土岗子背阴的北面是一片洼地，准确地说，安茂强是在那片洼地里趴着。每天，安茂强从坟场洼地回来的时候，我都看见他的衣服上全是半干的湿泥。后来安茂强说，在坟场的那片洼地里，他挖了至少20斤蚯蚓。

那年中秋节前的一天，我要到镇上的学校去，在村头上遇到了安茂强。安茂强也要到镇上去，他要到镇上的供销社找他表舅的战友，把晒干的蚯蚓卖给人家。那天安茂强一看到我，就咧着嘴笑，告诉我说他昨晚上做了一个好梦。我模仿安茂强他娘的口吻问他："你是不是做梦娶媳妇了？"安茂强说："比娶媳妇还要好玩。"安茂强扛着一个小布口袋，布口袋里装着干蚯蚓，里面的蚯蚓看起来有好几斤。

我们往镇上走，安茂强开始讲述他做的那个好梦。安茂强说，在梦里他去了曹州。他去曹州并不是去玩耍，而是成了曹州人，在那里吃公家粮，当兵。曹州的那个军营里，有很多大房子，一律是红砖蓝瓦的房子，其中最大的一间红砖房子是伙房。伙房的屋顶上冒着烟，是粉红颜色的烟，但那实际上并不是烟，而是香味。整个军营里飘着那样的红烟，让人觉得比过年还要喜庆。

很多白蒸馍放在伙房门口一个大笸箩里，他们这些当兵的都去拿，想吃多少拿多少。还有大米稀饭。大米稀饭盛在一只大木桶里，两个伙夫把木桶抬出来，也放在伙房门口，他们这些人就抱着大瓷碗哄抢上去盛稀饭喝。

安茂强和他爹站在军营的大门口。安茂强把他爹往一边扯了扯，掀开上衣，让他爹看他的肚子。安茂强的肚子像一个扣着的面盆，圆鼓鼓的，肚皮被里面的东西撑得放光，上面的青筋像他在地里挖的蚯蚓。安茂强他爹瞪着眼说："乖乖，你的肚子这么大？你肚皮上面的青筋，就像你在地里挖的蚯蚓。"安茂强他爹伸出手来，摸了摸安茂强的肚子，又说，"你这个大肚子，比别的孩子的肚子都要大。你的大肚子，是吃地瓜撑起来的，没有油水的肚子才会这么大。"

然后梦中的场景转回到了安茂强家的东屋里。安茂强他爹坐在用土坯垒成的小床上，安茂强站在他爹对面，感觉自己穿着一身军装，说的也是军营的事。安茂强他爹问："一顿喝几碗大米稀饭？"安茂强说："喝一碗半。"安茂强他爹纳闷了，又问："要么喝一碗，要么喝两碗，咋会喝一碗半呢？"安茂强说："一开始的时候，我就是要么喝一碗，要么喝两碗；我喝一碗，是因为我去盛第二碗时大米稀饭没有了。"安茂强他爹说："大米稀饭不让敞开肚子喝吗？"安茂强说："大米稀饭盛在一只很大很大的木桶里，两个伙夫把桶抬出来，放在伙房门口，我们就抱着大瓷碗，去盛稀饭喝。可是大木桶里的大米稀饭，每人喝一碗就会剩下一些，每人喝两碗呢又不够，你要是喝得慢的话，就喝不到第二碗；你要是喝得快的话，稀饭又烫嘴。"安茂强他爹说："乖乖！"安茂强接着说："大米稀饭我先盛半碗，半碗凉得快，喝得快又不烫嘴，每一次都是我第一个喝完，然后我跑过去再盛一满碗。就是这样，一半碗加上一满碗，我喝了一碗半。"安茂强他爹抱着头说："乖乖，你这样做就对了，这就对了。"然后安茂强他爹抬起头又问："一顿吃几个白蒸馍？"安茂强说："早饭一顿吃六个，午饭一顿吃 10 个，晚饭一顿也吃 10 个。"安茂强他爹说："那能吃饱不？"安茂强说："吃不饱。本来我午饭晚饭都能吃 11 个白蒸馍，可是最后那一个我没有吃。"安茂强他爹拍了一下巴掌说："吃不饱再去拿呀，白蒸馍又不限量！你为啥不吃饱？为啥欠一个？是不是怕别人笑话你？"安茂强说："我午饭能吃 11 个，晚饭也能吃 11 个，可我要是午饭吃 11 个，晚饭就只能吃九个了，所以我吃 10 个；我要是午饭多吃那一个，晚饭就会少吃俩。"安茂强他爹说："傻瓜，那你晚饭也吃 11 个呀！"安茂强说："我要是午饭吃 11 个，晚饭也吃 11 个，明天早饭就只能吃三个了。可是我早饭是要吃六个的。我今天多吃俩，明天就会少吃仨。"安茂强他爹说："乖乖，你这笔账把我算糊涂了。"

安茂强为我讲述他这个梦的时候，又用手心兜口水，然后抹在上衣前襟上，我看见他的上衣前襟已经湿了一大片。有一个问题在我心里，一直想问问安茂强，于是我就问他，"你犯'瞌睡虫子病'的时候，做不做梦？"安茂强想了想说："大概做梦吧。"我又问："做什么梦？"安茂强说："我不知道，醒了就忘了。"

那时候我们还在往镇上走，前面出现了一大片玉米地，满地的秋玉米快要成熟了。安茂强忽然放慢脚步说，他要在这里解个手。我前后看了看，路上没有别的行人，就说："你要解手解就是了，这里没有人。"安茂强犹疑了一下，然后指了指路边的玉米地，又说，他要在这里解一个大手，很臭的。安茂强说完，看了看我，就背着他的小布口袋往玉米地的深处走过去。

看着安茂强消失在玉米里，那会儿我还在纠结他的那个梦。主要是安茂强梦中的那些数字让我费神。虽然安茂强上学的时候数学学得好，但他梦中关于大米稀饭和白蒸馍的那笔账，却并不是按照数学公式算出来的。很多年之后，我在曹州师范学院留校任教的时候，教的科目正是数学，那时候我还是常常想起安茂强梦中的和生活中的那些数字。

在路边等安茂强的时间长了一些，我想起一件事：安茂强的"瞌睡虫子病"犯了两次之后，安茂强他爹专门嘱咐过我，要我以后和安茂强一起在外面的时候，留心他倒头睡觉，一旦发现安茂强睡觉了，就赶紧回来叫人。我怕安茂强解大便的时候一头栽到垅沟里睡起来。根据安茂强前两次犯"瞌睡虫子病"的情况可以判断出，他想要倒下睡觉的话，是不分时间和地点的。

我朝玉米地走过去，慢慢地接近刚才安茂强消失的地方。到了近前，我看见安茂强在离我一丈远的玉米垄沟里趴着，他的屁股和两条粗腿朝着我，我看不见他的脸。虽然看不见脸，但我看见安茂强的脖子在往前一探一探地伸着。他在干什么呢？看他趴在玉米垄沟里的样子，好像是在干一件见不得人的事情。我觉得奇怪，便也没有出声，蹑手蹑脚地接近他。

我站在安茂强的身后，从他肩头上看过去。他的面前放着敞开了口的小布口袋，口袋里是黑褐色的干蚯蚓。安茂强在吃那些干蚯蚓。他从口袋里捏出一条干蚯蚓，提起来，歪着头看一看，再顺进嘴里嚼。把这条干蚯蚓嚼几下之后，安茂强又从口袋里捏出一条干蚯蚓，提起来，歪着头看一看，再顺进嘴里嚼。那些干蚯蚓显然并没有干透，安茂强提起来它们的时候，还有些软塌塌的。安茂强他爹在晾晒这些干蚯蚓之前，用开水烫过，是半熟的，吃起来会有香味。我这么想着，就觉得有一股奇异的香味从安茂强的肩头飘上来……

3

大约六年之后，也就是 1980 年秋天，安茂强家里三喜临门。第一件大好事是安茂强他爹终于攒够了 176 块凤凰牌自行车钱，把这些钱还给了安茂强他表舅。第二件大好事是安茂强的"瞌睡虫子病"在这一年不治而愈了。第三件大好事是从这个秋天开始，安茂强离开安那里村，去了曹州城。

在那六年里，安茂强的"瞌睡虫子病"总共犯了十几次，最短的一次他睡了 18 天，最长的一次则睡了 70 多天。每次醒过来，安茂强他爹都为安茂强准备好了一些工具，让他去抓知了龟、戳知了皮、挖蚯蚓、捡废铁，用来换一些零碎钱。一个季节下来，安茂强他爹手里捻着安茂强挣来的一小堆毛票，脑子里是一辆渐渐组装起来的凤凰牌自行车。有时候安茂强他爹自言自语地说：
"这些钱，够买一个车圈。"或者说，"又有了一个车把。"

安茂强他爹一直坚持认为安茂强的"瞌睡虫子病"不是病，
睡的时候比不睡的时候吃得还要多，睡醒过来之后又白又胖，这
算是病吗？这是祖上把他的魂儿暂时收回去养一养呢。安茂强睡
死了，很省心；醒过来了，就去挣钱。日子就这么过下去了。但
是到了安茂强得上"瞌睡虫子病"的第四年，安茂强他爹忽然改
变了想法，觉得安茂强已经这么大了，他身上的这个"瞌睡虫子
病"，有可能耽搁娶媳妇。

有了这个想法之后，安茂强他爹托亲戚找来外村的一个赤脚
医生，为安茂强看病。这个赤脚医生解放前是一个野郎中，年纪
已经很大了，走路摇摇晃晃的，他的治疗方法就是念咒和放血。
可当时正在"破四旧立四新"，赤脚医生的放血疗法属于"四旧"
之一，他又不敢明目张胆地为安茂强放血。

安茂强他爹后来回忆说，那天，他和赤脚医生两个人商量了
一阵子之后，就把他家的大门关了，然后蹑手蹑脚地来到堂屋，
把堂屋的门也关了。他们用井绳把安茂强绑在一扇旧门板上，门
板放在堂屋当门的地上。赤脚医生把事先预备好的一捧锅底灰，
绕着门板均匀地撒了一圈，嘴里还念念叨叨说着一些安茂强他爹
听不懂的话。安茂强他爹点了油灯，举着，跟在赤脚医生的身
旁。两个人把这些事做得很肃穆，但到了放血治疗的时候却很简
单：赤脚医生在安茂强的脚后跟上劐了一刀，血就流出来了。安
茂强轻轻地哼了一声。灯光有些暗，安茂强他爹看见安茂强的血
是黑色的。黑色的血是有毒的血，有毒的血放出来，安茂强的病
就好了，安茂强他爹当时就是这么想的。随后，赤脚医生用消炎
粉和纱布把安茂强的脚后跟包扎了一下，整个的放血治疗就结
束了。

把赤脚医生送出大门，安茂强他爹回到堂屋，打算看一看安

茂强脚后跟上的伤口，就是这一会儿的工夫，绑在门板上的安茂强眼睛半睁半闭，已经睡死过去了。这一次，安茂强一口气睡了70多天。

那以后，安茂强的"瞌睡虫子病"又犯过三次。到了第六年的春节，大年初一早上安茂强给他爹他娘磕了一个头，爬起来之后说了一句话："我的'瞌睡虫子病'好了，不会再犯了。"安茂强说这话的时候很随意也很干脆，说完还拍了拍肚子，好像他身上的这个病是由自己控制的，想犯的话就犯，想好的话就好。但的确像安茂强自己说的那样，从那年春节开始，直到他50岁，再也没有犯过病。

1980年秋天，安茂强他爹怀里揣着176块钱，带着安茂强，搭乘村里一辆顺路的拖拉机，去了何庄镇的东风饭店。他们爷儿俩去东风饭店，是去找安茂强他表舅的。事情就是这么巧，那个时候，东风饭店已经被安茂强他表舅承包了。安茂强他表舅承包东风饭店，留住了原来的厨师，因此也留住了粉条大包子。

一走进东风饭店，安茂强就闻到了粉条大包子特有的香味，这让安茂强心里泛出了复杂的滋味。后来安茂强回忆说，那一天他的经历非常奇特，好像应了一句话：从哪里开始，在哪里结束。六年前，他没有想到会再次回到东风饭店，更没有想到这辈子能够真的敞开肚皮吃一次粉条大包子。

安茂强他表舅经营东风饭店已经赚了不少钱，戴上了手表，穿上了皮鞋，走路的姿势也变了。他把安茂强爷儿俩领到了一个雅间里。可是当安茂强他爹从怀里摸出那176块钱，把钱放到桌子上的时候，安茂强他表舅望着包成一个疙瘩的粗布手帕，竟然愣了一下，问："表姐夫，你这是弄啥？"安茂强他表舅这个样子一看就知道是装出来的，他想把自己装成一个有了大钱看不上小钱的人，好像他早已经把凤凰牌自行车的事忘了。其实，这几年安茂强家里把这176块钱挣出来，安茂强他表舅一直参与其中，挣钱的主意也都是他出的，他怎么会忘了呢？安茂强他爹赶紧说："这是还你的自行车钱。"安茂强他爹说着，两手抖抖索索地打开了粗布手帕，露出了用细线捆成一卷的钱。然后，安茂强他爹两手抖抖索索地解开了捆钱的细线，折弄那些钱，把它们铺平弄展。钱全部亮出来了，有10块的，有五块的，有两块的，有一块的，还有五毛的。安茂强他表舅看着这些钱，忽然大声笑起来，他笑着说："我都忘了，你看看，都忘了。"

安茂强他表舅把钱收好之后，出去了一下，回来的时候，他的手里端着一筐子粉条大包子。那些粉条大包子足足有十几个，都还在冒着热气。这回安茂强他爹愣了一下，问："他表舅，你这是弄啥？"安茂强他表舅嘟嘟囔囔地说："不容易，不容易。"他望着安茂强又说："吃吧，吃够一回。"安茂强没想到他表舅端来的一筐子粉条大包子是给他吃的，他的身子猛地紧了一下，停了一阵才伸出手，但他的手伸出去之后又缩了回来，抬起头来问他爹："先吃哪个？"他表舅笑着替他爹回答说："想吃哪个吃哪个，这一筐子粉条大包子都是你的。"安茂强他爹咽了一下口水，也说："你表舅的自行车钱，都是你挣出来的，这一筐子粉条大包子算是你表舅犒劳你的。吃吧，吃够一回。"

后来安茂强对我说，他一辈子都忘不了在东风饭店敞开肚皮吃粉条大包子的情景。那天他表舅端给他的一筐子粉条大包子是16个，他吃完之后，他表舅又拿了两个给他，一共是18个。还有，那一天，安茂强他表舅把安茂强留下了，留下安茂强在东风饭店做小工。在这之前，东风饭店里已经有了一个小工，安茂强他表舅给那个小工的待遇是管吃管住每个月25块钱。给安茂强的待遇则没有那么高，是管吃管住每个月10块钱。

安茂强他表舅拐弯抹角地解释说，留下安茂强做小工，是看上了安茂强这个孩子能吃苦；而只给10块而不是像另一个小工一样给25块钱，则是因为安茂强太能吃了，扣掉的那15块钱算成了安茂强的伙食费。所谓管吃，也不是吃粉条大包子，东风饭店还指望粉条大包子卖钱呢，但保证顿顿吃白蒸馍，而且顿顿有猪油炒的大锅菜。

安茂强和他爹不敢相信有这样的好事，就好像天上掉馅饼，砸到了他爷儿俩头上，两个人你看看我，我看看你，眼睛都瞪圆了。安茂强他爹觉得，像这样的大馅饼，可能一辈子只会砸到头上一回。他当然知道安茂强有多能吃，如果安茂强他表舅留下安茂强只管吃住不给工钱，他也是乐意的。安茂强呢，打着粉条大包子的饱嗝，像刚刚从梦里醒来那样使劲掐了掐自己的大腿。安茂强马上意识到，他表舅把他留在东风饭店里做小工，很可能意味着他从此跳出了安那里村，不用种地当农民。虽说东风饭店所在的这个何庄镇离曹州城还有 10 里地，但安茂强觉得，这个地方离他成为一个曹州城里人，好像也只有 10 里远了。

安茂强成为东风饭店小工那一年，我考上了曹州师范学院，四年后毕业，我又留在学院教书。那个时候我的几个姐姐都已嫁人，我的父母在我大二的时候也离开了安那里村，到曹州城里租了房子，做点布匹和针头线脑的小生意。随后的几年，安那里不断有人来到曹州打工或者开店。安茂强也一直在曹州做事，但我并没有见过他，再次见到安茂强，竟然是 20 年以后了。

是一个下雨天，我撑着一把雨伞，和安茂强在一条熟食街上相遇了。一开始我没有认出安茂强，是他首先大声叫出了我的名字。这么多年不见，安茂强变化很大，他看上去胖得很，体重少说也有 200 斤，他的个头本来就不高，当时又穿着一款破旧肥大的胶皮雨衣，他像是很大很大的一坨肉横在我面前。他手里还提着一个挺大的铁笼子，笼子的铁条上沾着一些被雨淋湿的鸡毛。可能是因为背着比别人多得多的一身肉，安茂强站在那里也喘粗气，一说话，好像喘得更厉害一些。

原来，安茂强开了一家烧鸡店，他的店就在这条熟食街上。

安茂强带我去了他的烧鸡店，他的店在这条熟食街的中段，位置不算好，店面也不大，大概只有四五个平方。一个瘦小、肤黑、脸平的女人坐在柜台后面，不注意的话根本看不到她。看我进了店，这个女人站起身来，和我打了招呼，说话却并不是本地口音。安茂强介绍说，这个女人是他的老婆。

店面再往里走，还有一间房子，有十多个平方。这间房子是制作间，里面有炉灶、很大的铁锅和十多个盆盆罐罐，那些盆盆罐罐里放着已经宰杀好的裸鸡，或者分割分类的鸡头、鸡脖子、鸡爪、鸡杂等等。安茂强两口子在这间房子里煮了烧鸡，在前面的店面里出售。

那天我请安茂强到一家小饭馆里吃饭，还打算喝点酒。坐定之后，我拿过菜单让他点菜，结果他耽搁了很长时间之后，只点了一盘醋溜土豆丝、一盘辣炒羊血、一盘麻婆豆腐和一盘油炸花生米。这大概是这家小饭馆里最便宜的四道菜了。我知道安茂强从小嘴馋，喜欢吃肉，饭量又大，就准备再加两个菜：大盆杀猪菜和胶东一品海鲜锅。安茂强看到我要点这两个菜，连连摇头摆手，说："不用了，不用了，咱们先喝酒，一会儿吃饭的时候，点一筐烧饼就行了。"安茂强说完，竟然从裤腰里摸出了一个塑料袋放在桌上。

那个塑料袋里装着安茂强从自家店里带出来的烧鸡，是两只。让我诧异的是，我们两人从熟食街一路走过来，我完全没有看到安茂强裤腰里别着这么大的两只烧鸡，给人感觉这两只烧鸡根本不是他从自家店里带出来的，而是偷出来的。

安茂强很费力地站起身，把其中一只烧鸡的两只鸡腿都撕下来，摆在我面前的空盘子里。不过，安茂强做完这个动作坐下来的时候，有一个细节让我触目惊心：他用手心兜了一把口水，然后把口水抹在上衣的前襟上。安茂强已经40多岁的人了，竟然还没有改掉这个习惯。那天安茂强因为和我一起吃饭，特意换了一件深灰色的西装上衣。能看得出来平时安茂强并不怎么穿这件西装，而是常常压在箱子里，衣服上有几道顽固的折痕。西装上衣是劣质布料加肥加大特制的，但他那么庞大的身形，这件西装穿在他身上，肩膀和腋下仍然勒着肉。安茂强把那把口水抹在前襟上，前襟湿了鸭蛋那么大小的一片。我心里有些难过。

此后的谈话中，我一直设法了解安茂强目前的状况。好在安茂强什么话都愿意对我说。后来知道，因为熟食街上店铺太多，竞争激烈，而安茂强的烧鸡又没有什么特点，所以他的生意并不好。这些年，安茂强的"瞌睡虫子病"倒是再也没有犯过，但他老婆的身体却经常出问题，三天两头去医院打针吃药，光是医疗费一个月就要好几百块。安茂强结婚晚，有一个女儿才九岁，正在一家私立学校上小学。那家私立小学在曹州城非常出名，但学杂费也高得离谱。安茂强他爹已经去世了，他妹妹嫁到了邻县，只留下他娘一个人在安那里。安茂强他娘也早已失去了劳动能力，需要安茂强每个月都回安那里送去生活费。

安茂强他老婆是四川人，她是 10 年前安茂强花了 6000 块钱从一个人犯子手里买来的。她跟了安茂强之后，头几个月一天到晚哭哭啼啼，也曾经逃跑过两次，但都没有跑远，很快就被安茂强找回来了。后来他们有了孩子。有了孩子之后，安茂强陪他老婆回过四川山区的娘家，他们在四川住了一段日子，又抱着孩子回到了曹州。从那时开始，安茂强他老婆安安稳稳地过日子了。

安茂强买他老婆，倾尽了他的所有积蓄。

当年，安茂强在他表舅的东风饭店只干了四个多月就出了事，他表舅和一个食客打架，结果被那个食客一刀捅死了。过了没几天，东风饭店就易了主。安茂强离开何庄镇东风饭店，并没有回安那里，而是拐向了曹州城。

一开始，安茂强想在曹州城里打些零工，干些出力的活儿，但零工并不好找，他在城里转悠了一个多月，也没有找到他的力气可以使出来的地方。又要吃又要住，安茂强从他表舅那里挣到手的 40 块钱，眼看就要花完了。有一天，安茂强误打误撞地走进了石料厂，看见三个人从两辆卡车上往下背石头，他就坐在那里看，看了整整一个上午。收工的时候，三个背石头的人从一个大胡子那里领到了钱，拖着腿走了。安茂强就去找那个大胡子，说自己身上有的是力气，能不能也在这里背石头。

安茂强在石料厂背石料，白天干活，晚上可以睡在石料厂的大棚里。背石料是计件付工钱的，安茂强力气大，同样大小的石料，别人只能背一块，他能够背三块，因此钱挣得比别人多。但一天下来，吃喝之后，别人都能够余下一点钱，安茂强却一分钱也余不下。安茂强的饭量大，虽说比别人多挣了三倍的钱，却刚刚够他吃饭。

大概又过了两个月，安茂强在街上遇到了一个过去常去东风饭店吃粉条大包子的食客。这个食客问安茂强，"有一个比背石料省力气、挣钱却比背石料多一倍的活儿，干不干？"安茂强说，"干。"这个食客就为安茂强写了一个纸条，让安茂强去曹州人民医院找一个人。安茂强问，"去医院干什么？"这个食客说，他有一个堂弟，曾经在曹州人民医院里背尸体，背了六年，挣了 4000 块，结果，他的堂弟用这 4000 块钱娶了一个老婆。如果安茂强肯在医院里背尸体背六年的话，挣的钱一定比 4000 块还要多，娶个老婆根本就没有问题。那个食客进一步对安茂强说，要想在曹州混事儿混得长远，最主要的是要先有一个老婆，其次再有一个房子，第三还要有一个儿子。有了老婆，儿子就没问题了，剩下的就是房子。

安茂强觉得这个食客说的话很有道理，要想在曹州混事儿混得长远，有活儿干有钱挣是最根本的，他就去了曹州人民医院背尸体。

背尸体和背石料有很大的不同。石料车有准点，石料车一来，他们这些出苦力的人就围上去卸车，卸完车领钱。可是医院里死人的事没有准点，有时候好几天不死人，有时候一天又死了好几个，安茂强一天到晚都要在医院里候着，不能离开。需要背尸体的时候，就会有护士到安茂强的宿舍去踢门，咣当咣当咣当踢三下，是告诉安茂强病房死了人，要把尸体背到太平间；咣当咣当踢两下、然后又咣当咣当踢两下，是告诉安茂强殡仪馆来了殡葬车，要把太平间的某个尸体背出去。一帮护士有默契，她们都用这种方式向安茂强传递信息。如果半夜里死了人，护士到安茂强的宿舍咣当咣当咣当踢三下门，安茂强立马就起床了。或者是安茂强把尸体背到太平间，刚刚睡下，又听到护士咣当咣当咣当踢三下门，安茂强还得再起床。但正像为安茂强介绍这个工作的食客说的那样，背尸体挣的钱要比背石料挣的钱多得多，一个月吃喝下来，安茂强总能攒到钱。

医院为安茂强安排的宿舍是病房楼后院里一间堆放杂物的平房，这间房子在后院的东北角，而后院的西北角就是太平间。病房楼后院是一个很大的院子，院子没有被整理过，长满了杂草和矮树，但有几条被人踩出来的小道。病房楼到太平间、太平间到安茂强的宿舍、安茂强的宿舍到病房楼，各有大约150米。通常的情况是这样的，安茂强听到护士咣当咣当咣当三下踢门声，就开始往病房楼那边飞跑，到病房把尸体背下楼，再背往太平间，然后从太平间慢悠悠地走回宿舍；或者，安茂强听到护士先是咣当咣当两下、然后又咣当咣当两下踢门声，就往太平间那边飞跑，到太平间把尸体背出来，背往停在病房楼前面的殡葬车上去，然后再从病房楼的前面慢悠悠地走回宿舍。

宿舍是那种用老式的青砖盖成的平房，青砖像土坯一样大。安茂强在墙上找了一块合适的墙砖，花了半个月的工夫，在这块墙砖上凿了一个洞，把他挣的钱放在这个砖洞里。然后，安茂强又在院子里找到了一块和宿舍里的墙砖一模一样的青砖，用这块青砖凿成了一个盖当，把砖洞堵住。盖当凿得刚刚好，堵上砖洞严丝合缝。盖当盖上砖洞之后，安茂强还会在上面抹一把潮土，看上去不留一点痕迹。这个放钱的砖洞，就在安茂强的床底下。

除了背尸体，除了到食堂打饭和到病房楼的公厕去解手，安茂强基本上不离开宿舍，他喜欢躺在小木床上睡觉，如果不睡觉的话，他也躺在床上看屋顶，等着护士来踢门。三天两头安茂强还要钻进小木床底下去，掀开那个砖的盖当，数一数他的钱。小木床很矮，安茂强又很胖，他往小木床底下钻的时候，几乎把小木床拱起来。当然，在安茂强数钱的过程当中，每个月他的钱都在增加。安茂强的钱是用皮筋捆着的，他把每 10 张 10 块的钱捆在一起，一捆是 100 块。安茂强数钱，先要把钱放在鼻子底下闻闻味，再把皮筋解下来，钱数了一遍之后，还要放在鼻子底下闻闻味，再用皮筋捆好。安茂强觉得，他的钱有一股好闻的、凉丝丝的潮土气味。

安茂强在曹州人民医院背了六年尸体，挣了 6000 块钱。

安茂强和他老婆结婚的第二年就开了这家烧鸡店。开烧鸡店的本钱，是安茂强他妹妹借给他的。那个时候安茂强他妹妹已经嫁给了邻县一个剃头匠，她听说哥哥买了老婆成了家，就让剃头匠来了一趟曹州，送来 2000 块钱，嘱咐安茂强说，已经是有了老婆快要有孩子的人了，不要再去医院里背尸体了，拿这 2000 块钱当本钱，去做一点小生意。

安茂强他老婆是一个精明的人，烧鸡店开张之后，她把每天的进货开支、制作成本和营业额都记在小学生写作业用的田字格小本子上，晚上关门之后，她要摩挲那个小本子很长时间，计算当天的利润。安茂强他老婆只上过三年小学，进货开支、制作成本、营业额、利润还有损耗这几项，加减乘除的，计算起来很麻烦，她要绞尽脑汁。安茂强上学的时候数学学得好，他老婆想要他来算账，可是安茂强只要看见他老婆算账，就借故躲开。

每天算账，原打算月末汇总的。但是烧鸡店开张还不到一个月，安茂强他老婆就发现了一个很严重的问题：安茂强每天都偷吃店里的烧鸡，而且居然每天都吃掉四五只。

既然是偷吃，那就不是在店里。安茂强把烧鸡装进塑料袋，出去吃。一般是一次装两只，趁他老婆不注意，把塑料袋别进裤腰里，轻手轻脚地溜出烧鸡店。安茂强吃得胖，裤腰里别着两只烧鸡不显眼，他两手隔着衣服轻轻按住塑料袋，外人看他的样子好像是腰疼。每天，安茂强就是这样子从熟食街走出来，再走过两条马路，来到一条名叫得福的小河边。

安茂强坐在得福河河边的深草丛里吃烧鸡。他在草丛里站定之后，先往四周看一看，看到没人注意他的时候，才会坐下来。那里的草有齐腰深，安茂强坐下之后，外人看不到他。他从腰里抽出塑料袋，敞开口闻一闻味，然后慢慢地吃。安茂强吃烧鸡，习惯把鸡肉吃干净之后，再把鸡骨里的骨髓吸溜吸溜地嘬出来，所以他吃剩的鸡骨头，看起来像一小堆嚼干了糖水的甘蔗渣渣。只不过甘蔗渣渣是白色的，被安茂强嚼碎的鸡骨头是褐色的。大多数时候，安茂强还会买一瓶啤酒，就着烧鸡咂一口啤酒，两只烧鸡吃完的时候，一瓶啤酒也喝完。完事之后，安茂强把鸡骨渣渣丢到河水里喂鱼，再到收废品的人那里，把空酒瓶换回一毛二分钱——如果一直这样做的话，用不了多久，他还可以用卖空酒瓶的钱再买一瓶啤酒回来。

一开始，安茂强他老婆没有想到是安茂强在偷吃店里的烧鸡，她只是很快发现，自从烧鸡店开张之后，店里几乎每天都丢掉四五只烧鸡，这让她很是郁闷。安茂强他老婆算了一笔账：他们的烧鸡店自打开张那天起，平均每天大约卖掉 20 只烧鸡，这其中大约有 15 只烧鸡是成本，另外大约五只烧鸡是利润，如果把这五只烧鸡折合成钱的话，就是大约 50 块钱。安茂强他老婆就是奔着每天赚 50 块、一个月赚 1500 块、一年赚 18000 块钱去的，要是这样的话，用不了 10 年，他们就可以在曹州城买房子了。可是这个每天 50 块钱的利润，却莫名其妙地丢掉了。直到有一天，熟食街上一个卖猪下货的女人跑来问安茂强他老婆，说你家老安是不是得了腰疼病？看见他每天都捂着腰眼从街上走过去。安茂强他老婆这才有了警觉，觉得丢掉的那几只烧鸡和安茂强捂着腰走路有关系。安茂强他老婆跟踪安茂强到了得福河边，看到了丢失烧鸡的真相。

从那以后，安茂强他老婆把安茂强看得紧了，不允许他再吃店里的烧鸡。因为怕安茂强吃烧鸡，她甚至不愿意让安茂强待在店里，总是指使他蹬着三轮车去进货，或者去出租屋拿东西，有时候什么事情也没有，她也会对安茂强说："你出去转转哈，窝在店里做啥子嘛。"安茂强就蹬着三轮车出去转转。安茂强他老婆看着安茂强离开时宽阔的背影，还要嘟囔一句："瓜不兮兮，家贼难防。"

他们的出租屋在何庄镇。那时候何庄镇已经变成了曹州的郊区，名字也不叫何庄镇了，而是叫何庄街道办事处。老何庄镇的居民找到了一个赚钱的好办法，就是搭建简易房出租，每家每户都把自家的院子搭建成了天井，四面都是房子。这个地段的出租屋没有暖气，墙薄，保暖和隔音效果都很差，厕所和自来水都是共用的，所以租金便宜。外地来曹州的小商小贩，大都租住在这里。安茂强两口子租住的是一座简易楼的两室一廊的房子。

每天天还没亮，安茂强就起床到熟食街的店里去，把当天要卖的烧鸡煮出来。安茂强他老婆则在家里为孩子做早饭，伺候孩子吃了早饭，再蹬着三轮车把孩子送到学校，然后从学校去熟食街。中午饭孩子在学校附近的小饭桌吃，安茂强两口子在店里吃盒饭。盒饭一般买八份，安茂强他老婆吃一份，安茂强吃七份。安茂强吃盒饭吃到第六份的时候，他老婆会往他的饭盒里放两三块鸡杂，鸡肝或者是鸡合子。他老婆看着他吃下去那两三块鸡杂，还说："人家挣钱都去买了房子，咱家挣钱都让你吃光光了。"

很多来曹州做生意的人家都在市区里买了房子，安茂强两口子看了眼热，也想在曹州市里买一套两居室，他们两口子一间，他们的孩子一间，不用很大，六七十个平方就行。他们现在还不是城里人，但买了房子就是了。

那个下雨天我和安茂强相遇之后，又过了两年，安茂强他老婆忽然打电话给我。这个电话通话时间很长，安茂强他老婆在电话中向我说了两件事：第一件事是询问早年间安茂强的"瞌睡虫子病"，问有没有这回事；第二件事是告诉我说，安茂强每天都吃五六斤鸡屁股，让我管一管他。对于这个电话，安茂强他老婆向我解释说，我是安茂强小时候最好的玩伴，现在又在大学里教书，有学问，所以就来麻烦我了。

安茂强小时候得的"瞌睡虫子病"，既然他老婆已经有所耳闻，我觉得没有什么好隐瞒的，因为安茂强这病早已经痊愈了。我告诉安茂强他老婆说，安茂强小时候得的这个病，叫克莱恩－莱文综合征，主要症状是嗜睡和饥饿，不过他的病已经完全好了，30年都没有再犯过，完全不必多虑。为了彻底打消安茂强他老婆的顾虑，我又背诵了百度词条上的一句话：克莱恩－莱文综合征通常会在大约6到12年后自然消失。

安茂强他老婆又问我，安茂强的饭量这么大，一个人吃七八个人的饭，与他得过的这个"瞌睡虫子病"有没有关系。我肯定地说，没有关系，安茂强饭量大，主要原因是小时候受穷，吃的东西没有营养，把胃撑大了。安茂强他老婆说，自从和安茂强结婚之后，每次看安茂强吃饭，就觉得他是在吃砖头和水泥。我一时没有听懂安茂强他老婆的话，不知道她这句话是什么意思，就问她，吃砖头和水泥这话怎讲？安茂强他老婆说，熟食街上卖烧鸡的除了他们家之外，都已经买了房子，只有他们家到现在房子也买不起。他们家的烧鸡店不比别人家开得晚，钱也不比别人家赚得少，安茂强吃饭就像吃砖头和水泥一样，把他们家的房子生生地吃掉了。我不好说什么，呵呵地笑了两声。

安茂强他老婆在电话中顿了一下，又问我，这个叫什么莱文的综合征，一般在什么情况下会犯病。我告诉她，一般在情绪异常激烈的时候，比如说大悲或者大喜，就会犯病。安茂强他老婆吁了一口气，小心翼翼地问我，将来，安茂强的这个病，有没有可能再犯。我赶紧说，不会的，不会再犯病了，我没有听说过这个病好了之后还会再犯。然后，安茂强他老婆告诉我说，原来她在老家的时候听说过这个病，她老家山里人管这个病不叫"瞌睡虫子病"，而是叫"笑瞌睡病"。我说，为什么叫"笑瞌睡病"，这个"笑"很有意思。安茂强他老婆说，有一个传说，说的是一个人天天做梦想好事，天天做梦想好事，后来白天也做梦想好事，想得太多了，想疯了，就笑，笑着睡过去，不再醒，睡着以后是个笑模样。安茂强他老婆说这话让我也笑起来。我对安茂强他老婆说，这个克莱恩－莱文综合征，病人犯病前常常会有幻视和幻听，会看到或者听到一些美好的事物倒是真的。

安茂强他老婆在电话中说的第二件事——安茂强每天都吃五六斤鸡屁股，这件事和曹州的民风有关，需要绕个圈子才能说清楚。

曹州人实诚，明里暗里都实诚。比如说，有人卖橘子，同样品种、同样大小、同样品相的橘子，卖橘子的人却要把它们分装在两个竹筐里，一筐卖两块钱一斤，一筐卖一块二一斤。同时也准备两杆秤。买家过来买橘子，卖橘子的人先要问清楚买家是买两块钱一斤的，还是买一块二一斤的。买家问分好孬吗？意思是是不是两块钱一斤的好一些，一块二一斤的孬一些。卖橘子的人说，都一样，都一样。买家说，我买两块钱一斤的吧。卖橘子的人用一杆秤过一斤橘子给买家，这一斤橘子实实在在就是一斤；

要是买家说，我还是买一块二一斤的吧，卖橘子的人就用另一杆秤过一斤橘子给买家，这一斤橘子实际上是六两。买家心里也知道他花一块二买到手的橘子是六两，但心照不宣，踏踏实实地拿回家去了。如果买家是外地人，不明就里，回去自己过了秤，发现是六两，找回来了，质问卖橘子的人，为什么买了一斤橘子回去过秤却是六两。卖橘子的人说，我有两块钱一斤的橘子放在那里你不买，非要买一块二一斤的，你赖谁？这世上哪里有便宜？一块二一斤的橘子，一斤就是六两。有一年，曹州市面上进来一批假冒红塔山牌香烟，店家发现这个问题之后，都把真红塔山和假红塔山分开在货架上，真红塔山卖八块钱一盒，假红塔山卖五块钱一盒。有人来买红塔山烟，店家先要问清楚买家是买八块钱一盒的，还是买五块钱一盒的。买家问分真假吗？意思是是不是八块钱一盒的是真的，五块钱一盒的是假的。店家说，都一样，都一样。买家说，我买八块钱一盒的吧。店家拿了一盒红塔山给买家，这是一盒真的红塔山；要是买家说，我还是买五块钱一盒的吧，店家拿了一盒红塔山给买家，这是一盒假的红塔山。如果有买家回来质问买到手的红塔山为什么是假的，店家就会说，谁家会把真红塔山卖五块钱一盒？进价都还六块多呢，我又不傻。

在安茂强他老婆给我打电话之前大约半年左右，曹州忽然有一个说法甚为流行，说是鸡屁股不能吃，有毒，吃了会得癌症。这个说法在三五天的时间里就被所有的曹州人接受了，没有人再去吃鸡屁股，他们躲避鸡屁股，甚至都不愿意看到它。其实在这之前，有不少人就认为鸡屁股不能吃，有毒，吃了会得癌症，他们吃烧鸡的时候是把鸡屁股揪下来扔掉的，可是，忽然间流行起来的这个说法，加剧了人们对鸡屁股的恐惧，大街小巷，人们像谈论瘟疫一样谈论着它。人们对鸡屁股的恐惧让卖烧鸡的店家倒了霉，好多人不愿意吃烧鸡了，自然就把烧鸡店晾起来了。那些日子，曹州城里所有烧鸡店的营业额都直线下降，有的店一天都卖不出去一只烧鸡。

曹州人实诚，卖烧鸡的店家也都是实诚人，就有店家把煮熟的烧鸡的鸡屁股用刀切下来了。切下来的鸡屁股不扔掉，而是摆在柜台里，堆成一小堆儿，意思是告诉买家，我的烧鸡已经把鸡屁股切下来了，我只卖烧鸡，不卖鸡屁股。有一个店家这么做，其他的店家都跟着学，所有卖烧鸡的店家都把烧鸡的鸡屁股切下来，摆在柜台里，堆成一小堆儿，宣布和鸡屁股决裂。这样一来，买家才又渐渐地回到了烧鸡店的门口。顾客回来之后，大家都默认买的是切掉了鸡屁股的烧鸡，所以店家也用不着再把切下来的鸡屁股摆在柜台里给人看了。后来，店家干脆在煮烧鸡之前就把鸡屁股切掉，省得煮熟之后再麻烦。

烧鸡店先前切掉的熟的鸡屁股和后来切掉的生的鸡屁股，人不能吃，都喂了小猫小狗。

这一些事情安茂强都经历了。打从第一天开始，安茂强就跟别的烧鸡店所做的一样，煮熟烧鸡之后把鸡屁股切下来，摆在柜台里，堆成一小堆儿；后来煮烧鸡之前就把鸡屁股切掉，专门放在一个小盆里。但是安茂强烧鸡店切下来的鸡屁股，并没有拿去喂小猫小狗，而是都让安茂强自己吃掉了。"全曹州城的人都不吃鸡屁股，只有安茂强一个人吃哈，瓜不兮兮！"安茂强他老婆电话中的声调突然高了起来。

安茂强吃鸡屁股，是蹲在他的烧鸡店的制作间里，背靠着墙，装鸡屁股的塑料袋敞着口放在地上，他捏起一个鸡屁股，看一看，再放进嘴里。安茂强第一次这样吃鸡屁股，就被他老婆发现了。他老婆不说话，拿起安茂强面前的塑料袋，去了制作间后面的小院子。那个小院子堆放着一些杂物，地上是一片一片的污水和泥巴，安茂强他老婆噘着嘴，很生气的样子，把鸡屁股撒在了污泥里。

安茂强扑过去，脚和膝盖都陷进污泥，去捡那些鸡屁股，一个一个地捡起来,重新放回塑料袋。他老婆大声地骂,没出息!没出息!你去死吧!安茂强嘿嘿地笑,望望他老婆的脸,然后低下头来接着捡鸡屁股。他把鸡屁股全部捡进塑料袋,提回到制作间里,用清水淘,淘了两遍,又蹲回到原来的地方,背靠着墙,把装鸡屁股的塑料袋敞开口放在地上。安茂强先望着他老婆嘿嘿地笑一声,然后才捏起一个鸡屁股,看一看,放进嘴里。安茂强以这样的态度对付他老婆,让他老婆哭笑不得。他老婆盯着他的嘴,苦笑了一下,说,"我小的时候,就知道这个东西不能吃。"安茂强咽了一口,嘿嘿笑着说,"我小的时候没有吃过烧鸡。"他老婆又说,"会毒死人的。"安茂强嘿嘿笑着说,"毒死别人,毒不死我。"他老婆说,"狗才吃这东西。"安茂强嘿嘿笑着说,"我就是狗。"他老婆盯着安茂强,盯着盯着就哭了。他老婆哭着,转身到柜台,回来的时候手里提着一个塑料袋,里面装着两只烧鸡,她把烧鸡放在安茂强面前,说,"你吃吧,只要不吃那东西就行。"安茂强看了看烧鸡,又看了看鸡屁股,把两只烧鸡拨拉到了一边。

又过了几天,安茂强开始蹬着三轮车在熟食街收鸡屁股。

安茂强收鸡屁股,一般都是选在早上,那个时候各家烧鸡店的烧鸡都才刚刚做出来,鸡屁股还没有来得及处理。熟食街一共有六七家烧鸡店,店家都认识安茂强。到了一家店,安茂强找店家说:"张老板,你家的鸡屁股,一块钱一斤卖给我吧。"张老板不说卖不卖,也不计较一斤一块钱少不少,而是纳闷地问:"安老板,你要鸡屁股干什么?"安茂强说:"喂猪。"张老板还是纳闷,"你家养猪了吗?"安茂强说:"老家,老家养着两头猪。"张老板说:"要是这样的话,那东西你拿去,还啥钱不钱的,扔掉也是扔掉。"张老板就把鸡屁股送给了安茂强。

到了下一家烧鸡店,安茂强说同样的话,店家的态度也都和张老板一样。那东西拿去,啥钱不钱的,扔掉也是扔掉,喂狗也是喂狗。一条熟食街走下来，安茂强一分钱不花就能收到四五斤鸡屁股。

离熟食街不远，隔着两条马路，是曹州城最大的菜市场，菜市场里也有两家烧鸡店。安茂强蹬着三轮车，又去了菜市场，问那两家店有没有鸡屁股一块钱一斤卖给他。那两家店也都抱着扔掉也是扔掉、喂狗也是喂狗的心态，把鸡屁股送给了安茂强。从菜市场回来，安茂强收到的鸡屁股变成了五六斤，好的时候能有六七斤。

安茂强收到手的鸡屁股都是生的，他要在店里煮熟。半晌午的时候，安茂强他老婆开始在柜台那边卖烧鸡，安茂强则躲在制作间里煮鸡屁股。煮熟之后，这些鸡屁股都放在一个大盆里，安茂强把大盆端到墙根，慢慢地放在地上，然后蹲下来，背靠着墙，望着大盆里冒出的腾腾热气。吃之前，安茂强先要用手心兜一把口水，在上衣前襟上抹一下，还要说一句话，就像祷告似的。安茂强自言自语地说："日他奶奶的，'好过'一回。"

安茂强打小养成了一种习惯，就是"好过"的时候，好吃的东西并不大口吃，而是一点一点地吃，享受那个过程。当年安茂强趴在玉米垄沟里吃干蚯蚓，他是把一根干蚯蚓提起来，歪着头看一看，再顺进嘴里嚼，然后再把另一根干蚯蚓提起来，歪着头看一看，再顺进嘴里嚼。吃鸡屁股也是一样的，他用右手的拇指和食指捏起来一个鸡屁股，歪着头看一看，然后才吃下去。一个一个地捏起来吃，又仔细地嚼，一大盆鸡屁股，安茂强差不多要吃一个钟头才能吃完。吃了这些鸡屁股，安茂强就不再吃午饭了。

逢到安茂强吃鸡屁股，店里的所有事情他都不管不问。无论他老婆有多忙，无论有多么重要的事情该由他去做，一切都要等到他把一大盆鸡屁股吃完再说。安茂强他老婆骂安茂强没出息，不要脸，甚至用笤帚把儿敲他的头，都没有用。不管他老婆怎骂他打他，安茂强的反应都是望着他老婆的脸，嘿嘿地笑。

安茂强他老婆被安茂强弄得又哭又笑，没有办法，她就让他们的女儿上网搜吃鸡屁股的危害，再让他们的女儿把吃鸡屁股的危害用一张八开的白纸抄下来，贴到制作间的墙上。

后来我又去过安茂强的烧鸡店，那张八开白纸还在，上面是字写得稚嫩的一篇短文，标题是："吃鸡屁股致癌"。标题下面的文字是："鸡屁股是指鸡的肛门与其上方突状物之间的腺体腔，称为'腔上囊'，显微镜观察发现囊内有淋巴球细胞及吞噬细胞，里面有细菌、病毒及各种有害物质。鸡吃了一些污染毒物，例如杀虫剂杀死的虫体、散落在马路上被沥青污染的粮食，或车辆废气中之致癌物质，或饲料内的致癌物质，经消化吸收以后，被巨噬细胞吞噬，送到腔上囊内储存，这些致癌物质不能排出体外，即使煮熟鸡肉仍不能被破坏。"

当时这篇文字贴到制作间的墙上之后，安茂强他老婆揪着安茂强的耳朵让他看。安茂强看过了，嘿嘿地笑，说："胡啰啰，这是胡啰啰。"

和大多数人一样，安茂强他老婆坚定地认为吃鸡屁股致癌，而安茂强则固执地认为吃鸡屁股致癌是"胡啰啰"，僵持了几天之后，安茂强他老婆的策略就只能是退而求其次了。她又让他们的女儿上网搜资料，把资料用另一张八开的白纸抄下来，和前一张白纸并排贴到制作间的墙上。这张白纸上写的标题是："鸡屁股可以吃的道理和方法"。标题下面的文字是："吃鸡屁股时，只要去除两个球状物即可。这两个东西好像是淋巴，在鸡屁股的上面，皮内侧，骨头左右各一个，与骨头不相连与肉也不相连，很好分离出来。"

安茂强他老婆因为安茂强吃鸡屁股的事给我打过那个长电话之后，我专门找安茂强通过电话，把他老婆反对他吃鸡屁股的意思转述给他，并且告诉他说，鸡屁股那东西最好不要再吃了。可是安茂强在电话中打着哈哈，不愿意说鸡屁股的事，而是拐弯抹角地说别的事。说得最多的是房子。

安茂强说，他一直想在曹州买一套房子，可是最初房子三万块钱能买一套的时候，他手里只有两万；等到他攒够了三万，买房子最少也得花五万了。他买房子的钱一直在涨，可是房价也在涨，他的钱的涨幅赶不上房子的涨幅。去年，他手里终于有了12万，差不多就可以买到房子了，他都快要去看房子了，可是就在那几天的时间里，房价又涨了，买一套房子最少也得18万。我替安茂强出主意，买房子的钱不够的话，可以去贷款，手里现有的钱付上首付就行了，现在人家买房子，不都是首付加贷款吗？安茂强说，谁敢去贷款啊，贷了款每个月都要还款付利息，那吃什么啊？

说到吃，我才明白安茂强转弯抹角说房子是什么意思了。安茂强的意思，吃鸡屁股和买房子有很大的关系，最简单的道理就是：他吃鸡屁股是不花钱的，吃别的就得花钱；他如果不吃鸡屁股的话，那么买房子的钱猴年马月才能攒得够呢？

一晃又过去了好几年，我和安茂强都过了50岁的生日。

冬天里，快要过春节了，好久没有联系的安茂强忽然打电话给我，让我陪他去看房子，替他长长眼。这么说，安茂强攒够了买房子的钱？他真的要买房子了？我们约好在一个街口碰面，然后一起去城南的一个新建小区。

我知道安茂强一定是蹬着三轮车去那个街口等我，就到地下室里，搬出了好几年不骑的自行车，骑着去了。到了约定的街口，我看见穿着一件深灰色大棉猴的安茂强抄着手站在冷风中。我觉得安茂强又胖了一些，肚子很大，体重大约要有230多斤的样子。他戴了一顶毛线织的蒜头帽，但帽沿下面仍能看见他的头发白了很多。安茂强他老婆站在安茂强身边，抱着安茂强的胳膊，她显得又瘦又小。我突然间心里很感慨，安茂强吃了好多年的鸡屁股，终于攒够了买房子的钱，真的很不容易。到了近前，我对安茂强说："不容易，真不容易。"安茂强他老婆望着我笑。安茂强也嘿嘿笑着，笑得很舒坦。

安茂强骑着三轮车，车斗里坐着他老婆，我骑着自行车跟在他们后面。路上，安茂强他老婆向我介绍说，安茂强老早就看上了这个小区的房子，早到这个小区从圈地拆迁开始。他不想买别的楼盘，一心一意就想买这个楼盘，就像着了魔一样。人家拆迁的时候，他常常去那里看人家拆迁；人家建楼的时候，他常常去那里看人家建楼。夏天的时候，他拿着一把蒲扇出去纳凉，也跑到这个楼盘的工地去，建楼的施工队都休息了，他还坐在工地边上不愿意回家。

安茂强抢过他老婆的话头，说，本来，他们家买房子的钱还是不太够，但后来有了一个情况：这个楼盘搞优惠活动，这个优惠活动让他们省去两万块；另外，他们不想买别的楼层，就想买六楼顶层，因为顶层的房子每个平方比平均价低800多块，70个平方的房子，一下子又省下六万块。一共省了八万块钱，安茂强总结说。说完这些，安茂强弓着腰，使劲蹬了几下三轮车，说："我喜欢住在顶层，顶层凉快。"这么冷的天，安茂强居然想到了凉快，我和安茂强他老婆都笑起来。

到了小区门口，售楼小姐已经等在那里。

这个小区的大门是一个仿古的门楼，门楣上写着小区的名字。一看到小区名字，我愣了一下神，还以为是阳光晃了眼睛，定睛再看，没错，门楣上四个红色的大字写的是：南湖花园。

售楼小姐看上去20多岁，高挑个子，穿着长款的白色羽绒服，红靴子。她与安茂强握手，又和安茂强他老婆、和我握手。然后她带领我们往小区里面走。这个小区刚刚建成，还没有来得及绿化，甚至还有一些建筑垃圾没有运走。走道都是用淡红色的地砖铺的，但地砖上还粘着水泥。安茂强紧紧地跟着售楼小姐，迈着小碎步，一跳一跳的，像是踩在弹簧上。安茂强 200 多斤体重，这样子走路很累的，我听到他在喘着粗气。

售楼小姐带我们看的是二楼的两居室样板房，房子已经装修，家具齐全，暖气也已经通了。我们刚一进门，一股浓浓的暖意扑面而来。我们仔细看了主卧、次卧、厨房、卫生间和晾台，然后重新回到客厅。这个时候安茂强对售楼小姐说了他看过房子之后的感受，他说的是："你们的房子很暖和。"售楼小姐说："当然了，这房子已经通了暖气。"安茂强很疑惑，问："这房子有暖气？我怎么没有看到暖气片呢？"售楼小姐笑了笑说："我们用的是地暖。"安茂强仍然疑惑，小心翼翼地问："啥是地暖？"售楼小姐又笑了笑说："散热片在地板下面。"售楼小姐说着弯下身来，蹲在地上，一只手按了按靠近墙根的一块地砖，又说："安先生，你来摸摸这里。"安茂强学着售楼小姐，想弯下身子，蹲在地上，可他实在是太胖了，弯不了身子，也蹲不下来。他试了两下，没有蹲下，只好一屁股坐在地砖上。他一只手按了按刚才售楼小姐按过的那块地砖，嘿嘿地笑起来："暖和，暖和。"他的手又去按旁边的另一块地砖，然后是第三块。售楼小姐用脚尖点着地砖指引着安茂强，她说："您再摸这一块，对，这一溜地砖下面都有散热片。"安茂强嘿嘿地笑着，按照售楼小姐脚尖的指引，两肘和两膝着地，往前爬着，一块又一块地按着地砖。嘿嘿地笑着，一直不停。

过了一会儿，我、安茂强他老婆和售楼小姐都看出了问题。安茂强还在地板上爬着，可他好像已经不再按地砖了，而是在找什么东西，他的眼睛盯着地砖缝，手指往地砖缝里抠，或者虚着手掌往地砖上捂一下，好像要捉到什么活物似的。安茂强的这些动作，看起来很笨拙，他不太像是在地板上爬，而更像是趴在地板上抽搐。他的嘿嘿的笑声，也已经变成了哈哈的大笑声。有时候笑声戛然中断，嘴里嘟囔几句含混不清的话，紧接着又大笑起来。我俯下身，拍着安茂强的肩膀，问他："你怎么了？你在说什么？"安茂强还在重复那几句含混不清的话，与其说他是在回答我，不如说是在自言自语。我干脆蹲下身来，贴近安茂强的嘴，听那几句话。安茂强说："红蛐蛐儿……红蛐蛐儿……满地都是……"这次我听清了，原来安茂强是在地板上捉红蛐蛐儿。

安茂强他老婆俯下身来，问我："他在说啥子？"我说："他可能是要犯病了。"我们正说着，安茂强已经别着头趴在地板上睡着了。紧接着，他的喉咙里响起了鼾声。

安茂强睡着的时候，并没有把眼睛完全闭上，而是留着一条缝，从那条缝里，能看到他的白眼珠，看起来好像他的眼睛里有一道光，幽幽地射出来。他的嘴角往上挑着，鼻翼张得有些大，样子像是在笑。

安茂强他老婆小心地喘气，望着我，希望我进一步向他解释安茂强到底怎么一回事。我对她说："他睡觉了。"

梦游症患者

　　故事开始的时候是在火车上。这是济南开往菏泽的铁路通勤车，车速较慢，车厢里乘客也不多。李纪和他的小型手提箱占据着两个人的位置。他的一只手搭在手提箱上。时间是七月份一个酷热的日子，下午三点钟光景。车厢里没有空调，所有的车窗都敞开着。

　　女孩坐在李纪的对面，她是单独一个人。故事一般都是这样的。对面坐着一个女孩，她很乐意和李纪说话，她和李纪的目的地一样，都是菏泽市。那个女孩大约二十五六岁，皮肤白嫩，穿着一袭鲜艳的款型特别的蓝色吊带裙，白色皮凉鞋。敞开的车窗吹进来的风，把她的头发扬起来。她的头发像激流中的水草似的。

　　那个女孩两只手插进头发里，身子往前倾了倾，臂肘支在茶几上，两只眼睛望着李纪的肩头，兀自笑起来。

　　女孩说："你知道那是多么有意思，那太好玩了。就像狂欢节或者泼水节，就是那个意思。从傍晚到清晨，他们好像疯了一样。"

　　李纪说："当然是有点意思。不过那样的话就会影响睡眠。"

　　女孩说："你说什么？影响睡眠？"

李纪说："要是从傍晚玩到清晨的话，就会影响睡眠。"

女孩又笑起来："你这人很好玩的。"

女孩是菏泽市一所艺术学校的毕业生，那所艺术学校是菏泽市和省里的一所大学合办的。女孩毕业已经五年了。她是章丘市人，毕业以后回到章丘工作，在一所小学里教音乐课。她这次回去，是去参加那届同学的毕业五周年聚会。刚刚上车不久，女孩就告诉李纪这些。女孩还问李纪干什么工作，李纪说他工作的地方是旅游局的一个下属单位，野生动物保护区。

接着女孩就向李纪描述他们同学聚会的盛况。"真是太好玩了，"女孩一开始就对李纪说，"从傍晚到清晨，他们好像疯了一样。"女孩说话的时候夹杂着形态不同的手势，这使同学聚会时的情景显得相当逼真。不过在这之前，女孩从未参加过这样的聚会，同学聚会有多么好玩，她也是从前届同学那儿听来的。

据说，那样的聚会，几乎所有的同届同学都参加了，他们坐上火车、汽车、飞机、轮船，从全国各地四面八方赶过来。大多数老师都过来捧场。你知道吗，艺术学校同学聚会和一般学校同学聚会是不一样的，一般的同学聚会就是餐会，可是艺术学校有艺术学校的玩法。学校里了解这一点，他们对已经走出校门的这些同学还算仁慈，不但为同学聚会提供了场地，而且还提供了灯光、音响、服装、道具、化妆品等等。

聚会由留在菏泽市工作的几个同学联手操办，当然除了必要的差旅住宿吃喝拉撒以外，他们的主要精力都放在了操场上的那台露天晚会上。艺术学校有一个很大的操场，中央是一个标准的足球场，环绕足球场还有八道田径跑道。跑道上放着几十个啤酒桶，啤酒桶旁边是一张巨大的画案，画案上面摆着几百只酒杯。足球场的中央搭着一个戏台，戏台就是用啤酒桶搭成的，有人踩在上面，它就咚咚作响。灯光和音响的效果构成了艺术学校的夜空。

每一个人都是演员，同时每一个人也都是观众，大家轮番上台，或者在台下呐喊助兴。从台上下来的人一般都去啤酒桶那儿喝酒，喝了酒的人去操场一角的厕所里放松，松弛下来又该上台了。这些人像赶集似的，在戏台、啤酒桶和厕所之间来回穿梭。越喝酒越兴奋，上台越来劲，到了下半夜，聚会变成了狂欢。整个操场变成了一个大戏台。女同学都脱下鞋子，光着脚板在草坪上跳舞；男同学光着脊梁唱歌，或者翻跟头。还有的男同学趁着歌兴酒兴抱着女同学亲吻，被亲吻的女同学也不在意。到了凌晨，太阳升起来的时候，大多数同学都躺倒在草坪上，可是他们嘴里还在喊着零乱的音节，他们的手脚还在抽动。

女孩讲到这个地方，自己的手脚也抽动起来，同时她嘴里还发出"嗷嗷"的声音，那样子既像是在模仿上届同学，又像是在重复自己从前的动作。女孩笑着。她以为李纪也会笑，可是没有，这时候李纪又说了那句话。

李纪说："这样的话，会影响到他们的睡眠。"

女孩说："你是不是把睡觉看得很重要？"

李纪说："当然了，列宁说，不会睡觉的人就不会工作。"

女孩笑："可是你上车以后，一直很精神。"

李纪说："我对你们同学聚会感兴趣。"

女孩说："你刚刚说过，他们那样会影响睡眠。"

李纪说："可是我感兴趣。我对你说的话感兴趣。"

女孩微微笑了一下，问李纪："你做什么？"

李纪说："什么？"

女孩说："你的工作一定很好玩。"

李纪说："一点也不好玩。我的工作是看守那些动物，防止它们伤人，所以神经高度紧张。"

李纪又说："晚上睡觉的时候，眼里满是那些畜生。"

女孩说："如果它们要伤人，你们怎么办？"

李纪说："向它们开枪。"

女孩愣了一下，说："打死它们吗?"

李纪说："不是，只是把它们麻醉。"

女孩想了一下，说："什么时候我去你们那儿看看。"

李纪说："你去，我替你解决门票。"

他们说话的时候，李纪的一只手搭在身边的小型手提箱上。从一上车，李纪的一只手就搭在那儿，一直没有动过。那个女孩已经几次注意到李纪的手和他的手提箱，现在女孩又在盯李纪的手了。

女孩说："你的箱子里装了什么宝贝?"

李纪说："你可以想象成一箱子现金。"

女孩说："我不相信。"

李纪说："那你就随便想好了。"

女孩说："该不会是麻醉枪吧?"

李纪说："你为什么这么想?"

女孩两只手插进头发里，身子往前倾了倾，臂肘支在茶几上，两只眼睛望着李纪的肩头，拧了拧眉。李纪发现女孩喜欢做这个动作。

那时火车已经过了兖州站，他们的行程过半了。女孩起身去了厕所。女孩离去时，李纪看见她的裙子下摆以及座位上都留下了水浸浸的印痕。那个女孩出了很多汗。上车以后她一直在说话，一直在动，这样下去的话，在剩下的两个小时里，也许她会感到困倦，或者她会趴在茶几上睡觉。不过等女孩从厕所回来，重新坐到位子上，李纪却来了说话的兴致。

李纪说："刚才你说到你们同学聚会的情景，我脑子里老是想到一件事。"

女孩扬了扬眉毛，希望听到李纪所说的那件事。

李纪说："是我的一个朋友，有一天晚上他一口吃下去四十片安定。"

女孩说:"他还活着吗?"

李纪说:"当然活着,只是他的睡眠很成问题。"

这个人名叫刘玉栋。他曾经开过饭店,当过卡车司机,后来看到开个广告公司容易混饭吃,他又成了广告人。那天晚上刘玉栋吃下去那些安定以后,给李纪打了一个电话,告诉李纪说一帮朋友以后可能会看不见他了。李纪邀了身边的另一个朋友老虎,火速赶到刘玉栋的住处,打算把他送往医院抢救。

他们赶到刘玉栋住处,看见刘玉栋歪倒在沙发上看电视。李纪问刘玉栋是不是真的吃了安定。刘玉栋说是真的,他吃了安定。李纪问刘玉栋为什么要吃安定。刘玉栋说是因为睡不着觉。李纪又问刘玉栋为什么一次吃那么多安定。刘玉栋说老是睡不着觉,老是睡不着。刘玉栋还说,他吃下去那些安定已经过去一个多小时了,可是什么事情也没有,不困,而且还能被电视剧的情节所吸引,只是胃里有一点点难受。刘玉栋吃下去四十片安定,就像吃下去四十粒糖豆似的,那些东西在他身上几乎没起什么反应。刘玉栋坚持不去医院。

后来这三个人骑着一辆人力三轮车去街上逛。李纪和老虎让刘玉栋蜷着身子躺在车斗里,李纪骑着车,老虎跟着三轮车跑。走过两条街,李纪扭回头问刘玉栋难受不难受,想睡不想睡。刘玉栋说:"不难受,不想睡。"又走过两条街,李纪再扭回头问刘玉栋。刘玉栋还说不难受,不想睡。那是初夏发生的事,天气不像现在这么热,到了深夜,可以说天气凉爽怡人,夜风吹在身上凉丝丝的,很是舒服。街灯拉长了人和三轮车的影子,他们的影子一忽儿铺在前面,一忽儿拖在身后。街两边的商店都打烊了,灯火迷离的地方大都是夜总会、茶楼、桑拿室和洗头房,里面隐约传出歌声或者号叫。那时三轮车上骑着老虎,换了李纪跟着车跑。老虎也像李纪那样,扭回头来问刘玉栋难受不难受,想睡不想睡。刘玉栋说不难受，不想睡。

先是老虎唱起歌来。骑在三轮车上的老虎，唱歌的时候脖子伸得很长，他的声音也不好听，就像公鸡打鸣似的。接着李纪也唱歌。李纪唱歌节奏很快，歌声压着他的步点。受他们两个的感染，刘玉栋也从车斗里折起身子来。三个人一起唱。起初他们在城市东部，一直沿着解放路走，到了青龙桥，往左折了一下，顺着黑西路来到泉城广场。三个人在泉城广场停了一气，又沿着泺源大街往西，一直走，最后走到了西郊段店。那个时候天色已经到了黎明了。

段店住着他们的朋友郗村，他是一个三十二岁的单身汉。三个人砸开了郗村的家门。可是那个时候，刘玉栋还没有安静下来，他从三轮车上下来，嘴里还在蹦着一些杂乱的音节。到了郗村家里，刘玉栋跳到写字台上，手舞足蹈，嗷嗷地叫唤。郗村很怕邻居有意见，劝刘玉栋停止号叫，从写字台上下来。刘玉栋很兴奋，听不进郗村的话。他们几个人都没有办法让刘玉栋停下来。

李纪讲到这个地方，突然打住了，他望着对面的女孩，坏坏地笑。

女孩说："然后呢？"

李纪还笑："我们把刘玉栋按倒在地板上，又给他灌了二十片安定。"

女孩也笑："我不相信。"

李纪说："总而言之，我们几个人都躺下来。"

李纪和那个女孩下了火车的时候，已经到了黄昏。他们从菏泽火车站走出来，迎着快要落下去的夕阳，看见车站通往市区的那条笔直的马路上尘土飞扬。女孩告诉李纪说，以前，她在这里上学的时候，这个四十万人口的城市里，所有的街道都没有下水道，因此满是尘土。现在这个城市修了下水道却还是老样子，李纪认为那是因为城市周围全是盐碱地和沙碱地；再就是现在人们都不愿意待在家里了，有事没事都愿意跑到大街上来，是这些人搅起了尘土。

李纪说："不过，今天晚上，你可以在这个城市里狂欢，从傍晚到清晨，就像疯了一样。"

女孩说："我不知道，其实我真的不知道那到底会是什么样子。"

艺术学校距离火车站大约一公里，就在那条马路旁。两个人走了一段路，女孩就到了。李纪看见女孩的母校的大门楼是一幢仿古建筑，红墙，绿瓦，飞檐，左侧门楹上挂着一块黑底红字木牌：齐鲁艺术学校。

女孩请李纪到她的母校看一看，李纪没有接受她的邀请。李纪只在艺术学校的门口站了一站，特别注意了一下学校的大操场。不过李纪没有在操场上发现女孩描述中的那些啤酒桶，也没有用啤酒桶搭建起来的戏台，只有一些年轻人在校园的各个地方走动。看样子，艺术学校不像是要有一个狂欢之夜。但也难说，李纪看到的也许是狂欢前夕那种特有的貌似平静的气息。

李纪和女孩分手以后，看女孩沿着一条细石板铺成的林荫道往学校里面走。望着女孩的背影，李纪觉得，学艺术的女孩和一般的女孩是有些不一样，她走路的姿势，她的款型很特别的蓝色吊带裙，薄裙遮掩不住的漂亮的腿形和裸露着的圆润的肩背，都和平常的女孩子不一样。就是这样，当那个女孩渐渐消失在校园某个角落的时候，大门口就只剩下李纪和他的手提箱了。

李纪来到表姐家，表姐正在厨房里做晚饭，孩子也放学了，只有表姐夫还没有下班回家。表姐原来在菏泽皮鞋厂上班，后来下岗，捣腾一点生意，大部分时间闲在家里；表姐夫是一个警察，身材高大，说话大嗓门。他们有一个男孩上幼儿园学前班。他们住的是自己盖的房子，两层小楼，带前廊，还有一个八十平方米左右的小院。李纪坐在他们家宽敞的大客厅里，坐在沙发上看电视新闻，男孩在他的身边玩耍，表姐偶尔在厨房和客厅之间穿过。那时表姐就会在客厅站一下，用围裙擦着手，和李纪说一两句家常。

表姐说："我已经好多年没有看见你了，你一点也没变，还是老样子。"

李纪说："你也是，我觉得你的脸色比那时候还要好。"

表姐说："你这次来，有什么事吧?"

李纪说："也没有什么事，主要是来看看你，大家好多年没见了。"

表姐夫没有回家吃晚饭，饭后李纪一直在等着他回来。其实李纪等表姐夫回来也没有什么事，只是觉得他到表姐家来了，而表姐夫是这家的主人，不能不打个照面。李纪陪表姐看了两集打打闹闹的香港电视剧，表姐夫还没有回来。那时大约到了晚上十点钟，李纪两只手拍了拍自己的膝盖，对表姐说他想到街上看一看。

但是李纪只走了一条街，突然想起来他的手提箱还放在表姐家客厅里。他记得到了表姐家以后，他把手提箱放在沙发的扶手旁，后来吃晚饭也好，看电视也好，他一直没有离开过沙发，现在出门来到街上，却把手提箱忘在那儿了。想到这儿李纪突然停下脚步，折回身，一路小跑又回到表姐家里。他看到表姐，有点儿不好意思，就对表姐说，大街上没有什么看头，满街都是尘土。

李纪被表姐安排到二楼的一间房子里休息。临睡之前，李纪从床上拿掉了表姐为他摆好的丝棉枕头，然后在应该放置枕头的地方放上了他的手提箱。这一夜，李纪的睡眠还可以。可是表姐夫一直没有回来。

第二天一大早，李纪被表姐夫的大嗓门聒醒了。表姐夫好像刚刚回到家里，他正在对表姐说他整夜在外面办案子的事。平时李纪偶尔给表姐或者表姐夫打一打电话，熟悉表姐夫的声音，可是表姐夫到底什么模样，他几乎已经忘记了。听到表姐夫高声说话，李纪起了床，站到二楼的前廊上，看了看表姐家的小院。

这时李纪回忆起来，昨天晚上临睡之前，他也曾在二楼的前廊上站了一站。当时夜已经很深了，但有月光，有街灯的光亮，夜色暧昧。李纪站在二楼前廊上往下看，夜色里，他看到的是这个院子的鸟瞰图。图的左上角是大门的门楼，右上角是厕所，右下角是储藏室。门楼通往厕所、厕所通往储藏室，各有一条方砖铺成的小路，两条小路组成一把拐尺似的直角形。在这个拐尺似的直角形的夹角里面，是一个圆形的小花园，花园的左侧是一些花草，右侧是一条半月形的石凳。当时李纪看到的这个图形吓了一跳，因为在他看来，这个图形很像一把手枪。

李纪还记得，一些混沌的光线洒在院子里，就像那把手枪上落了厚厚的一层尘土。表姐大约也已经睡了，院子里相对安静，一些会叫的小虫子比赛似的声音此起彼伏。远处传来歌舞声。李纪搞不清那声音来自夜总会练歌房，还是来自艺术学校的大操场，不管怎么说，也许艺术学校的同学聚会真的已经开始了。

这个清晨，李纪被表姐夫的大嗓门聒醒。现在，他站在二楼的前廊上，真切地听到表姐夫的说话声从一楼客厅里传出来。表姐夫说，为了一起伤人致死的案子，他们一些人来到郊外，忙了整整一夜，忙完以后已经到了黎明时分，他们这帮人正打算回家休息，这时候刑警队又打来电话，说艺术学校出了事。艺术学校有一个女孩，被人放倒在女生厕所里。

表姐夫一帮人来到艺术学校，看见那个出事的女孩还在厕所的茅坑旁躺着。她趴在那里，四肢软软地伸开，面部朝下，头发像一团草似的散乱地铺开。那个女孩穿着蓝色的吊带裙，裙子的下摆被掀到肩背上，她的四肢、裙子和内裤上星星点点地沾满了粪便和污垢。那个女孩裸露的肩背上,有三处分布均匀的黄豆粒大小的灼伤。那三处伤口太不显眼了,不仔细看的话就容易被忽略。还有,她的身体里散发着浓烈的酒气。

在翻动女孩之前,他们一帮人以为女孩已经死了。现场给他们的感觉,这是一起强奸杀人案。但是实际情况并非如此。当时他们翻动了一下女孩,正巧女孩醒过来。她没有死,后来知道她也没有遭受强奸。昨晚上她喝了很多酒,神志不清,上厕所的时候遭到袭击,然后就什么也不知道了。他们让女孩洗过之后,把她带到局里,交给了技术科的人。很快,技术科的人告诉他们说,本来,那个女孩已经酒精中毒,神志模糊,在这种情况下她却又被人打了三枪。不过,伤人者使用的是一把猎取动物的麻醉手枪,所以那三处所谓的伤口基本无关痛痒。

表姐夫说话的时候,好像还在大口咀嚼着油条一类的食物。表姐夫在外面忙了一夜,也许现在他已经很累,很饿了。李纪听着表姐夫说话,不知道是不是应该下楼去和表姐夫打一个照面,还是继续待在二楼的前廊上。李纪简单地回忆了一下,从昨天下午开始,他坐上了济南开往菏泽的火车,在表姐家吃了晚饭,后来又在表姐家二楼的一间房子里睡了一夜。可是现在他却上不上下不下地待在表姐家二楼的前廊上。李纪觉得他的身体被悬挂在了菏泽市的上空。